Winfried Wagner

Ein Wahnsinnsurlaub

Die heiteren Abenteuer
eines leidgeprüften
Familienvaters auf Teneriffa

FOUQUÉ LITERATURVERLAG
Egelsbach • Frankfurt a. M. • München • New York

Die Deutsche Bibliothek – CIP-Einheitsaufnahme
Ein Titeldatensatz für diese Publikation ist bei der Deutschen Bibliothek erhältlich.

Autor und Verlag unterstützen das Albert-Schweitzer-Kinderdorf in Hessen e.V., das verlassenen Kindern und Jugendlichen ein Zuhause gibt. Wenn Sie sich als Leser an dieser Förderung beteiligen möchten, überweisen Sie bitte einen – auch gern geringen – Betrag an die Sparkasse Hanau, Kto. 19380, BLZ 506 500 23, mit dem Stichwort »Literatur verbindet«, Autor und Verlag danken Ihnen dafür!

Medien- und Verlagsgruppe Dr. Hänsel-Hohenhausen
Egelsbach • Frankfurt a.M. • München • New York
Boschring 21-23 • D-63329 Egelsbach
Fax 06103-44944 • Tel. 06103-44940

ISBN 3-8267-4724-0
2000

Titelzeichnung: Andreas Floris, Heroldsberg

Printed in Germany

Inhaltsverzeichnis

Vorwort 7
Im Reisefieber 9
Nur Fliegen ist schöner 10
Endlich auf der Insel 21
Unser Traumquartier 28
Wir lernen Werner kennen 29
Unser erster Lokalbesuch 30
Die erste Nacht 31
Der Umzug 33
Im Supermarkt 36
„Botanischer Einkaufsbummel“ in Puerto de la Cruz 39
Unser erster Strandbesuch 46
Eine tolle Handcreme 50
Unser erster Besuch bei Werner 52
Die Hühnerfarm 54
Elfchen in Todesangst 61
In einem der besten Tapas-Restaurants der Insel 65
Die Höhlenwohnungen von Chinamada 69
Tintenschnecke und frittierter Fischberg 73
Unser neuer Leihwagen 75
Ausflug in den Teide-Nationalpark 76
Glücksgefühle 87
Werners Geburtstagsfest 95
Elfchens Hexenschuss 100
Eine Wohltat für unsere Rücken 102
Im Haus der Balkone in La Orotava 106
Im ehemaligen Kloster Mesón El Monasterio 109
Wir überqueren das Anaga-Massiv 111
Nie wieder Tintenfisch 114

Das Blumenmädchen 116
Bei Giulio und Pizza 120
Dem Tode entronnen 121
Die Feuerhölle 124
Portugiesische Galeeren-Quallen 129
Der Tannenzapfen-Igelfisch 132
Die textilfreie Traumbucht 135
Ein fauler Tag 138
Von Masca nach Los Gigantes 141
Andreas wird ausgeraubt 149
Eine bemerkenswerte Familie 153
Grillfest mit Hechtsprung 156
Elfchen wird noch schöner 159
San Cristóbal de la Laguna 160
Die Wochenschlußandacht 162
Mit Werner auf dem Boot 163
Elfchens Traumvilla 169
Der letzte Guanchenkönig 172
Die Felsenspringer 174
Die schwarze Madonna und das Muschelhorn 176
Die Wasserbombe von der Playa de las Teresitas 181
Ein Sturz kommt selten allein 184
Elfchen und der Kuss des Seelöwen 189
Festzug in Garachico 196
An der Playa de las Arenas 200
Der Absturz des Gleitschirmfliegers 201
Das Abschiedsfest 205
Abschiedstränen 207
Der Rückflug 208

Vorwort

Im Mittelpunkt dieses Buches steht die vierköpfige Familie Emberle. Sie ist im schwäbischen Sprachraum durch zahlreiche Bücher, CD's, MC's, Illustriertenkolumnen und mehrere hundert Sendungen des ehemaligen Süddeutschen Rundfunks in Stuttgart bestens bekannt.

Elfriede Emberle: Kosename Elfchen, ihres Zeichens unangefochtenes Oberhaupt der Familie. Äußerliches Merkmal ist eine gigantische Korpulenz, wobei das vertraulich zu behandelnde Ergebnis des Betretens zweier, nebeneinander gestellter Badezimmerwaagen bereits die Dreizentnermarke überschritten haben soll. Ihre Familie, insbesondere den Ehemann, führt sie mit eiserner Hand. Sie ist Elternbeiratspräsidentin und durch diese Funktion mit dem Schuldirektor ihrer beiden Kinder und seiner Gattin, einem passionierten Schnorrerehepaar, bestens bekannt.

Eugen Emberle: Beruf Banker, schwäbisch sparsam, unerschöpflicher Dukatenesel der Familie, gutmütig und doch ständig mit dem vergeblichen Bemühen ringend, sein meist von Elfchen angeschlagenes Ansehen in der Familie etwas aufzupäppeln. Da ihm bei der Trauung, auf die Feststellung des Pfarrers, dass die Frau dem Manne untertan sei, das energische Kopfschütteln seiner lieblichen Braut Elfriede entgangen ist, drängte sich ihm erst zu spät die globale Erkenntnis auf, dass der Mann, der behauptet, er sei der Herr im Haus auch bei anderen Gelegenheiten lügt.

Andreas Emberle: Nachpubertäres Ekelpaket, unterwegs auf labyrinthähnlichen Pfaden der Persönlichkeitsentwicklung. Seit kurzem volljährig und im Besitz eines Führerscheins. Er ist Mamas Liebling, ohne jedoch bei Verfehlungen von ihren drakonischen Maßnahmen verschont zu bleiben. Charakterlich der Mutter sehr verwandt. Seine spindeldürre Figur zeugt jedoch von einer äußerlich extrem konträren Veranlagung. Er ist der Ansicht, dass aus einem Tag, der mit Aufstehen anfängt, eigentlich logischerweise nichts werden kann. Vom Typ her ein Mensch, der ein hart gekochtes Ei ungeschält in den Eierschneider legt, um dann stundenlang über die Unfähigkeit der Menschheit zu lamentieren brauchbare Küchengeräte zu produzieren.

Markus Emberle: Innerfamiliärer Kosename Schnecker, vierzehn Jahre jung, sehr sensibel und voller Liebe zu Menschen, Tieren und Pflanzen. Zum großen Leidwesen seiner Mutter ist er mit einer aufkeimenden Neigung zum Vegetarismus behaftet. Äußerlich und charakterlich fast deckungsgleich mit seinem Vater und ohne Zweifel auch dessen erklärter Liebling. Schnecker ist immer auf Ausgleich unter den Familienmitgliedern bedacht und versucht es deshalb allen recht zu machen. Eine Lebensaufgabe, an der erfahrungsgemäß schon ältere und reifere Menschen kläglich gescheitert sind.

Sollten den Leserinnen und Lesern, die noch nie geflogen sind oder unglaublicherweise noch nie im Urlaub waren, die Erlebnisse dieses Buches vielleicht absurd oder übertrieben erscheinen, sei ihnen hiermit vom Autor versichert, dass sich all dies in Wirklichkeit so ereignet hat!

Im Reisefieber

Wer schon einmal im Leben für fünf Wochen Urlaub mit vier Personen vier Koffer gepackt hat, die jeweils höchstens zwanzig Kilo wiegen dürfen, kann ermessen, was wir in der letzten Nacht vor unserem Abflug alles durchgemacht haben.
Im Schnitt wurde jeder Koffer siebenmal wütend von der Waage gerissen, wieder geöffnet und Kleidungsstücke heraus gezerrt. Natürlich geschah dies erst nach endlosen, zeitraubenden und ziemlich lautstarken Diskussionen, in denen dem betroffenen Familienmitglied erbarmungslos die Einsicht aufgezwungen wurde, dass diese Klamotten vielleicht doch nicht so dringend benötigt würden, wie von ihm selbst vermutet. Trotzdem hatten danach die uneinsichtigen und hinterhältigen Koffer zusammen immer noch fast zwanzig Kilo Übergewicht. Am liebsten hätte ich vor Zorn die Zeiger unserer beiden nebeneinander stehenden Waagen im Badezimmer verbogen, wenn sie nicht schon durch Elfchens gewichtsbedingte Wutanfälle ausgesehen hätten wie ein Blitz mit Schluckauf.
Obwohl es in den sonnigen Süden ging, hatten wir vorsichtshalber auch warme Kleidungsstücke eingepackt, weil es dort abends manchmal etwas kühl werden kann. Das rieten uns jedenfalls unsere Freunde, die Schuldirektors, die es als langjährige Teneriffaurlauber schließlich wissen mussten.
Ihnen hatten wir ja auch diese fünfwöchigen Traumferien zu verdanken. Da die Mutter unserer Freunde schon längere Zeit pflegebedürftig ist und die Ferienwohnrechte, die sie auf der Insel erworben hatten, nur drei Jahre lang angesammelt werden können, baten sie uns, im Club Parque Mesa del Mar in Tacoronte, im Norden Teneriffas gelegen, diese Wochen für sie abzuwohnen.
Und da die Familie Emberle immer vorne mit dabei ist, wenn es darum geht, jemandem einen Gefallen zu tun, sagte Elfchen selbst-

verständlich gleich zu, dass wir dieses unsägliche „Opfer“ auf uns nehmen und in Vertretung unserer Freunde, mit unseren beiden Söhnen, auf die größte der sieben kanarischen Inseln in den voraussichtlich schönsten Urlaub unseres ach so bewegten Lebens fliegen würden. Ein Glück, dass ich so viele Überstunden angehäuft hatte und es laut Personalchef höchste Zeit war, diese abzutragen.
Schuldirektors bedankten sich überschwänglich. Als sie wieder weg waren, nahm ich Elfchen und meinen Geldbeutel zärtlich in die Arme und freute mich mit den beiden über diesen nur scheinbar billigen Urlaub. Denn schließlich konnte ich zu diesem Zeitpunkt ja noch nicht ahnen, dass wir nach dem Urlaub von unseren angeblichen Freunden eine Entschädigungsrechnung für die ihnen entgangenen Urlaubswochen vorgelegt bekommen würden, die nur mit äußerstem Wohlwollen noch als Wucher und nicht als kriminelles Abzocken bezeichnet werden kann.
Aber wenigstens machte mir der Schuldirektor noch das liebenswürdige Angebot, uns samt Gepäck zum Flughafen zu fahren. Heute weiß ich natürlich, dass er nur sichergehen wollte, dass wir auch wirklich fliegen!

Nur Fliegen ist schöner

Als wir am Tag der Abreise bei strömendem Regen unsere vier Koffer, das gesamte Handgepäck und uns selbst in seinem Mittelklassewagen verstauen wollten, hatte es eine ganze Weile den Anschein, dass wir unser Elfchen aus Platzmangel zu Hause lassen müssten. Aber weil ich mich an die Fernsehsendung „Wetten, dass...?“ erinnerte, in der eine ganze Musikkapelle mitsamt ihren Instrumenten einen Kleinbus bestiegen hat und dabei sogar noch eine flotte Weise spielte, haben wir es dann auch irgendwie geschafft.

Ich hatte meinen Kopf exakt zwischen dem oberen Gurthalter und der Kopfstütze des Beifahrersitzes eingepasst. Mein rechtes Bein war angewinkelt gegen die Sonnenblende und den inneren Rückspiegel gelehnt, während das linke elegant zwischen Handbremse und Ganghebel unter den Knien des Fahrers endete. Auf dem Schoß hatte ich Elfchens Monumentalhandtasche mit den Ausmaßen eines Überseekoffers. Unser Jüngster lag seitlich zwischen den Vordersitzen mit der rechten Schulter auf meinem linken Knie. Sein Kopf ruhte auf dem Ganghebel. Er hob ihn nur immer kurz an, wenn sich sein Schuldirektor entschlossen hatte einen anderen Gang einzulegen.
Elfchen musste ständig von der rückwärtigen Hutablage aus, unter zwei Rucksäcken hervor, dem Fahrer beim Überholen Bescheid geben, ob von hinten ein Auto kommt, da er seinen linken Außenspiegel nicht einsehen konnte, weil sich unser Großer mit seinem sündhaft teueren Turnschuh darauf abstützen musste. Aber dieses eine Bein konnten wir innen beim besten Willen nicht mehr unterbringen. Zum Glück hatte der Regen etwas nachgelassen.
Als wir unter ziemlichem Zeitdruck von der Schnellstraße aus in die Ausfahrt Richtung Flughafen einbogen, gefror uns fast das Blut in den Adern. Eine mehrere Kilometer lange Blechlawine mit sonnenhungrigen, ausgelaugten und entnervten Urlaubsanwärtern wälzte sich unendlich langsam in Richtung Flugabfertigungsgebäude und blies, als zynisches Abschiedsgeschenk für die bejammernswerten Daheimgebliebenen, unzählige, übel riechende Abgasfahnen in den mit dicken, dunklen Regenwolken dicht verhangenen Himmel.
So mussten wir also trotz unserer völlig zerrütteten Gemütslage warten, bis alle Vorausfahrenden ihr Gepäck ausgeladen, ihren jeweiligen Fahrern das neidische Gesicht abgeküsst, sich bei ihnen überschwänglich bedankt, ihnen mitleidig, mit geheuchelten Tränen

nachgewunken hatten und dann mit erwartungsvoll bebenden Lippen im Flughafengebäude verschwunden waren.
Nach fast einer Stunde entnervendem Warten im Benzingestank, was die Sehnsucht nach der von Blütenduft geschwängerten Luft und dem gesunden Klima Teneriffas noch verstärkte, konnten wir unserem Fahrer genüsslich das gleiche Schicksal zuteil werden lassen. Schnecker und ich winkten ihm gerührt nach, als er mit echten Tränen in den Augen und gebrochenem Herzen nach zahllosen Umarmungen unter dem ekstatischen Hupen der über tausend Autofahrer hinter ihm endlich abfuhr.
Elfchen und Andreas waren bereits in größere Kampfhandlungen um einen Gepäckwagen verwickelt, da hörte ich zufällig, wie ein Sicherheitsbeamter zu einem gut gekleideten Herrn sagte, es wäre durchgesickert, dass heute ein Bombenanschlag auf den Stuttgarter Flughafen geplant sei, und dass sich schon drei Hundertschaften Bereitschaftspolizei auf den Weg gemacht hätten.
Da erst wurde mir bewusst, dass bereits sehr viele Polizeistreifen und Zivilbeamte mit Funksprechgeräten in den Händen scheinbar ziellos durch die Gegend irrten. Mir wurde ziemlich flau im Magen. Eilends setzte ich meinen Kleinen als Bewacher auf unseren Koffer- und Taschenberg und warf mich beherzt zwischen Elfchen und ihre Kontrahenten. Während ich meine Familie von der neuen Sachlage in Kenntnis setzte, bemerkte ich plötzlich, dass ein Gepäckwagen nur Bruchteile von Sekunden ohne Aufsicht war. Mit einer Hechtrolle vorwärts brachte ich das kostbare Gefährt in meinen Besitz.
Elfchen nahm in einer Reflexbewegung unsere beiden Kinder in die Arme und presste sie schützend an sich. Mir tat es schon etwas weh, dass sie mich so schutzlos im leichten Nieselregen stehen ließ, obwohl es bei ihr immer noch genug Platz gegeben hätte, um weitere Personen zu schützen. Mit traurigen Augen suchte ich dann fachmännisch ratlos die riesige Anzeigetafel ab, um zu sehen, ob unser

Flug schon aufgerufen wurde, damit wir, so schnell wie irgend möglich, diesem relativ unkontrollierten und gefährdeten Bereich entrinnen konnten.
Elfchen plädierte gerade mit sich hysterisch überschlagender Stimme dafür, uns doch einfach in das nächste Flugzeug zu setzen, Hauptsache, wir kämen schnell hier weg, da hörte ich eine Gruppe junger Reisender „Viva Tenerife!“ rufen. Flugs hängten wir uns diesen gut gelaunten, grölenden Menschen an und hatten auch schon bald eine endlose Schlange überfüllter Gepäckwagen mit ihrem dazu gehörigen Schubpersonal vor uns. Unsere Jungs vertrieben sich die Wartezeit solange in den vielen Ladengeschäften ringsum, was nicht gerade förderlich für meine innere Ruhe war.
Während wir nervös um uns blickend auf die Abfertigung warteten, schubste unser Hintermann ständig seinen Kofferwagen gegen Elfchens stramme Waden, da es ihm augenscheinlich nicht schnell genug ging. Doch die Kommandeurin unserer kleinen Familieneinheit informierte den nun völlig perplex dreinschauenden Schubser mit einigen ebenso ausdrucksvollen wie lautstarken Worten, dass für ihn der Urlaub beendet wäre, bevor er noch richtig begonnen hätte, wenn sein fahrbarer Untersatz sie noch einmal berühre. Gut, ich meine dennoch, er hätte daraufhin aber auch keine zehn Meter Abstand halten müssen, da er nun ständig von anderen Mitreisenden überholt wurde.
Plötzlich fiel mir ein Hinweisschild ins Auge, dass pro Person nur ein Handgepäckstück zugelassen wird. Nachdem ich Elfchen heimlich darauf aufmerksam gemacht hatte, raffte sie behände unsere vielen Taschen, Rucksäcke und Kleidungsstücke zusammen, ließ sie hinter der am weitesten entfernten Sitzbank verschwinden und stellte sich mit solch einer Unschuldsmiene davor auf, dass sie jedes Gericht der Welt unverzüglich freigesprochen hätte, egal, was auch immer ihr vorgeworfen würde.

Schon unsere Koffer wogen ja immer noch wesentlich mehr als die vorgeschriebene Höchstgrenze! Die reizende junge Dame an dem Wiegeband starrte, sichtlich mit der Fassung ringend, entsetzt auf die Gewichtsanzeige. Doch ich deutete nur auf Elfchen und sagte, dass bei ihr die Kleider, durch den extrem hohen Stoffbedarf, einfach mehr wiegen als bei anderen Frauen. Sie war wohl einsichtig, schüttelte aber ständig dermaßen den Kopf, dass mir dabei ganz schwindelig wurde.
Da tönte auch schon Elfchens befehlsgewohnte Kommandostimme durch den Raum, sie wolle im Nichtraucherbereich sitzen und nicht bei diesen rücksichtslosen und undisziplinierten Paffern! – Nun hatte sie bereits gut die Hälfte der anwesenden Teneriffapassagiere gegen sich aufgebracht. – Sie hätte dieses Wort „undiszipliniert" bei ihrer kilometerweit sichtbaren Willensschwäche im Bereich des Ernährungssektors aber auch wirklich nicht im Munde führen sollen. Bevor es aber zu einer Lynchjustiz kommen konnte, eilte ich, heftig mit den Bordkarten winkend, meiner Familie voraus und brachte sie bei der Personenkontrolle vorerst einmal in Sicherheit.
Als Elfchen sich weigerte ihre Handtasche auf das Förderband zu legen, wo sie auf Grund ihrer gigantischen Fülle auf Waffen oder Bomben durchleuchtet werden sollte, fauchte die Sicherheitsbeamtin einige bedeutungsvolle Worte, nach denen meine frühere Verlobte unverzüglich ihre Handtasche zu unseren anderen acht Gepäckstücken auf das Band warf. Völlig eingeschüchtert wollte sie sich selbst auch noch auf das Förderband legen, aber dafür war der Durchmesser dieses großzügig angelegten Röntgenkanals dann doch erheblich zu klein.
Der Beamte, der meinen Körper mit einem Metalldetektor absuchte, war außer sich, wie dumm doch manche Fluggäste seien. Ich gab mich nicht als Ehemann dieses angeblich dummen Fluggastes zu erkennen, weil ich ihm ansonsten, nachdem die Duelle doch etwas

aus der Mode gekommen sind, wenigstens anstandshalber eine wohlklingende Ohrfeige hätte verpassen müssen.
Wir belegten dann im Wartesaal eine ganze Bankreihe mit unserem Handgepäck. Elfchen öffnete feierlich ihre Picknicktasche und dann stärkte die Emberle-Familie erst einmal ausgiebig ihre strapazierten Nerven. Die anderen Passagiere amüsierten sich köstlich über uns. – Sie konnten ja zu diesem Zeitpunkt ebenso wenig wie wir ahnen, dass wir noch über sechs Stunden auf unser Mittagessen warten mussten.
Der Start unseres Flugzeuges wurde immer wieder wegen eines angeblich technischen Defekts verschoben. Das machte mich dann doch fürchterlich nachdenklich. Unser Andreas vermutete, dass mit hoher Wahrscheinlichkeit ein Flügel abgebrochen sei, was jedoch nicht weiter schlimm wäre, da wir ja noch einen zweiten hätten. Da wurde auch seine Mutter, entgegen ihrer sonstigen Angewohnheit, immer ruhiger.
Weil ich befürchtete, dass sie in Gedanken bereits erwog den Urlaub abzublasen, verfiel ich auf den, für meine Finanzen unter Umständen verhängnisvollen Einfall Elfchen meine Geldbörse auszuhändigen, damit sie einen kleinen Bummel durch die Butiken machen konnte. Diese probate Maßnahme hat meinen permanent einkaufswilligen kleinen Liebling, bisher jedenfalls, immer von eventuell auf sie einstürmenden trüben Gedanken abgelenkt.
Wie vermutet verschwand sie auch sofort, mit wehendem Rock und den Kindern im Kielwasser, in einem der Verkaufsräume. Ich klammerte mich an die Hoffnung, dass es dort nichts Essbares zu kaufen gibt, weil sonst die Wahrscheinlichkeit, dass unser Flugzeug beim Start nicht mehr hochkommt, größer wäre, als die, dass Elfchen je noch einmal eine Fastenkur antritt. Sie übertrieb aber ausnahmsweise nicht bei ihrem Einkauf, weil sie, wegen unseres gewaltigen Handgepäckaufkommens, sowieso schon Angst hatte, dass uns die Stewardessen den Zutritt zum Flugzeug verweigern würden.

Nachdem Elfchen neunzehnmal und Schnecker siebenmal vor Aufregung auf dem Klo waren, wurden wir fast exakt zwei Stunden nach der planmäßigen Startzeit endlich aufgerufen. Der Steward oben an der Treppe sah uns mit ungläubigem Blick entgegen und zeigte dann, mit gequältem Lächeln, auf unsere Sitzplätze. Wir stopften alle Handgepäckfächer um uns herum voll. Ich weiß nicht, wie die anderen zweihundert Fluggäste das gemacht haben, aber von denen hatte kaum jemand zusätzliches Handgepäck bei sich. Nur bei uns artet die Urlaubsfahrt immer in einen halben Auszug aus Ägypten aus. Sollten wir jemals wieder an einen Urlaubsort fahren, der mit dem Wagen zu erreichen ist, bin ich mir sehr sicher, dass wir dazu einen Möbelwagen ausleihen müssen.
Plötzlich fiel mir auf, dass mein sonst immer so tapferes Elfchen einen schmerzverzerrten Ausdruck in ihrem Gesicht trug. Zuerst dachte ich, es sei etwas mit ihrem Herz, doch dann war es nur der zu enge Sitz und die Armlehnen, die auf beiden Seiten etwa einen halben Meter tief in ihre hausgemachten, voluminösen Hüften drückten. Ich stellte ihr als braver und ordentlicher Ehemann selbstverständlich die Frage, ob sie denn unter diesen Umständen trotzdem noch mit uns fliegen wolle. Ein tapferes Nicken war die Antwort!
Weil ein Ende von Elfchens Anschnallgurt das andere Ende, bei dem Versuch die beiden zu verkuppeln, nicht einmal sehen konnte, brachte der Steward einen vier Meter langen Zwischengurt. Dabei stellten wir fest, dass es mit dem Essen doch etwas problematisch werden würde, weil sich Elfchens Tischplatte nicht mehr herunterklappen ließ, da sie ihren Bauchnabel, nebst Umgebung, gegen den Vordersitz presste, obwohl sie sich in ihrem Sitz bereits ganz nach hinten gedrückt hatte.
Das Flugzeug nahm verständlicherweise einen extrem langen Anlauf und alle begannen zu beten. Wie durch ein Wunder hob die Ma-

schine trotzdem etwa einen halben Meter vor dem Ende der Startbahn ab.
Nach einigen Minuten Flug sah ich plötzlich auf den Monitoren an der Kabinendecke, dass das Flugzeug anstatt in den sonnigen Süden mehr östlich, also in Richtung Sibirien flog. Da war mir sofort klar, dass wir entführt wurden. Jetzt nur kein falsches Wort zu Elfchen, dachte ich, nicht, dass sie Panik bekommt und anfängt, Sitze herauszureißen oder vor die Tür will.
Der Pilot hatte ein Gemüt wie ein Fleischerhund, denn erst über Augsburg erlöste er mich von meinen inneren Qualen. Er traf sehr feinsinnig die brillante Feststellung, wir hätten ja sicherlich bemerkt, dass eine Verzögerung eingetreten sei. Da wusste ich mich bei ihm geborgen, denn so eine analytisch beachtliche Menschenkenntnis ist wirklich nicht bei jedem x-beliebigen Mitmenschen anzutreffen. Er gestand dann freimütig ein, dass wir nach München fliegen müssten, um dort in ein anderes Flugzeug umzusteigen, weil diese Maschine repariert werden müsse. Das beruhigte uns Fluggäste natürlich ungemein. Mit einem reparaturbedürftigen Flugzeug in der Luft! Ängstlich horchten wir auf jeden unnatürlichen Ton, den die Motoren von sich gaben. Selbstverständlich achteten wir auch peinlich genau auf das Fehlen einer oder mehrerer Tragflächen.
Unser Herr Pfarrer hätte sicherlich seine helle Freude gehabt, wie, bis auf wenige Ausnahmen, die meisten Passagiere in heftige und inbrünstige Gebete versunken, ängstlich in ihren Sitzen kauerten. Ich glaube nicht, dass im Gottesdienst immer alle so intensiv um Beistand ringen. Sicherlich kommen Piloten ohne größere Formalitäten gleich in den Himmel, bei dem, was sie in ihrem irdischen Leben bereits für den Glauben geleistet haben.
Alle Passagiere, einschließlich der Emberle-Familie, waren sichtlich erleichtert, als sie wieder festen Boden unter den Füßen hatten. Der Flugkapitän sicherte uns über Bordlautsprecher zu, dass wir ohne

weitere Verzögerung sofort in das andere Flugzeug durchgeschleust würden. Während der Stunde, in der wir auf die sofortige Einschleusung warteten, bekamen wir durch langwierige und sehr sensibel geführte Verhöre der Flughafenbediensteten heraus, dass an unserem ersten Flugzeug die Enteisungsanlage defekt war und wir demzufolge in elftausend Metern Höhe, bei fünfzig bis sechzig Minusgraden, gar nicht mehr hätten fliegen können.
Andreas nutzte die Zeit für einen kurzen Flirt mit einer jungen Flugbegleiterin und Schnecker brütete über unseren Flugkarten, wann wir denn jetzt wohl, eingedenk der Verspätung und Zeitverschiebung, ankommen würden. Plötzlich zupfte er mich heimlich am Ärmel und zeigte mir den Hinweis, dass ab einer vierwöchigen Reisezeit pro Person dreißig Kilogramm Gepäck erlaubt sind!
Ich bat ihn schreckensbleich um strengstes Stillschweigen über diese neue Sachlage. Er war auch verständlicherweise sofort damit einverstanden. Schließlich wollte er nicht von seiner Mutter in der Wartehalle des Münchner Flughafens zu einer Halbwaise gemacht werden.
Erleichtert stellte ich fest, dass an dem neuen Flugzeug, das wir dann endlich besteigen durften, der Lack auch noch nicht so stumpf war wie beim ersten. Mit Argusaugen musterte ich die Boeing 757-200 nach äußeren auffälligen Mängeln. Ich zählte die Flügel durch, ob alle ordnungsgemäß vorhanden waren, prüfte die für mich einsehbaren Nieten und Schweißnähte und dann starteten wir furchtlos und tapfer, mit zitternden Knien und dreieinhalb Stunden Verspätung in unseren ersten Abenteuerurlaub nach Teneriffa.
Elfchen hatte sich den Platz am Mittelgang ausgesucht, um den Service besser anfordern zu können. Doch dann wurde sie von einer Stewardess dezent aufgefordert, doch mit einem von uns die Plätze zu tauschen, da sie sonst mit ihren schmalen Verpflegungswägelchen nicht durchkommen würden. Das war nun auch nicht gerade

im Sinne von Elfchen. Normalerweise lässt sie sich ja von niemandem mehr versetzen, wenn sie einmal Platz genommen hat. Doch die Sache mit dem Verpflegungswagen war natürlich ein vorzügliches Argument.
Sie quetschte sich dann missmutig an einen Fensterplatz. Schnecker saß in der Mitte und ich am Gang. Gerade als sich Elfchen anschickte wieder ihre Leidensmiene zurechtzurücken, entdeckte unser kleiner Forscher, dass sich die inneren zwei Armlehnen nach oben klappen ließen. Kaum geschafft, quetschte es ihn so kräftig zu mir herüber, dass er schlagartig die späte Erkenntnis vieler Forscher teilte, dass nicht alle Entdeckungen auch gut für die Menschen sind.
Unser Großer saß auf der anderen Seite vom Gang. Er hatte seinen Walkman aufgesetzt und tat, als ob er mit uns nicht das Geringste zu tun hätte.
Nachdem die endgültige Flughöhe erreicht war, begrüßte der Flugkapitän uns und natürlich auch die anderen Passagiere erneut über Bordlautsprecher und entschuldigte sich noch einmal für die entstandene Verspätung. Er ließ sich aber den ganzen Flug über nicht im Passagierraum sehen. Noch nicht einmal auf die Toilette hat er sich getraut. Wahrscheinlich wurde ihm berichtet, dass unser Elfchen mit einem Gesicht da saß, das ihn zumindest ein kleines Rudel Rundschläge befürchten ließ.
Elfchen litt ob der räumlichen Enge still vor sich hin, und als nach weiteren eineinhalb Stunden endlich das Mittagessen ausgeteilt wurde, erhellten sich ihre gut ausgepolsterten und deshalb völlig faltenlosen Gesichtszüge wieder etwas.
Als der Pilot dann weiter verkündete, dass wir uns in elftausend Meter Höhe befänden und dass es draußen vor der Tür etwa sechzig Minusgrade kalt sei, zog sich Elfchen noch eine weitere warme Weste an und legte sich vorsorglich noch ihren Schal um die breiten Schultern.

Da sich unter uns fast drei endlose Flugstunden lang eine dicke Wolkendecke ausbreitete, was aber durchaus Elfchens Gemütslage entsprach, versäumten wir von der Aussicht her sicher nicht allzu viel, weil ja unser Fenster wegen Überfüllung nicht einsehbar war.
Ich stellte Elfchens Tablett auf meines, zerkleinerte das Fleisch und die Beilagen zu kleinen Häppchen und reichte ihr die kleine Aluminiumform in der Servierschale mit einer Gabel zum Verputzen. Ehe noch das gierige und hoffnungslose Scharren von Metall auf dem leeren Blechboden an mein Ohr drang, hatte ich auch schon die anderen Köstlichkeiten so weit hergerichtet, dass sie ohne weitere Verzögerung den nächsten Gang zu sich nehmen konnte.
Als ich mich schließlich über mein Essen beugte, spürte ich schon wieder ihren verlangenden Blick auf mir lasten, aber ich schaute beim Kauen in alle Richtungen, nur nicht zum Fenster.
Unser Schnecker, aus leidvoller Erfahrung routiniert in solchen Dingen, hatte sein Menü längst verdrückt und so konnte Elfchen nur noch alle Zucker-, Salz- und Pfeffertütchen, die übrig waren, einsammeln und in den unergründlichen Tiefen ihrer außergewöhnlich geräumigen Handtasche verschwinden lassen. Sie ließ sich auch am häufigsten von allen Mitreisenden nachschenken.
Die Fluggesellschaft spendierte für unser geduldiges Warten jedem Erwachsenen einen Pikkolo, und Schnecker bekam einen Orangensaft. Von diesem Zeitpunkt an wurde unser selbst ernannter Haushaltsvorstand wieder etwas leutseliger. Und als wir die Uhren wegen der Zeitverschiebung um eine Stunde zurückstellen durften, ließ ich sie aus Barmherzigkeit in dem irrigen Glauben, dass dadurch auch ihre Leidenszeit bis zur Landung verkürzt würde.
Über lange Strecken gewann ich den Eindruck, dass der Pilot auf einem quer gepflügten Kartoffelacker entlang holperte, so rüttelte und schüttelte es uns durcheinander. Schnecker und ich ließen uns aber von einigen Zeichentrickfilmen so ablenken, dass wir, erstmals

an diesem Tag, trotz Elfchens missbilligenden Blicken, in lautstarkes Gelächter ausbrachen.
Irgendwann meldete unser Ausguck, dass nach über einer Stunde, in der unter uns nur Wasser zu sehen war, jetzt endlich Land in Sicht sei. Da kam auch schon über Bordlautsprecher der beglückende Hinweis, dass wir uns nun wieder anschnallen müssten, allerdings verbunden mit der Drohung des Piloten, in einen Sinkflug übergehen zu wollen.
Wie der Pilot es schaffte, eine Rechtskurve zu fliegen, obwohl Elfchen auf der linken Flugzeugseite saß, muss wohl als aerodynamisches Wunder bezeichnet werden. Jedenfalls gelang es uns dadurch einen Blick auf die Insel der Glückseligen zu erhaschen, wie Teneriffa im Altertum gerne bezeichnet wurde. Ihre Ureinwohner, die Guanchen, sollen auf Grund des überaus gesunden Inselklimas und ihrer natürlichen Ernährung rund hundertvierzig Jahre alt geworden sein! Zu diesem privilegierten Personenkreis würden wir wohl ebenfalls bald gehören, aber natürlich nur, wenn unser Pilot neben den Starts auch etwas von Landungen versteht.

Endlich auf der Insel

Wir atmeten alle von Herzen auf, als das Flugzeug wider Erwarten doch noch rechtzeitig, kurz vor dem Abfertigungsgebäude des Reina-Sofia-Flughafens, im Süden der Insel zum Halten kam. Nun war mir plötzlich auch klar geworden weshalb der Papst immer den Boden küsst, wenn er irgendwo gelandet ist.
Einige kräftige Männer halfen mir freundlicherweise Elfchen aus ihrem Sitz zu ziehen. Als wir jedoch aus dem Flugzeug stiegen und uns die Sonne mit ihren warmen Strahlen das Gesicht liebkoste, geriet die ganze Angst und Aufregung der letzten Stunden in Vergessenheit.

Nun waren wir also auf der 2.057 Quadratkilometer großen Insel mit dem gesündesten Klima der Welt. Sie liegt sogar noch südlicher als das sonnendurchflutete Kalifornien und Kairo und etwa gleich auf mit Florida. Schnecker hatte uns aus dem Reiseführer vorgelesen, dass die durchschnittlichen Tagestemperaturen im Winter kaum zwanzig Grad unterschreiten und im Sommer auch nicht über dreißig Grad hinaus gehen. Die täglichen Sonnenstunden liegen sogar in den Wintermonaten bei mindestens fünf und im Sommer bei elf Stunden. Der Mittelwert der Wassertemperaturen schwankt, je nach Jahreszeit zwischen achtzehn und dreiundzwanzig Grad. Und trotzdem gibt es keine giftigen Skorpione und Schlangen. – Ist das nicht ein Traum?
Während die Jungs zwei Gepäckwagen besorgten, versuchte ich solange an der Lage der übereinander liegenden Gummiplatten des Koffertransportbandes zu erkennen in welche Richtung das Band läuft, um gleich die strategisch beste Position an einem der beiden Schächte einzunehmen, damit wir als Erste mit unserem Gepäck abziehen könnten. Doch prompt lief dieses hinterlistige Band anders herum, als ich es gedacht hatte, und jetzt noch die Position zu wechseln, wäre bei der immer dichter werdenden Besiedelung des Bandes im Moment taktisch unklug gewesen. Wir mussten etwa eine Dreiviertelstunde auf unsere Koffer warten. Als dann das Band endlich anlief, riss sich Elfchen plötzlich von meiner Hand los und stürzte einem Mann nach, in dem Glauben, er hätte einen unserer Koffer vom Band gestohlen. Dabei sah dieses Gepäckstück unserem nur etwas ähnlich. Aber erst, als er ihr den Anhänger mit seiner Adresse am Koffergriff zeigte, ließ sie ihn aus dem Schwitzkasten los.
Wie unser vierter Koffer das geschafft hat, wird wohl immer sein Geheimnis bleiben, aber es gelang ihm doch tatsächlich als letzter Kleiderbehälter überhaupt mit einer völlig bescheuerten Un-

schuldsmiene auf dem Band zu liegen, und hinter ihm stand ein Hinweisschild, dass dies nun das letzte Gepäckstück dieses Fluges gewesen sei. Die anderen Mitreisenden saßen sicherlich längst schon beim Nachtessen, als wir endlich dieses saumselige Bummelband verlassen konnten.

In dem modernen Flughafenbistro erstand Elfchen einen Berg belegter Brötchen und zahllose Wasserflaschen, als Überbrückungsverpflegung während der Fahrt in unser Feriendomizil.

Unser damaliger Freund hatte von Deutschland aus, vorerst einmal für eine Woche, einen Mietwagen für uns an den Flughafen bestellt. Und die Dame von der Autovermietung stand auch glücklicherweise immer noch da. Sie sprach Elfchen sofort an, ob sie die Frau Emberle sei. Meine Gebieterin war begeistert, dass sie sogar in Teneriffa so bekannt ist. Nur denke ich, der Schuldirektor wird sicherlich genüsslich ihre prägnante Figur beschrieben haben. Zugegebenermaßen ist das auch die sicherste Erkennungsmöglichkeit, da sie unverwechselbar ist.

Weil sie noch auf das nächste Flugzeug warten musste, um einer weiteren Familie einen Wagen auszuhändigen, teilte mir die Autovermietungsdame nach kurzen Vertragsformalitäten, in vertraulich flüsterndem Ton mit, dass unser Leihwagen auf dem Parkplatz stehe und der Schlüssel dazu an der Innenseite des rechten Hinterrades verborgen sei.

Also ratterten wir mit unseren beiden völlig überladenen Gepäckwagen los, hinaus in die immer noch kraftvoll wärmende Abendsonne des Südens von Teneriffa. Die Suche nach unserem irgendwo herumlungernden Leihwagen führte uns zwischen hunderten von Omnibussen hindurch über kurze, aber dafür steile Anstiege hinauf, in die endlosen Tiefen des gigantischen Parkplatzes.

Nach einer Viertelstunde ließ sich Elfchen völlig entkräftet auf einem kleinen Mäuerchen nieder und verkündete mit ersterbender

Stimme, dass sie nun keinen Schritt mehr weiter laufen würde. Wir sollten den Wagen alleine suchen und sie hier abholen, falls sie dann überhaupt noch am Leben sei.
Nachdem sich Andreas ebenfalls erschöpft zeigte, ließ ich ihn als Bewacher von Mutter und Gepäck zurück und ging mit meinem treuen Schnecker weiter, um den Wagen zu suchen.
Als Erstes zogen wir den Pullover aus, ein Relikt aus dem kalten und unwirtlichen Deutschland und dem unterkühlten Flugzeug. Dann knöpften wir unser Hemd auf. Nachdem wir den gesamten Parkplatz ebenso systematisch wie vergeblich Reihe um Reihe abgesucht hatten, in der trügerischen Hoffnung unser Auto zu finden, lief uns der Schweiß in kleinen Rinnsalen am Körper hinunter. Ähnliche Nummern gab es schon, aber ich wollte ja keinen Wagen stehlen, sondern einfach nur mieten. War das von meinem Schicksal denn zu viel verlangt? Nein! Also war klar, dass unser Fahrzeug inzwischen gestohlen sein musste. Vielleicht hatte so ein niederträchtiger Dieb die Dame beobachtet, wie sie den Schlüssel hinter den Reifen schob?
Wir schleppten uns mit letzter Kraft zu Elfchen und Andreas zurück. Dort musste ich mich zuerst einmal gute zehn Minuten beschimpfen lassen, wo wir denn so lange gewesen wären und was für eine Unverschämtheit unser Verhalten doch sei. Erst dann konnte ich ihr von diesem schrecklichen Diebstahl erzählen.
Elfchen ordnete den sofortigen Rückflug mit der nächsten Maschine an, da sie in so einem Land keine Minute länger mehr bleibe. Anschließend schlurften Schnecker und ich mit hängenden Ohren wieder zurück zum Flughafen, um die Dame von der Autovermietung über den herben Verlust ihres Fahrzeugs zu informieren. Aber sie war nicht mehr da!
Wieder suchten wir alles ab. Schnecker drang sogar tapfer ins Damenklo ein, doch ohne jeden Erfolg. Da schritt ein würdig drein-

schauender Polizist einher. Ich stürzte erleichtert zu ihm hin und wollte weitschweifig das Geschehene erläutern. Er unterbrach mich nur kurz, sagte: „No comprendo!“ und schritt würdig dreinschauend weiter.

Also trotteten wir hilflos, den Tränen nahe, über die Zebrastreifen wieder zurück zu Andreas und Elfchen, um eine weitere Belobigung von ihr abzuholen. Plötzlich hupte uns ein Auto an. Ich schaute nicht einmal mehr auf, wer es war. Es wäre mir zu diesem Zeitpunkt auch völlig gleichgültig gewesen, wer mich überfahren hätte. Dann hörte ich eine deutsch sprechende Frauenstimme, die mir bekannt vorkam. Es war die Dame von der Autovermietung! Bevor ich sie vor Freude küssen konnte, fragte sie uns verwundert, was wir denn, um alles in der Welt, noch hier machen würden, sie wähne uns schon lange auf dem Weg in den Norden der Insel.

Da erzählte ich ihr, was geschehen war. Sie sah mich an, als ob ich mir in dieser kurzen Zeit bereits einen Sonnenstich zugezogen hätte, dann parkte sie kurz ein und ging mit uns zielstrebig auf ein Auto mit der Nummer TF-5737 AX zu und sagte, dass es doch hier stehe. Ich zeigte ihr meinen Vertrag, auf dem klar und deutlich das Kennzeichen TF-5737 AW stand! Ihr war das dermaßen peinlich, dass ich mich zu der barmherzigen Lüge hinreißen ließ, dass wir sowieso ein wenig an der frischen Luft wandern wollten.

Gegen die Temperatur, die im Inneren des Wagens herrschte, ist der Wärmegrad eines auf Hochtouren laufenden Backofens eher als kühl zu bezeichnen. Wir entlüfteten das Fahrzeug notdürftig und fuhren dann los, um nach unseren beiden anderen Leidtragenden zu sehen. Aber anstatt sich wie austrocknende Regenwürmer in der Sonne zu winden, saßen die zwei quietschvergnügt im Schatten einer Palme und mampften munter die Fahrtverpflegung in sich hinein. Unsere gesamten Koffer und Taschen standen um die Ecke, ohne dass die Bewacher sie sehen konnten, aber denen war das offensichtlich auch völlig gleichgültig! Ich äußerte mich nicht zu ihrem Verhalten, aber dass sie auch unsere Ration weggeputzt hatten, diese Lieblosigkeit tat mir schon etwas weh.

Als ich für Schnecker und mich noch etwas nachholen wollte, entschied Elfchen, dass wir dafür jetzt genug Gelegenheit gehabt hätten, und wenn wir zu dumm dazu seien, müssten wir eben warten, bis es im Hotel etwas gibt. Dafür kochte sie dann aber etwas später vor Wut, als Schnecker und ich am nächsten erreichbaren Kioskwagen an der Autobahn in aller Ruhe Kaffee und Limo tranken und einige Donuts dazu aßen.

Aber zuerst galt es nun einmal vom Flughafenparkplatz aus die Autopista del Norte zu suchen. Während der Fahrt fiel mir plötzlich auf, dass einige einheimische Taxifahrer in unsere Richtung rannten, aufgeregt gestikulierten und wilde Schreie ausstießen. Elfchen winkte huldvoll wie Königin Elisabeth zurück und äußerte sich begeistert über die Freundlichkeit der hiesigen Bevölkerung. Aber, nachdem die Wahrscheinlichkeit, dass uns hier schon jemand kennt äußerst gering war, kam ich doch schon ein wenig ins Grübeln. Als ich dann noch auf meiner Fahrspur einen weißen Pfeil entdeckte, der zu mir her zeigte, kam das siedend heiße Erkennen über mich, dass ich drauf und dran war mich als teneriffanischer Geisterfahrer in Gegenrichtung der Autobahn zu betätigen.

Unter entwürdigenden Schmähungen und beißendem Spott meiner nächsten Verwandtschaft, mit Elfchen als herausragender Wortführerin, kehrte ich vorsichtig um und fuhr, den Einheimischen dankbar zuwinkend, mit glühend roten Ohren auf dem nun vermutlich richtigen Zubringer zur Autobahn gen Norden.

Die einer kargen Halbwüste ähnliche Landschaft im Süden ist, ohne Hemmungen, als trostlos zu bezeichnen. Sonnenverbrannte, spärliche Pflanzen, trockenes, von tief eingeschnittenen Erosionsrinnen durchzogenes, verkrustetes Erdreich, nackte Felsen und bizarre

Schluchten. Elfchen drohte gerade an, wenn es so weitergehe wolle sie lieber wieder nach Hause, da tauchten zum Glück die ersten grünen und blühenden Pflanzen auf. Ich musste anhalten, und Elfchen führte sich vor diesen Pflanzen auf, als hätte sie seit mindestens fünfhundert Jahren keine Blumen mehr gesehen. Dabei hatte sie erst am Morgen noch einmal, unter meinen neiderfüllten Blicken, all ihre Pflanzen zu Hause zum Abschied gestreichelt und liebkost. Es ist mir schleierhaft, woher mein Wonneproppen die Gewissheit nimmt, dass wir Männer weniger sensibel und liebebedürftig sind als die Pflanzen in unserem Hause.

Im Norden der Insel, der durch die dort allmorgendlich aufziehenden, feuchten Passatwolken immer grüner und ansehnlicher wurde, fiel sie dann wegen der üppigen Blumen- und Pflanzenpracht von einem Entzückungsanfall in den anderen, sodass es sogar unseren Jungs zu viel wurde. Als Elfchen ihnen aber mit Aussetzung drohte, wie andere Leute ihre Hunde und Katzen aussetzen, wenn sie in Urlaub fahren, fügten sie sich in ihr Schicksal und stöhnten bei jeder neuen Blumenhecke zahllose verzückte „oh's" und „ach's", sodass ich einen hysterischen Lachanfall nur mit Mühe unterdrücken konnte.

An der Ausfahrt Tacoronte verließen wir die gut ausgebaute Autobahn und fuhren durch die belebten Geschäftsstraßen der Stadt, die als Zentrum des Weinanbaus gilt und nach meinem Geschmack den besten vino tinto der Insel produziert. Die Straße zum Ortsteil Mesa del Mar hinunter, an der unsere Clubanlage liegt, war zwar ziemlich holprig, aber Elfchen bekam davon schon nichts mehr mit, da sie wegen dieser traumhaft schönen, vielfarbigen und ausladenden Bougainvilleenhecken links und rechts an den Gartenmauern nun vor Begeisterung definitiv im Koma lag. Auch ich hätte am liebsten gejauchzt vor Freude. Ich konnte mich nämlich nicht daran erinnern, jemals in meinem Leben, außer natürlich als Schulkind in den Ferien, fünf Wochen Urlaub am Stück gehabt zu haben.

Unser Traumquartier

Als dann die gewaltige Gartenanlage vom Club Parque Mesa del Mar, sehr ästhetisch in den Farben weiß und goldgelb gehalten, in ihrer vollen Größe vor uns lag, schauten wir ein wenig wie Elfchen, wenn sie am Geburtstag eine ganze Schwarzwälder Kirschtorte serviert bekommt, die sie alleine verzehren darf.
Einstöckige Appartements und Studios lagen eingebettet zwischen kanarischen Dattelpalmen, von uns noch nie gesehenen Drachenbäumen, prächtigen Tulpenbäumen, Kiefern, Mimosen, Blumenkästen in üppiger Geranienblüte, Bougainvilleenhecken, herrlich orange leuchtenden Feuerbignonien, weißem und rosarotem Oleander, verschiedenfarbigen Hibiskushecken, prachtvollen Strelitzien, Agaven und vielem anderen mehr, von dem ich nicht einmal die Namen weiß.
Nach einer kurzen Anmeldung, die in deutscher Sprache abgewickelt wurde, teilte Elfchen die Jungs und mich dafür ein Koffer und Taschen herbeizuschaffen, während sie unser Studio einer ersten Inspektion unterzog und die Schränke einräumte.
Mit der uns Männern eigenen Sensibilität bemerkten wir nach Beendigung der aufgetragenen Arbeiten sehr schnell, dass wir unser Familienoberhaupt eigentlich nur störten und zogen uns, nachdem wir klammheimlich unsere noch nicht eingeräumten Badehosen stibitzt hatten, unter eifriger Benutzung der Duschanlagen in das kristallklare Schwimmbad zurück, um uns von den schweißtreibenden Tätigkeiten dieses Tages etwas abzukühlen.
Dort erschloss sich uns die Anlage in ihrer ganzen Pracht. Ich konnte nun verstehen, weshalb sich unsere ehemaligen Freunde in dieses kleine Paradies verliebten. Sie hatten sich bei Nova Ferien Plus, im Club Parque Mesa del Mar, ein zweiwöchiges Ferienwohnrecht gemietet, mit dem sie auch über die RCI-Tauschorganisation in meh-

reren tausend Ferienanlagen in zahllosen Ländern der Erde ihre Urlaubswochen eintauschen können. Mit dem unbestreitbaren Vorteil gegenüber dem Timesharing, wo die Kündigung nur über einen Wiederverkauf funktioniert, was bei den derzeitigen Marktverhältnissen als äußerst schwierig zu bezeichnen ist, dass bei der Nova Ferien Plus ein Ausstieg jedes Jahr problemlos vollzogen werden kann. Außerdem entstehen durch dieses System auch keine jährlichen Nebenkosten. Für einen sparsamen Schwaben zumindest sind dies faszinierende Argumente.

Wir lernen Werner kennen

Während wir uns ungeniert über diese Traumanlage unterhielten, schwamm ein braun gebrannter Mann, mit dem Aussehen eines Dressman, der nur wenig älter als ich zu sein schien, sympathisch lächelnd näher und sagte in schönstem Schwäbisch, dass er sich freue, wieder einmal heimatliche Laute zu hören. Im Gespräch stellte sich dann heraus, dass er in Stuttgart als Spross einer Brauereifamilie geboren wurde und nun in Teneriffa bei der hiesigen CCC-Brauerei Compañía Cervecera de Canarias, S.A. mit der Organisation beauftragt sei. Sein ältester Sohn Marc ist Pilot bei der Lufthansa und Phili, sein Jüngster, ist nach der Schule zum Grundwehrdienst und zur Berufsausbildung mit der Mutter wieder nach Deutschland zurückgekehrt.
Als wir ihn siezten, erklärte er uns, dass man sich in Teneriffa duze und stellte sich als Werner vor. Erfreut nannte ich unsere Vornamen und erzählte auch ein wenig von Elfchen. Werner lud uns ein, ihn doch einmal in seinem Haus gleich unterhalb der Anlage zu besuchen. Er sei nur ausnahmsweise mit einem Geschäftsbesuch hier, den er auch im Club untergebracht habe, um ein wenig zu

schwimmen, weil in seinen Pool, nach einigen Umbauarbeiten, zurzeit erst wieder das Wasser einlaufen müsse.
Gerne nahmen wir die Einladung an, und Werner wandte sich wieder seinen Geschäftspartnern zu, um sich mit ihnen in fließendem Spanisch zu unterhalten. Noch wussten wir nicht, dass in diesem Moment eine Freundschaft fürs Leben begonnen hatte, die sich auch nach unserem Urlaub weiter fortsetzen sollte.

Unser erster Lokalbesuch

Vielleicht hätte ich für dieses Kapitel auch den wahren Ausspruch: „Kein Mensch ist perfekt!“ als Titel wählen sollen, wie auch immer, es galt dieses scheußliche Wort „Flop“ zu vermeiden. Nach einem kurzen Erkundungsbummel durch die Gartenanlage lenkten wir nämlich voller Vorfreude und Selbstbewusstsein, angetrieben von nagendem Hunger, unsere Schritte in das Restaurant der Clubanlage zum Nachtessen. Weil wir Angeber aber, dank eines mehrstündigen Abendkurses durch den Schuldirektor, auf spanisch um die Speisekarte baten, brachte uns der Ober auch die spanisch geschriebene Karte. Fachmännisch studierten wir das Angebot der Speisen und gaben dann unser Essen in Auftrag.
Feinschmecker-Elfchen hatte sich Lammkeule mit Bratkartoffeln gewünscht und eine Mehlsuppe namens Gofio bekommen, bei deren Genuss sie die Zähne fletschte, wie ein Kampfhund, der sie vorbeigehen sieht. Andreas hatte Braten bestellen wollen und mit langem Gesicht fassungslos in einen Teller voll Spinat mit Champignons gestiert. Schnecker hatte auf irgendetwas mit Gemüse gehofft und bekam einen kleinen gebratenen, weißen Tintenfisch mit Saugnapfärmchen. Mir wurden, anstatt des erwarteten Fischtellers mit Reis, irgendwelche Innereien serviert. Die beiden Jungs tausch-

ten ihre Speisen und waren zufrieden. Leider mussten wir alle noch von Elfchens Mehlpampe probieren, und sie verging sich in dieser Zeit maßlos an unseren Gerichten. Aber wir waren viel zu müde, um uns mit ihr anzulegen.
Der Ober bemerkte natürlich an unseren Reaktionen, dass irgendetwas schief gelaufen sein musste und erkundigte sich, ob er denn etwas falsch gemacht hätte. Wir gestanden, dass unsere Spanischkenntnisse doch noch nicht so üppig waren. Da erklärte er uns, dass er Österreicher sei, wir ihn also jederzeit fragen dürften und dass es zudem in diesem Haus Speisekarten in allen gängigen Sprachen gebe, darunter auch in Deutsch! Nur eben noch nicht in unserem schwäbischen Dialekt.

Die erste Nacht

Dass die erste Nacht nicht viel besser werden sollte, konnten wir zwar nicht wissen, aber ahnen, wenn wir über das so wahre Sprichwort: „Ein Unglück kommt selten allein!“ etwas tiefsinniger nachgedacht hätten. Also gingen wir ahnungslos und deshalb frohgemut wieder hinauf in unser helles Einzimmerappartement, mit kleiner Küchenzeile und Bad daneben. So ein Studio mag ja für das kinderlos gebliebene Schuldirektorsehepaar ausreichend sein, aber bei fünf Leuten, – wenn man Elfchen gewichtsbezogen korrekt als zwei Personen rechnet, – in einem Raum, und das fünf Wochen lang, da kann man schon mal einen Koller bekommen.
Während ich noch mit einer überaus reizenden und gut gebauten Dame vom Nachbarstudio informelle Gespräche führte, zogen sich die Jungs das Sofa zu einem Doppelbett aus und Elfchen ließ solange gemächlich unsere beiden Schrankbetten heruntersinken. Rechtschaffen müde legten wir uns dann ohne größere Formalitäten in

die Betten und schliefen auch gleich ein, nachdem wir uns frohen Herzens eine gute Nacht gewünscht hatten. Dass es bei diesem Wunsch blieb, lag an unseren vier Pseudo-Betten. Mir wurde nämlich plötzlich bewusst, dass ich in meinem Bett zwar ganz langsam, aber umso sicherer nach unten rutschte. Die Liegefläche unserer beiden Schrankbetten verlief aber auch wirklich komisch schräg nach unten. Aber ich war zu müde, um mir darüber Gedanken zu machen, wie man in Teneriffa schläft. Als ich zu meiner besseren und gewiss auch schwereren Hälfte hinüber blinzelte, wie sie denn damit zurecht kam, kniete sie, auf dem Bauch liegend, aber trotzdem schlafend, vor ihrem Bett. Da ich sie nicht einmal unter Mithilfe meiner Söhne hätte nach oben ziehen können, musste ich sie aufwecken. Sie verdächtigte zuerst gewohnheitsmäßig mich, sah dann aber ein, dass ich das niemals alleine hätte bewältigen können. Dann krabbelten wir halt wieder hinauf in unsere Schrägbetten. Da so etwas bei ihr nie ohne furchtbares Jammern der geschundenen Sprungfedern abgeht, wachten unsere Jungs daran auf und klagten ihrerseits über Unebenheiten auf dem Sofabett.
Nach einer kurzfristig einberufenen Krisensitzung beschloss unser vollzählig erschienener Familienrat, ausnahmsweise einmal ohne Elfchens alles entscheidende Gegenstimme, dass wir am nächsten Morgen in ein großes Zweizimmerappartement umziehen würden, sofern denn eines frei wäre. Den Aufpreis dafür würde ich natürlich bezahlen müssen. Aber nachdem die Ferien für uns sowieso extrem günstig waren, das hatte ich zu diesem Zeitpunkt jedenfalls noch immer angenommen, würde unser Reisebudget diese Ausgabe schon verkraften.
Irgendwie sind wir dann unter Ächzen und Stöhnen immer wieder ins Bett hinauf gekrabbelt und wieder hinunter gerutscht, bis wir diese Nacht auch hinter uns gebracht hatten. Als ich am nächsten Morgen die Schrägbetten untersuchte, entdeckte ich, dass Elfchen,

unser Technikgenie, den Bügel mit der unteren Fußstütze einfach nach hinten geklappt und auf den Boden gelegt hatte. Ordnungsgemäß eingeschwenkt, wäre unsere Liegefläche topfeben gewesen! – Elfchen machte ein Gesicht, als ob sie gleichzeitig auf sieben Zitronen gebissen hätte, und musterte misstrauisch unsere Gesichter, ob dies eventuell einer von uns überflüssigerweise auch noch lustig fände. Aber weil wir in der nächsten Nacht nicht im Freien schlafen wollten, blieben wir sehr beherrscht.

Der Umzug

Während Elfchen sich ausgiebig duschte und pflegte, gingen meine Jungs und ich in das große Schwimmbad der Anlage. Piscina heißt das auf Spanisch und wird pissina ausgesprochen. Für mich war das ein komisches Gefühl, weil die beiden Töchterchen unserer anderen Freunde immer äußerten, dass sie Pissi müssten, wenn sie ein kleines Geschäft beabsichtigten. Aber es gab ja für die ganz Kleinen noch eine extra piscina, in der sie dann diesem Namen alle Ehre machen konnten.
Über uns der wolkenlose blaue Himmel, die Sonne blinzelte schon eine ganze Weile neugierig über die Dächer, und das Wasser war angenehm lau. Während der ganzen Zeit waren wir die einzigen Anlagebewohner im Wasser und fühlten uns wie die Könige der Welt, nur, dass wir eben nicht auf der vorderen Reling der Titanic-Nachbildung standen.
Vom Wasser aus konnte man das neckische Spiel der Eidechsen in der zauberhaften, leicht bewachsenen braunen Natursteinmauer, die den hinteren Abschluss der Schwimmbadanlage bildete, beobachten. Große, bunt glänzende Libellen umrundeten uns neugierig, um zu sehen, mit welchen Gestalten sie sich denn in nächster Zeit das

Schwimmbad teilen mussten. Etwas später gesellte sich noch ein Augenfalter hinzu, den unser Schnecker als Schmetterling, namens Kanaren-Brettspiel, identifiziert hatte. Er hatte noch einige Freunde mit dabei, die von Beruf Kanarische Zitronenfalter waren.
Da noch etwas Zeit blieb, denn es dauert erfahrungsgemäß immer eine gute Weile, bis Elfchens Stuck- und Restaurierungsmaßnahmen beendet sind, platzierten wir unsere ziemlich käsigen und bleichen Körper auf die Liegen am Pool, um noch etwas Sonne zu tanken.
Gerade, als wir uns frisch geduscht auf den Weg ins Studio machen wollten, gellte Mutters liebliche Sirenenstimme durch die Anlage, und wir gingen gemeinsam ins Restaurant zum Frühstück.
Zu meiner beträchtlichen Freude beschloss unser Haushaltsvorstand, dass wir in Zukunft das Frühstück selbst zubereiten sollten. Das sei finanziell günstiger, und wir könnten essen wann wir wollten und müssten dazu auch nicht immer geschniegelt und gebügelt erscheinen. Was aber im Klartext hieß, dass wir Frühaufsteher, also Schnecker und ich, so lange warten müssten, bis sie und unser Ältester ausgeschlafen haben, und das kann oft bis zum Mittagessen dauern. Dann wollen sich die beiden Langschläfer im Nachthemd und Schlafanzug, misslaunig, mit zerknautschtem Gesicht und wirrem Haar, an den fertig gedeckten Frühstückstisch setzen. Natürlich unter der unerbittlichen Maßgabe, dass wir anderen, gut aufgelegten Zeitgenossen zu Schweigen haben, bis sie sich mit dem äußerst unangenehmen Gedanken vertraut gemacht hätten, den Rest des Tages weitestgehend in vertikaler Position verbringen zu müssen.
Der Umzug in ein großes Appartement wurde, dank meines überdurchschnittlichen Verhandlungsgeschicks, sofort genehmigt, was die ungeteilte Bewunderung, auch bezüglich meiner spanischen Sprachkenntnisse, von Elfchen und der Restfamilie hervorrief. Ich genoss dieses Zwischenhoch meines lädierten Ansehens, deshalb er-

zählte ich natürlich auch nicht, dass die stellvertretende Hotelchefin Marianne hieß und aus Hamburg kam.
Es war ein traumhaft schönes, großes und helles Appartement mit weiß lackierten, gold- und grauschattierten Schränken. Unsere Jungs bekamen ihr eigenes Schlafzimmer und wir auch, was mir, aus sicherlich nachvollziehbaren Gründen, nicht ganz unangenehm war. Ein großer Wohnraum mit bequemem Sofa und zwei sehr breiten Sesseln, von denen Elfchen ungemein begeistert war, ein Esszimmertisch und vier Stühle, eine breite Küchenzeile mit Backofen, Herdplatten, Dunstabzugshaube, Kühlschrank mit Gefrierfach und ziemlich viel Geschirrschränken boten alles, was das Herz eines Urlaubers begehrt. Im Bad gab es einen breiten Waschtisch mit zwei Waschbecken, eine große Badewanne mit Duschvorhang und ein Klosett.
Das schöne an diesem Appartement war, dass wir nur rechts davon Nachbarn hatten. Links war der Block und die Anlage zu Ende. Über uns das Dach und unter uns feste Erde. Nur unter dem außerordentlich breiten und tiefen Balkon, der sich vor dem geräumigen Wohnzimmer und unserem Schlafraum über die gesamte Länge hinzog, lagen zwei Studios, die jeweils mit einem kleinen Vorgärtchen ausgestattet waren.
Elfchen hing in diesen fünf Wochen für ihr Leben gerne an unserem Balkongeländer und schaute nur scheinbar gedankenverloren zwischen den weit auseinander stehenden Palmen hindurch auf den tiefblauen und ruhig daliegenden Atlantik, in Wirklichkeit drehten sich ihre Pupillen in akrobatischer Weise nach unten, zu den meist in diesen Vorgärtchen speisenden Bewohnern der Studios unter uns, um ja nichts zu versäumen. Wären ihre Ohren nicht von den Haaren bedeckt gewesen, hätte ich wetten können, dass man hätte sehen können, wie sich ihre Ohrmuscheln, Radarschüsseln ähnlich, nach unten drehten.

Links von uns lag der Teide, das ist mit 3.718 Metern Höhe Spaniens höchster Berg. Als ich diesen Vulkan zum ersten Mal erblickte, fiel mir zwar, wie jedem anständigen Mann, diese frappierende Ähnlichkeit mit einer Frauenbrust auf, besonders durch die letzte, charakteristische Erhebung auf dem Gipfel, die durch einen weiteren Miniausbruch entstanden sein musste, aber ich hätte diesen Gedanken natürlich niemals ausgesprochen.
Unser Andreas jedoch, der die etwas frivolere Linie in unserer Familie vertritt, plapperte gleich darauf los, dass dieser Bergkegel aussehe wie Mutters Atombusen. Aber sie hat ihn nicht erwischt, weil er, selbst wenn er nur schnell geht, immer noch wesentlich flinker ist als Elfchen, wenn sie rennt.
Überwältigt von dem Anblick all dieser Schönheiten verstieg ich mich meiner Familie gegenüber zu der Behauptung, dass man sonst eigentlich nichts mehr brauche, wenn man all das hier um sich habe. Da schleppte mich Elfchen spontan an den Ohren vor den frisch geputzten, jedoch bedrückend leeren Kühlschrank und ließ mich somit jäh den Widersinn meiner euphorischen Aussage erkennen.

Im Supermarkt

Selbstverständlich fuhren wir dann sofort zum Alcampo nach La Laguna, einem gigantischen Supermarkt, in dem vor jeder der über siebzig Kassen eine Menschenschlange mit gefüllten Einkaufswagen wartete. So etwas hatte ich bisher noch nie gesehen. Richtig voll wird es zugegebenermaßen allerdings erst am Freitagnachmittag und am Samstag. Das muss man sich dann so vorstellen, als ob bei uns sämtliche Sommer- und Winterschlussverkäufe, Weihnachts- und Ostereinkäufe, Silvester-, Party-, Geburtstags- und Hamstereinkäufe auf einen Tag zusammenfallen würden. An solchen Tagen war ich schon froh, überhaupt noch in die Nähe eines Regals zu kommen, damit ich beruhigt feststellen konnte, dass es die gewünschte Ware noch gab. Aber diese dann auch noch herauszunehmen und in den Einkaufswagen zu legen, wäre von einem normal veranlagten, desinteressierten Schicksal wirklich zu viel verlangt gewesen. Ständig wurde man von irgendwelchen vollbepackten Karren in irgendeine Richtung geschoben. Sollte jemand versehentlich vergessen haben einen Kompass einzustecken, müsste diese bedauernswerte Person eben unter einem Regal warten, bis sie am späten Abend von der Putzkolonne unter der Kassenabsperrung freundlich, aber bestimmt hindurch gekehrt würde.

Wir hatten zum Glück nur einen normal schlimmen Tag erwischt und deckten uns also erst mal mit Lebensmitteln, Getränken und anderen lebensnotwendigen Dingen ein. Nun klafft natürlich die Ansicht, was lebensnotwendig ist, zwischen Elfchen und mir etliche Kilometer weit auseinander! Wir gingen mit einem riesigen Einkaufswagen hinein und mussten insgesamt noch drei weitere Transportmöglichkeiten nachholen.

Ich hatte das besondere Glück, dass ich zum Wagenholen eingeteilt wurde, da ich bei der Auswahl der Waren, aus verständlichen Gründen, am meisten störte. Doch ich holte mir einen kleinen Teil der immensen Lebensmittelkosten wieder herein, weil ich zwei Einkaufswagen erwischte, die einfach so lustlos herumstanden und ich bei der Rückgabe jeweils dem Schloss dann eine Münze entnehmen konnte.

Wir kamen mit zahllosen Plastiktaschen wieder in unser Appartement zurück. Wie von mir bereits mehrfach düster prophezeit, konnten wir natürlich nicht alles in unserem Kühlschrank verstauen, obwohl er für eine normale vierköpfige Familie ausgelegt war. Aber wie gesagt, eben nur für eine normale Familie!

Wir Männer zogen uns rechtzeitig vor der Veröffentlichung von Elfchens neuestem Dienstplan diskret zur Mittagsruhe, auf Spanisch heißt so etwas siesta, in unsere Betten zurück. In der Zwischenzeit zauberte Elfchen aus dem, was beim besten Willen nicht mehr in den völlig überfüllten Kühlschrank hineinzustopfen war, voller Inbrunst ein mehrgängiges Nachmittagessen. Und das, obwohl sie zu Hause, mindestens jede halbe Stunde, lauthals verkündet hatte, dass sie in diesem Urlaub keinen Finger in der Küche krümmen würde. Meine Geldbörse und ich waren jedoch hoch zufrieden mit ihrem plötzlichen, für uns entspannenden Sinneswandel.
Danach entkorkte ich in einem unergründlichen Anfall von Verschwendungssucht auch noch einen kanarischen rosado. Der Wein war jedoch so schrecklich trocken, dass wir bei jedem Schluck, immer mit einer Hand, je nach Geschlecht Hemd oder Bluse festhalten mussten, dass sie sich nicht unvermittelt zu einem Bolerojäckchen zusammenziehen konnten. Wir machten ihn dann mit Schneckers süßer Zitronenlimonade etwas trinkbarer. Ich schrieb mir danach flugs aus dem Spanischwörterbuch die Bezeichnungen für halbtrocken und süß heraus, um bei späteren Einkäufen die für unseren Geschmack bessere Wahl treffen zu können.
Zum Nachtisch gab es gekaufte, pappig süße kanarische Torteletts. Die waren sogar unserem großen Leckermäulchen zu süß, was in unserer Familiengeschichte nach meiner Erinnerung noch nie vorgekommen war. Weil unsere selbstgekrönte Familienoberbefehlshaberin nach dem Essen grundsätzlich immer müde zu werden pflegt, nahm sich der männliche Teil der Sippe aus reiner Solidarität ebenfalls vor noch einmal die Matratze abzuhorchen. Ein Umstand, der zu Hause unvorstellbar gewesen wäre, da ja im Haus oder Garten immer irgendwelche, nach Elfchens felsenfester Ansicht, unaufschiebbare Arbeiten auf mich lauerten.

Vorher wollte ich jedoch noch meine Kauwerkstatt von diesem süßen Gebäck säubern. Also begab ich mich in unser gemeinsames Bad und goss mir aus der Riesenflasche des von Elfchen heute neu erstandenen Mundwassers etwas in mein Zahnputzglas. Ich schrubbte ausgiebig meine Zähne, nahm dann einen kräftigen Schluck, legte meinen Kopf in den Nacken und wollte wie immer gurgeln, da türmte sich plötzlich ein großer Berg Schaum auf meinem Mund. Nase, Augen, ja das ganze Gesicht war voll davon. Es lief mir sogar bis in die Ohren. Schnell warf ich mich wieder nach vorne und spuckte alles aus. Natürlich hatte ich sofort meine immer an einem vermeintlich originellen Späßchen interessierten Nachfahren in Verdacht. Aber sofortige Verhöre und auch die Tatsache, dass sie diesem denkwürdigen Erlebnis nicht vollzählig beiwohnten, ließ in mir die Überzeugung reifen, dass dieses Mundwasser von Natur aus so schäumt und dass Spanier eben nicht gurgeln.

„Botanischer Einkaufsbummel" in Puerto de la Cruz

Als am Spätnachmittag auch der Letzte wieder aus den Federn gekrochen war, schlug unser Schnecker vor, den 1788 gegründeten botanischen Garten in La Paz zu besuchen, einem Stadtteil von Puerto de la Cruz. Da auch merkwürdigerweise alle anderen Familienmitglieder sofort zustimmten, fuhren wir also in die rund zwanzig Kilometer von unserem Urlaubsquartier entfernt liegende Touristenhochburg des teneriffanischen Nordens.
Erst während der Fahrt rückten sie mit der Sprache heraus. Andreas wollte nur mitgenommen werden, um später in eine Disco zu gehen, solange werde er noch für sich alleine etwas bummeln. Er könne sicherlich irgendwie mit jemandem heimfahren. Da war ich natürlich ungemein beruhigt! Unser Elfchen wollte, trotz aller Liebe zu

Pflanzen, viel lieber mit ihrem Geldbörsenträger und Bodygard einkaufen gehen. Einen Leibwächter brauchte sie aber nicht unbedingt, weil ich mir keinen Menschen vorstellen kann, einen Lebensmüden ausgenommen, der sich meinem Familienschmuckstück gegen ihren Willen nähert, ohne gesundheitlichen Totalschaden zu erleiden.
Nachdem Andreas ausgestiegen war, lieferte ich Schnecker mit äußerst schlechtem Gewissen und etlichen Ermahnungen am Eingang des botanischen Gartens ab und rannte Elfchen nach, die gerade mit kauflüsternem Blick in einem der zahllosen Ladengeschäfte verschwunden war, um sie dort auszulösen. Während ich kostenlos die Schlagzeilen der zum Verkauf angebotenen deutschen Zeitungen las, investierte Elfchen zu meiner übergroßen Freude in die Wirtschaft Teneriffas. Die als Reiseandenken betitelten Einkäufe sahen aber auffallend verdächtig nach Eigenbedarf aus, doch dies wollte ich vor all den anderen Touristen nicht mit ihr ausdiskutieren. Obwohl es eigentlich unerheblich gewesen wäre, ob ich hier oder zu Hause nicht Recht bekommen hätte.
Unglücklicherweise schienen die Läden von Puerto de la Cruz überhaupt nicht schließen zu wollen, denn als ich vollbepackt und aufatmend unseren Jüngsten wohlbehalten am Botanischen Garten wieder in Empfang nahm, hastete Elfchen immer noch von Geschäft zu Geschäft, wie ein Berserker. Nachdem sie sich in einem Bettenhaus für ihren lädierten Rücken auch noch eine Spezialmatratze gekauft hatte, die zum Glück in Deutschland ausgeliefert wird, gelang es uns gemeinsam sie davon zu überzeugen, dass es am Hafen entlang noch viel mehr Geschäfte gäbe, als sie sich träumen ließ. Ich fand auf dem großen Parkplatz unten am Hafen auch noch eine Lücke und schleppte, wegen akuter Diebstahlgefahr, sämtliche, prall gefüllten Tragetaschen Elfchen hinterher. Ein Glück, dass diese Matratze nicht auch noch vorrätig war!

Im kleinen Hafen roch es streng nach vergammeltem Fisch, aber trotzdem kreischten gut zweihundert Kinder und Erwachsene vergnügt in Badebekleidung im Wasser und zwischen den Fischerbooten auf dem steinigen Ministrand.
Nach einem kleinen lukullischen Abstecher in eine Tapas-Bar mit aufgebahrtem und angeschnittenem, geräuchertem Schweinefuß und von der Decke hängenden Schinken, Würsten, Zwiebel- und Knoblauchzöpfen, bummelten wir die kleine San Telmo Gasse an der Hafenpromenade entlang. Meine Familie beschwingt und ich unter Schmerzen, denn die Henkel der Plastiktaschen wurden immer dünner und schnitten mir tief in die Finger. Diese färbten sich mal dunkelrot, mal blau, aber Elfchen hatte ohnehin empfohlen, die Einkäufe im Wagen zu lassen, also durfte ich mich nicht beklagen. Wechseln konnte ich auch nicht, denn die Beutel hingen zuhauf an beiden Händen.
Wir schauten kurz einem jungen Mann zu, der wie ein Roboter verkleidet war und sich auch so eckig und abgehackt auf die entsprechenden Geräusche aus seinem mitgebrachten Tonband bewegte. Manchmal stand er auch minutenlang unbeweglich da, bis jemand wieder eine Münze in seine aufgeklappte Zigarrenschachtel warf. Nur einmal, als ein kleiner Hund an ihm schnupperte und sein Beinchen hob, kam ungeplante Bewegung in den Roboter. Wahrscheinlich hatte er Angst zu rosten.
Dann machte uns Schnecker auf eine Gruppe junger Männer aufmerksam, die sich von einem hohen, begehbaren Felsvorsprung kopfüber in die schäumenden Wellen des Atlantik stürzten. Sie wurden von dem starken Seegang immer wieder gegen die schroffen Felsen gespült und fast allen gelang es, sich irgendwo festzukrallen und barfuß über die steile Felswand hinaufzuklettern, um sich dann wieder in die reißenden Fluten zu stürzen. Nun ja, irgendein Hobby braucht der Mensch eben.

Wir dagegen stürzten uns wieder in das Menschengewühl. Elfchen widmete sich den Auslagen, Schnecker den Wellen und ich den Touristinnen, die zum großen Teil sehr spärlich bekleidet und ungeheuer appetitanregend an uns vorbei flanierten. An einem Immobiliengeschäft stellte ich die Taschen ab und studierte, während ich mir die Hände massierte, in der Hoffnung, dass sie sich noch einmal zu einer erneuten Durchblutung meiner Finger überreden ließen, mit Elfchen ausgiebig die angebotenen Häuser und Villen inklusive Schwimmbad und toller Aussicht. Aber ein kurzer Blick auf den jeweiligen Preis holte uns wieder in die Realität zurück.
Unser Kleiner verschwand für kurze Zeit in der Konditorei, Bäckerei und Restaurante Rancho Grande, erschien aber gleich darauf wieder mit dem unschuldigen Lächeln eines Neugeborenen. Auch Elfchen warf einen Blick auf die Schautheke mit all den süßen Köstlichkeiten. Doch wie durch ein Wunder schafften wir es gemeinsam durch viel Selbstdisziplin, ohne das Warenangebot vollständig aufzukaufen, nur mit einem köstlich duftenden, knusprigen Brotlaib unseren Weg fortzusetzen.
Anschließend stießen wir auf eine Gruppe junger Turner, die, ohne gepolsterte Matten, auf diesem gefährlich harten Steinpflaster die tollsten Sprünge und Überschläge machten. Elfchen suchte in all meinen Hosentaschen herum, obwohl ich seit Anbeginn unserer Ehe die Geldbörse immer hinten rechts trage, und spendierte der Gruppe dann eine beträchtliche Summe, von der wir gut und gerne ein pompöses Mittagessen für die gesamte Familie hätten finanzieren können.
Die nächste harte Prüfung stand uns vor einem herrlich nach Zimt duftenden Geschäft bevor, in dem, durch ein weit geöffnetes Verkaufsfenster, selbst gebackene Waffeln mit Sahne, Eis und anderen Gaumenfreuden angeboten wurden. Da war es mit Elfchens Widerstandskraft zu Ende. Ich war froh, für eine Weile die Taschen ab-

stellen zu können und bemerkte plötzlich voller Schrecken, dass neben der Kapelle San Telmo nun gleich eine Parfümerie auf Elfchen lauerte. Ich wollte noch schnell mit einem freundlichen Hinweis auf das tolle Wolkenspiel am Horizont meine Familie ablenken, aber ich wurde von einer Touristin angesprochen, weshalb ich denn hier Selbstgespräche führe. Es sei außer ihr niemand in meiner Nähe. Längst schon hielt meine allernächste Verwandtschaft ihre mehr oder weniger ausgeprägten Riechkolben über irgendwelche, sicherlich wieder sündhaft teuren Duftfläschchen. Ich entschuldigte mich bei der Dame mit dem Hinweis auf mein fortgeschrittenes Alter und rieb meine schon wieder im Absterben begriffenen Hände abermals lebendig.
Als Erster kam Schnecker ans Tageslicht. Er hatte sich weder Rasierwasser noch sonstige Duftstoffe gekauft, stank aber wie ein ganzes Freudenhochhaus nach den vielen Testspritzern der Probierflakons. Ich weiß zwar nicht aus eigener Erfahrung wie es dort riecht, kann mir aber gut vorstellen, dass mein überparfümierter Sohn, vom momentanen Duft her, die einzelnen Etagen eines solchen Etablissements „würdig" repräsentierte. Als dann auch noch unsere taschenbehängte Chefeinkäuferin erschien, war mir klar, dass ich unseren nächsten Urlaub völlig anders budgetieren musste. Elfchen wies jedoch immer wieder darauf hin, dass die einzelnen Produkte in dieser Parfümerie erheblich billiger als bei uns zu Hause seien und dass sie zudem noch einen Preisnachlass erhalten habe. Ich bin mir natürlich auch sicher, dass ich von all dem Geld, das meine liebe Gattin durch ihre Schnäppcheneinkäufe schon eingespart hat, lässig eine großzügig angelegte Villa mit Personalwohnungen und Park finanzieren könnte, aber zu meinem größten Kummer hätte ich das eingesparte Geld ja auch gar nicht zur Verfügung gehabt. Doch das will meiner geliebten Frau ungefähr so wenig einleuchten, wie ich mir die unendliche Tiefe des Weltalls nicht konkret vorstellen kann.

Nach der Kapelle San Telmo, die angeblich auf einem Totenhügel errichtet worden sein soll, stießen wir nun auf die im Reiseführer erwähnten Straßenhändler, Landschaftsmaler und Porträtisten. Während Elfchen gleich auf einen großen Tapeziertisch mit auf Samttuch ausgebreitetem Schmuck kniete und Schnecker sich der afrikanischen Kunst und den in ihrer Landestracht gekleideten, schwarzen Verkäuferinnen und Verkäufern zuwandte, stellte ich erleichtert meine nun noch schwerer gewordenen Taschen bei einem Porträtmaler ab und verfolgte gespannt, wie er ein außergewöhnlich hübsches junges Mädchen von ungefähr siebzehn engelreinen Jahren mit Pastellkreide auf getöntem Papier verewigte. Eigentlich wollte ich das Bild kaufen, aber der Maler händigte es doch lieber seinem Motiv aus. Es wäre wahrscheinlich auch schwer geworden, Elfchen glaubhaft zu versichern, dass mich dieses Bild so sehr an ihr liebreizendes Aussehen in den Jugendjahren erinnere.
Immer wieder erschien Schnecker bei mir, um im Auftrag seiner Mutter irgendwelche Salben zur Hautpflege, Schmuckartikel oder T-Shirts in meine Taschen zu stopfen. Auf mein Jammern hin bot er sich an die Taschen zu tragen, doch ich lehnte dankbar ab. Ein Lastesel in der Familie muss genügen, zudem taten mir seine kleinen Hände Leid. Er gab mir dann vier Papiertaschentücher von sich, die ich in den Ansatz zwischen der Handinnenfläche und den Fingern legen solle und siehe da, es ging viel besser. An solchen Dingen merkt man, dass die Kinder älter und reifer werden und die eigene Intuition etwas nachlässt. Ich war dermaßen dankbar dafür, dass ich ihm einen Wunsch freistellte. Das konnte ich ruhigen Herzens tun, weil er, in Sachen Sparsamkeit, eher nach seinem Vater geraten ist.
Wir schafften es noch bis zu einem Sandplastiker, der am Strand aus schwarzem und feuchtem Sand ein riesiges Urwelttier mit einem darauf sitzenden Menschen so imposant modellierte, dass sogar ich meine Taschen abstellte und nach einigen kleineren Münzen angel-

te, die ich dann in einem langgezogenen Rohr nach unten in seine Geldkassette rutschen ließ. Selten hatte ich eine so schöne und großartig gestaltete Plastik gesehen wie diese.
Als Wunscherfüllung bat mich Schnecker auf dem Rückweg, am großen Kiosk vor der San Telmo-Kapelle eine Autokarte von Teneriffa kaufen zu dürfen, in der auch kleinere Wege und Orte eingezeichnet waren. Ein sinnvolles Ersuchen, das auch meine sofortige Zustimmung fand, da wir alle davon profitierten.
An der Plaza del Charco saßen wir dann erschöpft in dem für die kanarische Architektur charakteristischen, von geschnitzten Holzbalkonen begrenzten, mit einer Palme bewachsenen Innenhof des Rincón del Puerto, und nahmen, obwohl es noch heller Tag war, unser Nachtessen ein.
Nun erzählte uns Schnecker ganz begeistert von der unglaublichen Vielfalt dieser über dreitausend exotischen Pflanzen des botanischen Gartens, die zum Teil auch von spanischen Eroberern aus fernen Ländern mitgebracht wurden. Er berichtete von der Würgefeige, die sich auf einem fremden Baum festsetzt, ihn aussaugt und mit riesigen Luftwurzeln zusätzliche Kraft aus dem Boden holt und schließlich ihren Wirtsbaum dermaßen umschlingt, dass er abstirbt. Sie kann jedoch durch ihre Luftwurzeln weiterleben. Dann gibt es den drolligen Leberwurstbaum, dessen an einem dünnen Stiel hängenden Früchte das Aussehen einer großen Leberwurst haben. Auch die aus Argentinien stammende zweihäusige Kermesbeere, von der es männliche und weibliche Bäume gibt, faszinierte mich. Sogar unsere Blumenliebhaberin Elfchen heuchelte, wenn sie zwischendurch aufwachte, ungeheueres Interesse. Nach diesen Schilderungen raffte ich unsere zahllosen Habseligkeiten wieder zusammen und trottete mit gesenktem Kopf meinen beiden Führern hinterher zum Parkplatz.

Unser erster Strandbesuch

Am nächsten Morgen gegen sechs, ich spielte gerade aus einem Lehrbuch die Partie des ersten Schachweltmeisters Paul Morphy gegen den Herzog von Braunschweig 1858 in Paris auf unserem Reiseschach nach, kam Elfchen plötzlich mit zerknautschtem Gesicht, das aussah wie eine zusammengeknüllte Zementtüte aus dem Schlafzimmer geschlurft und verkündete ziemlich dramatisch, dass sie nicht mehr schlafen könne.

Da wir schon um zehn im Bett waren und dies somit nach acht Stunden Schlaf keine größere Katastrophe war, schlug ich vor, doch ans Meer zum Schwimmen zu fahren. Elfchen war begeistert und schickte sich an uns ein Frühstücksmenü mit neun Gängen zu bereiten. Meinen Einwand, dass man doch nicht mit vollem Magen ins Wasser gehen sollte, akzeptierte sie zu meinem Erstaunen, wenngleich auch etwas zähneknirschend. Sie bestrich sich schnell noch ein doppeltes Brot zentimeterdick mit Butter, belegte es mit weiteren zehn Zentimetern Wurst und trank noch einen Liter Orangensaft dazu, während ich eine Scheibe saftiges Rancho Grande-Brot mit einem Apfel aß.

Als ich meinen lieben Kinderlein das Angebot unterbreitete sich mit uns in den Atlantischen Ozean zu werfen, attestierte mir unser Ältester einen Triller unter meinem Pony, und das, obwohl ich meine Haare schon seit Jahren nach hinten gekämmt trage. Der Kleine hatte sich für diesen Morgen bereits mit Miguel, einem etwas älteren spanischen Jungen, zum Tennis verabredet, der mit seiner ebenso hübschen, wie wilden kleineren Schwester Bino und den Eltern ebenfalls hier in der Anlage auf Urlaub war. Miguel brachte ihm Billard bei, und als Dank dafür lehrte ihn mein sportlicher Junior das Tennisspiel. – Faszinierend und beispielhaft, wie sich die Jugend auch ohne viele Worte versteht!

So gingen wir zwei eben ohne die Jungs zum Schwimmen. Irgendwann muss man sich sowieso an den Gedanken gewöhnen wieder alleine zu sein. Wir füllten vorsichtshalber einige ausgetrunkene Eineinhalb-Liter-Plastikflaschen mit Leitungswasser, um uns am Strand das Salzwasser abwaschen zu können und fuhren dann über die Hauptstadt der Insel, Santa Cruz de Tenerife, nach San Andrés an die Playa de las Teresitas. Die war aber, trotz der frühen Morgenstunde schon sehr mit Joggern, Turnern, Strandläufern, Schwimmern und In-die-Sonne-Lieger überlaufen. Sogar die Müllabfuhr waltete bereits ihres Amtes.
Das alles war unserem genierlichen und scheuen Elfchen dann doch zu viel. Nicht einmal die vielen Kioske mit all ihren Leckereien, Duschen und Klos konnten sie so richtig überzeugen. Sie wollte alleine sein. Nachdem sie in einem Reiseführer gelesen hatte, dass es oberhalb dieses, mit hellem Sand aus der Sahara aufgefüllten Strandes, noch einen schwarzen Sandstrand gäbe, an dem man sogar ohne Kleider baden könne und dazu unsere Jungs nicht dabei waren, vor denen sie sich, bisher jedenfalls, immer standhaft geweigert hatte nackt herumzulaufen, fuhren wir weiter an die Playa de las Gaviotas, was übersetzt so viel wie Möwenstrand heißt.
Irgendwann auf der kurvenreichen Strecke nach Igueste zweigte in einer Kurve ein steiles Sträßchen nach rechts ab und führte uns in engen Serpentinen nach unten. Tatsächlich hielt sich an dem Strand zu dieser Tageszeit noch kein Mensch auf. Elfchen jauchzte vor Freude und hätte sich am liebsten schon auf dem Parkplatz ausgezogen, aber ich hatte die Sorge, dass plötzlich noch ein Autofahrer daher geprescht kommen könnte, der vor Schreck über die Felsen hinausrast und in den schäumenden Wellen des Atlantiks versinkt. Das wollte sie dann doch nicht auf ihr Gewissen laden. So zogen wir uns also erst am Strand aus, legten die Kleider in Elfchens riesige Strandtasche und liefen herum wie Adam und Eva, nur

eben, dass wir kein Feigenblatt zur Hand hatten. Es war auch keine Schlange da, die uns hätte einen Apfel anbieten können, nur einige Flaumfedern von Möwen dösten, etwas belanglos herumliegend, in der Morgensonne.
Das Wasser war noch ziemlich frisch. Dafür wärmten die Sonnenstrahlen schon recht kräftig. Im klaren Wasser sahen wir, wie ein Schwarm kleiner Fische an uns vorbeischwamm. Elfchen quietschte wie eine rostige Gartentüre, aber die Fischchen drehten sich nicht einmal zu ihr um.
Plötzlich baute sich eine riesige Welle vor uns auf. Die Einheimischen sagen „ola" dazu. Ich machte Elfchen zwar rechtzeitig darauf aufmerksam, aber anstatt sich abzustoßen, die Beine anzuheben und sich elegant mittragen zu lassen, blieb sie stehen wie ein Fels in der Brandung und die Wellenkrone klatschte ihr voll ins Gesicht. Als sich die Wassermassen mühsam den Weg an ihr vorbei gesucht hatten, stand sie immer noch, obwohl es jeden normalen Menschen bei dieser Wucht des Aufpralls umgehauen hätte, aber wie gesagt, jeden normalen Menschen! Sie sah mich zwar wassertriefend, aber begeistert an und rief: „Mich hat gerade eine Welle geküsst!" Um ihr nicht unnötig weh zu tun, verschwieg ich ihr pietätvoll meine Beobachtung, dass sich die Welle hinter uns am Strand erbrochen hatte.
Nachdem wir über eine Stunde herumgetollt waren wie kleine Kinder, kam ein junges Liebespaar, zog sich aus, verdrückte sich in den hintersten Winkel des Strandes und begann zu knutschen. Er hatte eine richtig auffällige Freude an seinem Mädchen. Zuletzt legte er sich sogar auf sie. Wahrscheinlich, damit sie keinen Sonnenbrand bekommen sollte. So selbstlos können wir Männer sein. Aber Elfchen hat, wie immer, wieder einmal nicht an das Gute in uns Kavalieren geglaubt. Wir wollten nicht weiter stören, duschten mit unserem mitgebrachten Wasser und wuschen uns am Auto noch den schwarzen Sand von den Füßen.

Auf der Heimfahrt erstanden wir zu einem Spottpreis in der Dársena Pesquera am Hafen noch ein Kilo bereits gepulte Krabben. Tatsächlich warteten unsere beiden Jungs auch bereits am Esstisch mit Servietten um den Hals und Besteck in den Händen. Sie hatten zwar schon gefrühstückt, aber Heranwachsende haben immer Hunger. Bestes Beispiel ist mein Elfchen. Sie ist auch immer noch eine Heranwachsende, nur eben nicht mehr in die Höhe.
Ich schälte schnell eine Knolle Knoblauch, schnitt die Zehen in Scheiben und röstete sie in Butter und Olivenöl leicht knusprig. Elfchen hatte in der Zwischenzeit eine Chilischote aufgeschlitzt, entkernt, in Streifen geschnitten und zum Knoblauch gegeben. Danach erwärmte sie die ausgiebig abgespülten und gut abgetropften Krabben in der Pfanne, würzte alles mit einer guten Prise Salz, einem Schuss mildem Sherry und servierte das Gericht mit frischem Weißbrot. Weil es doch heißt, dass man nach dem Essen entweder ruhen oder tausend Schritte gehen soll, verschwanden Elfchen und unser Ältester in ihren jeweiligen Schlafzimmern. Da wir jedoch keinen so wahnsinnig überfüllten Magen hatten, wollten Schnecker und ich ins Schwimmbad gehen.
Völlig unbefangen, wie es nun mal meine Art ist, öffnete ich den Kleiderschrank, da rollten sich mir vor Schreck die Zehennägel auf. Krabbelten da doch einige hundert Ameisen geschäftig konzentriert über unsere Unterwäsche, Schlafanzüge, Handtücher, Badehosen und Pullover! Mit einem Urschrei mobilisierte ich den Rest meiner Familie. Wir trugen stapelweise unsere Wäsche vor die Wohnungstür und schüttelten sie in den Rasen unter unseren Zitronenbaum. Mit einem Papiertaschentuch stand ich vor dem Kleiderschrank und zerdrückte neunhunderteinundvierzig Ameisen. Elfchen hatte bereits den Gesamtauszug für die nächsten fünf Minuten angekündigt, da bemerkte ich, dass der Ameisenbefall nur in diesem Schrank stattfand und sonst nirgendwo.

Plötzlich fiel mein Blick auf unsere Strandtasche, die völlig unschuldig vor sich hin brütend im Schrank saß. Als ich vorsichtig einen Blick hineinwarf, winkten mir noch einmal mindestens eintausend Ameisen freundlich zu. Aber alles Einschleimen bei mir half ihnen nichts, sie wurden zu ihren Artgenossen vor die Haustür geschüttelt. Wahrscheinlich hat irgendeiner von uns beiden erfahrenen Strandläufern die Tasche direkt auf einen Ameisenhaufen gestellt oder sie zumindest mitten in eine Ameisenstraße platziert. Weil in den Taschen, die Elfchen packt, immer etwas zum Essen drin ist und in über einhundertein Prozent aller Fälle auch etwas Süßes dabei ist, war es natürlich klar, dass die Ameisen begeistert bei uns einzogen.

Eine tolle Handcreme

Nachdem mein Elfchen nun nicht mehr müde war, betraute sie mich mit der ehrenvollen Aufgabe, ihr in der Apotheke eine gute Handcreme zu kaufen. – Toll! – Nun hatte sie mir wieder geschickt den schwarzen Peter zugespielt. Ich erinnerte mich nämlich, wie sie im Supermarkt vor dem Regal mit Pflegeartikeln stand. Dort untersuchte sie mindestens zweitausend Packungen auf ihre Verwendbarkeit als Handcreme und legte sie enttäuscht wieder zurück, nachdem sie das hiesige Wort dafür auch in ihrem tragbaren deutschspanischen Nachschlagewerk nicht gefunden hatte.
Also zog ich los, um rechtzeitig vor der Mittagspause um 13 Uhr die neue Farmacia direkt neben dem Bauernmarkt in Tacoronte aufzusuchen. Meinen kleinen Schnecker nahm ich mit, damit der Junge lernt wie man so etwas macht. Ich versuchte es zuerst einmal auf Schwäbisch und bestellte eine Handcreme. Die Apothekerin schaute mich genauso verständnislos an wie Elfchen, wenn ich ihr nach einer Stunde Essen sage, dass ich satt bin. Also fuchtelte ich zusätz-

lich noch mit den Händen in der Luft herum und wiederholte dieses Wort in bestem Schriftdeutsch. Der Blick der Apothekerin blieb so ausdruckslos wie zwei Spiegeleier, auf die man versehentlich zu früh Salz gestreut hat.
Verzweifelt schaute ich mich in der Apotheke um und erblickte ein großes Werbeplakat, auf dem zwei Hände umschlungen waren, wie wenn man sie einreibt. Erleichtert deutete ich wild entschlossen auf dieses Plakat. „Sí!", jetzt leuchteten die Spiegeleieraugen begeistert. Sie rannte weg und brachte eine goldfarbene Faltschachtel, die sie vorsichtig auf den Ladentisch legte. Die Packung war zwar unverschämt teuer, aber wenigstens hatte Elfchen ihre Creme, und ich konnte ihr damit beweisen, dass ich doch kein solcher Einfaltspinsel bin, wie sie mich immer vor den Kindern darzustellen versucht. Außerdem ist mir für meine inzwischen mutierte Jugendliebe nichts zu teuer.
So war dann auch die gesamte Familie glücklich um den großen Holztisch im Esszimmer versammelt, als ich Elfchen stolz die Packung überreichte. Beim Öffnen fragte sie mich, was denn die Apothekerin gesagt hätte, ob man viel oder wenig Creme verwenden solle. Ich musste sofort an diesen inakzeptabel hohen Preis denken und sagte instinktiv, dass dieser Inhalt nur äußerst sparsam verwendet werden dürfe. Da zog Elfchen auch schon eine, im Zickzack gefaltete Goldfolie mit zwanzig Kondomen aus der Packung.
Es würde sicherlich den Rahmen dieses Berichtes sprengen, um all die ehrenrührigen Schmähungen aufzuführen, die nun über mich ausgegossen wurden. Als sich am Schluss wenigstens unser Andreas bei mir bedankte und die Packung an sich nahm, wollte Schnecker natürlich auch ein paar davon haben, um sie aufzublasen. Aber ich versprach ihm Luftballons zu kaufen. Spätestens jedenfalls, wenn wir wieder zu Hause wären und ich sicher sein könnte, dass es tatsächlich Luftballons sind.

Unser erster Besuch bei Werner

Nach dem abendlichen Genuss von Elfchens wohlschmeckendem spanisch-schwäbischem Menü kündigte sie an, einen Spaziergang durch die wunderbar blühende, nähere Umgebung unserer Anlage zu machen. Für unseren Großen war dies ja ansonsten eine Horrorvorstellung, mit dem „Stresskomitee“, wie er seine Mutter und mich immer zu bezeichnen pflegt, gemütlich zu schlendern, aber als er jedoch hörte, dass wir noch bei Werner vorbeischauen wollten, stand er auf der Matte wie Lassie, wenn es Gassi geht. – Was hat dieser Mann, was ich nicht habe?

Neugierig bogen wir in die langgezogene Hofeinfahrt ein, an deren Ende ein gepflegtes weißes, zweistöckiges Gebäude mit großen Fenstern lag, umgeben von Mimosen, Rosenbeeten, Geranien, gepflegtem Rasen und Bougainvilleenhecken.

Auf unser Klingeln kam Werner freudestrahlend und tropfnass in der Badehose um die Ecke. Er hatte gerade in seinem Pool einige Runden gedreht. Während wir hinter ihm her marschierten, betrachtete Elfchen ungeniert und wohlgefällig seinen braun gebrannten Körper. Da nahm ich mir vor, doch einige Sonnenbäder mehr zu nehmen, als ich geplant hatte, um etwas mithalten zu können.

Unser Schnecker freundete sich sofort mit Schnurzi an, einer einäugigen, betagten, aus Bayern stammenden Katzendame, die behaglich schnurrend die Streicheleinheiten unseres Jüngsten genoss.

Auf der Terrasse oberhalb des Schwimmbades hatte Werner eine handwerklich perfekt ausgeführte, weiträumige, an zwei Seiten geschlossene loggiaähnliche Überdachung eingerichtet, mit dem aus braun marmorierten Steinplatten stilisierten Teide an der Wand und einer ausladenden, weiß gekachelten Bartheke mit ebenfalls braunen Lamellenholztüren, die rundherum mit hohen Hockern ausgestattet war. Der Zapfhahn dieses ebenfalls selbst entworfenen

Schanktisches weckte gleich mein außerordentliches Interesse. Werner verstand meinen Blick, holte Bierkrüge mit Zinndeckel herbei und zapfte uns vier ein köstlich kühles und frisches Bier. Schnecker bekam eine selbst gemixte Bananenmilch. Die beiden Jungs tobten und spritzten danach im Pool herum, dass Werner für einige Zeit seine Pflanzen und den gepflegten Rasen nicht mehr zu gießen brauchte. Schnurzi war vorsichtshalber hinter Elfchen in Deckung gegangen. Ja, selbst die großen, wunderschön schillernden Libellen suchten bei uns oben Zuflucht. Einmal näherte sich ein attraktiver Schmetterling mit einer Flügelspannweite von bestimmt zehn Zentimetern. Wir wagten uns kaum zu bewegen und riefen Schnecker herbei, um dieses Insekt zu identifizieren. Es war ein Danaus plexipuus oder auch Monarchfalter, der größte auf Teneriffa lebende Schmetterling. Elfchen nickte bestätigend und erklärte: „Ich wollte erst noch sagen, das ist doch ein Donat Plexiglas!“ Womit sie sich wieder einmal als herausragende Expertin für Fremdwörter und Insektenkunde auswies.
Danach erlebten wir einen unserer schönsten Sonnenuntergänge, die wir von dieser Sitzecke aus genießen durften. Auf einer Postkarte hätte jeder dieses Naturschauspiel leichtfertig als Kitsch abgetan, aber wenn man so etwas selbst erlebt, raubt es einem fast die wenigen, noch verfügbaren Sinne.
Trotz erheblichen Bierkonsums lud uns Werner zu seiner anstehenden Geburtstagsfeier ein. Wir sagten freudig zu und Elfchen unterbreitete das Angebot, ihm zu Ehren Spätzle und andere schwäbische Nationalspeisen zuzubereiten, um seine Gäste zu verwöhnen. Werner war begeistert und nahm dankbar diesen Vorschlag an.

Die Hühnerfarm

Unser Schnecker hatte im Reiseführer eine Rundwanderung zum Eukalyptuswald aufgestöbert, für die keine besonderen bergsteigerischen Fähigkeiten erforderlich waren. Da wir Männer selten etwas allein unternehmen durften, sondern allerhöchstens unsere Haushaltsvorständin von Kleidergeschäft zu Handarbeitsgeschäft begleiten durften, um die Plastiktüten zu tragen, erzählte unser Jüngster seiner Mutter diplomatisch geschickt, dass wir in diesem Eukalyptuswald möglicherweise Koalabärchen zu sehen bekämen. Obwohl er genau wusste, dass es, außer vielleicht im Zoo, auf den Kanaren keine Koalas gibt. Aber wie gesagt, das ist eben diplomatisches Geschick, weil mein Elfchen nämlich diese kleinen, drolligen Knuddeltierchen über alles mag. Sogar auf ihrem Nachttisch sitzt ein so gewaltig großer Plüsch-Koalabär, dass ein Bild von mir keinen Platz gefunden hat. Wobei bislang völlig unklar ist, ob sie überhaupt eines aufstellen wollte. Wie dem auch sei, unsere Familienoberbefehlshaberin war Feuer und Flamme für diese Wanderung. Seinem großen Bruder erzählte Schnecker, dass die schönsten Frauen Teneriffas in dieser Gegend lebten, deshalb drängte uns Andreas auch zum sofortigen Aufbruch. So fuhren wir also alle hoch motiviert los. Eigentlich hätte ich mir ja denken können, dass ein Unternehmen, das mit so viel Lug und Trug zu Stande kommt, schief gehen muss. Aber ich habe mir, wie so oft in meinem turbulenten Leben, wieder einmal nichts dabei gedacht.
In Santa Ursula sah Elfchen urplötzlich auf der linken Seite ein riesiges Lederwarengeschäft und erließ die ultimative Anordnung, dass die Wanderung nur nach einer kurzen Besichtigung dieser Auslagen durchgeführt werden könne. Ich legte eine perfekte Powerslide-Vollbremsung hin und stand exakt vor der Eingangstür dieser Firma. Dies brachte mir die uneingeschränkte Anerkennung meiner,

nur zum Teil hoffnungsvollen Sprösslinge ein. Dass Elfchen diese Fahrtechnik nicht besonders schätzte, gab sie zu erkennen, als sie ihren Kopf wieder aus dem Handschuhfach befreit hatte.
Zu meinem Schrecken fand unser Ältester auch noch eine Lederjacke, wie er sie sich schon lange gewünscht hatte. Unser Jüngster war zum Glück mit einem kleinen, viereckigen Geldbeutelchen zufrieden, das sich über Kreuz auseinanderfalten und wieder zusammenlegen ließ. Ich stiefelte eineinhalb Stunden brav hinter Elfchen her und hängte mir die zahllosen Handtäschchen, die sie angeblich für einen Spottpreis zu jedem Kleid von ihr ausgesucht hatte, über beide Unterarme. Ich handelte mit einem einäugigen Mann, der offensichtlich, wie Elfchen, etwas zu sagen hatte, noch einen zehnprozentigen Rabatt aus und ließ dann die Waren im Geschäft zurücklegen, weil mir eine Wanderung mit einhundert Handtaschen an den Armen doch etwas lästig gewesen wäre.
Wir parkten an der Hauptstraße in Cuesta de la Villa, einem Ortsteil von Santa Ursula, und wanderten frohgemut in einer Haarnadelkurve nach links, den Berg hinauf. Am Restaurant Pedro sog Elfchen den aromatischen Duft frisch zubereiteter Nahrung durch ihre weit geöffneten Nasenflügel und entschied, in gewohnt undemokratischer Weise, dass wir auf dem Rückweg hier einkehren würden. Ich nickte und heckte heimlich den hinterhältigen Plan aus, den Rückweg etwas umzugestalten. Dass wieder einmal alles anders kommen sollte, konnte ich ja zu diesem Zeitpunkt noch nicht wissen.
Vorbei an modernen Villen mit vielen deutschen und auch typisch schwäbischen Namen an den Briefkästen, stiegen wir in der sengenden Mittagshitze steil hinauf in Richtung Eukalyptuswälder. Mit Sorge sah ich, wie Elfchen ihre charakteristische Stirnfalte aufzog und die Unterlippe nach vorne schob, was für Eingeweihte einer dramatischen Katastrophenwarnung gleichkommt. Schnecker, der

die Veränderungen in Elfchens Gesicht ebenfalls bemerkt hatte, pries wie ein Marktschreier die farbenfrohen, gepflegten Gärten und die oft geniale Architektur vieler Häuser an, doch seine Mutter wurde beunruhigend still. Was natürlich auch daran lag, dass sie schnaufen musste wie unsere alte Dampflokomotive, die früher zwischen Metzingen und Bad Urach hin und her zuckelte.
Irgendwann gesellte sich ein kleiner, vermutlich wild lebender Hund zu uns, der sicherlich dachte, wo diese Frau ist, müsse auch etwas zum Essen sein. Er ging immer voraus und wartete dann geduldig an der nächsten Kurve, bis seine neuen Wanderfreunde eingetroffen waren und Schnecker ihn ausgiebig gestreichelt hatte.
Als wir an einer Schule vorbei keuchten, versammelte sich eine Gruppe Kinder um Elfchen. Sie wurde heftigst bestaunt und bekichert. Für einige Sekunden überlegte ich mir, ob ich vielleicht Eintritt verlangen sollte, aber ich habe mich dann doch zu sehr geniert.
Die Sonne bullerte am hellblauen Himmel wie ein Kanonenofen im tiefsten Winter. Der Schweiß tropfte zu Boden und allenthalben war nur stöhnendes Schnaufen zu vernehmen. Sonderbarerweise waren trotz aufgezogener Sturmwarnung von Elfchen keinerlei Unmutsäußerungen zu hören. So stark war die Anziehungskraft der nicht vorhandenen Koalabärchen. Andreas knöpfte sein Hemd noch weiter auf als sonst, um etwaige junge, interessierte, einheimische Damen auf seine, zwar unbehaarte, doch vermeintlich männliche Heldenbrust aufmerksam zu machen. Faszinierend zu erleben, wie so ein vorhergehender Motivationsschub das Verhalten der Testpersonen grundlegend beeinflusst.
Trotz eines beeindruckenden Traumblicks über die Küste des Teno-Gebirges und Puerto de la Cruz bis zu den Bergen hinter Tacoronte fiel Elfchen immer weiter zurück. Ich hielt, wie unser Begleithund, die Verbindung zwischen den Jungs als Vorhut und ihrer Mutter als Tross, da bemerkte ich, dass sich meine Söhne mit jemandem in ei-

ner Hofeinfahrt unterhielten. Anschließend tauchten übereinander zwei Männerköpfe auf. Sie schauten in dem Moment zu uns herunter, als sich Elfchen gerade wieder einmal zehn Liter Schweiß von ihrer zarten, jedoch geheimnisumwitterten Stirn wischte. Sofort wurden die Köpfe zurückgezogen.
An der Hofeinfahrt angekommen, kamen uns die beiden Männer schon mit gefüllten Rotweingläsern entgegen und luden uns zum Trinken ein. War das ein Genuss! Dieser herrliche, leicht gekühlte Rotwein, der hier vino tinto genannt wird, umschmeichelte meinen staubigen und ausgetrockneten Gaumen wie Elfchen mich damals auf dem Standesamt – allerdings nur, bis ich unterschrieben hatte.
Die Gläser mit Orangenlimonade unserer Jungs waren erst halb leer, da starrte uns beiden schon der trübsinnig und hoffnungslos dreinschauende, noch leicht rot gefärbte Boden unserer Gläser entgegen. Elfchens Wangen färbten sich noch dunkler, als sie es vom Aufstieg her schon waren, da schenkten uns die Männer noch einmal nach. Einer verschwand im Haus und brachte eine Tüte mit köstlichem Biskuitgebäck, die Elfchen in ihrer angeborenen Bescheidenheit allerdings gleich an sich nahm. Als sie sich ihr Glas noch einmal füllen ließ, zog ich schweren Herzens meine Geldbörse hervor und fuchtelte damit in der Luft herum. Aber da schienen die beiden beleidigt zu sein. Also brachte ich beglückt und zufrieden mein sauer verdientes Geld wieder in Sicherheit. Als kleines Äquivalent für meinen beherzten Verzicht füllte mir Silvestre, so hieß der eine, der auch der Besitzer des Hofgutes zu sein schien, mein Glas erneut. So langsam begann ich mich hier wohl zu fühlen.
Elfchen unterhielt sich mit den Männern, sagte öfters: „Sí, sí, sí!" und lachte, wenn die andern lachten. Der zweite Mann, es war der Weinhändler Emilio, der Silvestre gerade dutzende von neuen riesigen Korbflaschen voll kellerkühlem Rotwein gebracht hatte, versorgte uns noch einmal mit Rebensaft und verabschiedete sich

dann. Silvestre hatte inzwischen ein Fotoalbum mit Bildern seiner Frau, seiner Schwiegermutter und seinen Kindern gebracht, die nackt, auf einem Bärenfell liegend fotografiert worden waren. (Damit keine Missverständnisse entstehen, Frau und Schwiegermutter waren auf diesen Bildern angezogen!) Elfchen fiel pflichtgemäß ob dieser süßen Kinderchen fast in Ohnmacht.

Silvestre führte uns in seine Werkstatt, wo er uns zuerst einmal neue Gläser, die nur mit zwei Fingern unter einem Strahl kaltem Wasser ausgespült wurden, mit vino tinto aus seinen alten Beständen kredenzte. Als wir auch diesen Wein gebührend gelobt hatten, mussten wir das Hofgut besichtigen. Es war eine gigantische Hühnerfarm mit mehreren tausend Hühnern, die jeweils zu siebt in einem engen, schräg nach unten verlaufenden Drahtkäfig standen. Das, was nach der Nahrungsaufnahme und der Verdauung noch übrig war, fiel zwischen den Gittern durch nach unten, auf den mit Stroh ausgestreuten Boden. Die eben gelegten Eier rollten über die Schräge auf ein Förderband. Dieses transportierte die Eier zu einer großen Drehscheibe, in der sie vollautomatisch nach Gewicht und Größe sortiert wurden. Das Futter lief auf halber Käfighöhe mittels einem schmalen Förderband vorbei und immer ein oder auch mal zwei Hühner drängten sich nach vorne, um etwas zu essen. Mir drehte es fast den Magen um. Natürlich hatte ich schon von Käfighaltung in Hühnerfarmen gehört, aber wenn man so etwas sieht und einem gleichzeitig dieser ekelhaft penetrante Großraumstallgestank in die Nase sticht, begreift man erst, was es in Wirklichkeit bedeutet.

Meine beiden Jungs verließen kompromisslos das Gebäude, doch Elfchen und ich waren zu feige, um diesen Menschen, der uns so selbstlos bewirtete, auch noch zu beleidigen, indem wir ihm unser Missfallen ausgedrückt hätten. Zudem glaube ich auch nicht, dass der Mann wegen uns seine Hühnerfarm aufgegeben hätte. Wir fassten allerdings den Vorsatz, in Zukunft beim Einkauf besser auf Bo-

dentierhaltung zu achten, falls wir mit dieser Herkunftsbezeichnung dann nicht auch angelogen würden.
Unser Hundchen wartete geduldig schwanzwedelnd bei den Jungs, bis wir wieder das weitaus angenehmere Licht des Tages erblickten und wollte dann mit uns weiterwandern. Silvestre hatte jedoch inzwischen einen solchen Narren an Elfchen gefressen, dass er ihr ständig über den Bauch streichelte. Ich achtete natürlich streng darauf, dass er nicht in Regionen kam, bei denen ich kurz Schneckers Steinschleuder hätte ausleihen müssen. Aber es ging alles gut. Dann pflückte er in seinem Obstgarten Orangen, Mandarinen und Zitronen von den Bäumen und schenkte uns zudem noch getrocknete und frische Gewürzkräuter.
Elfchen verkündete nach dem zehnten Gläschen vino tinto mit schwerem Zungenschlag, dass sie jetzt keinen Schritt mehr bergauf laufen werde, und ich schickte mich gerade an, sie die Straße hinunterrollen zu lassen, da setzte Silvestre uns Männer auf die Pritsche seines Lastwagens, Marke Vorkriegsmodell, und nahm Elfchen zu sich in die Fahrerkabine. Dort hätten zwar normalerweise drei Personen Platz gefunden, aber er hatte sich nun mal für Elfchen entschieden. Der kleine Hund, menschlich von uns enttäuscht, dass wir ihn so schnöde verließen, blickte dem Fahrzeug mit traurigen Augen und hängenden Ohren nach, bis wir am Horizont verschwunden waren.
Ich dachte eigentlich, Silvestre würde uns zum Leihwagen zurückfahren, er bog jedoch in eine größere Straße ein und fuhr mit uns noch weiter den Berg hinauf. Irgendwann auf halber Höhe bremste er ab, ich schaute mich um und wurde blass. Eine extrem steile, unmöglich zu befahrende Betonpiste führte links weiter den Hang hinauf. Aber Silvestre bog dennoch gnadenlos links ab und zog uns unter quälendem Geheule seines geschundenen Motors Meter um Meter nach oben. Elfchen hing im Führerhaus wie eine Astronautin

im startenden Spaceshuttle, und wir drei mussten uns verzweifelt festklammern, dass wir nicht zur Ladefläche hinausrutschten. Nach endlosen, schrecklichen Stunden, jedenfalls kam es mir so lange vor, bog er in die schmale Einfahrt zu einem Rohbau ein.
Als Erstes führte er uns in den wunderschön gefliesten Weinkeller neben dem Klo. Diese beiden Räume waren als Einzige fertig ausgebaut. Dort wurden wir mit einem wohlgefüllten Gläschen vino tinto ausgestattet. Dann führte er uns durch das unfertige Haus. Von den Balkonen beider Stockwerke aus genossen wir die einmalig schöne Aussicht über das fruchtbare Orotavatal. Elfchen, des Spanischen ebenso wenig mächtig wie ich, palaverte immer noch heftig mit Silvestre herum und platzierte mal ein „sí!“ und mal ein „no!“, wie sie es gerade für angebracht hielt. Dann tauschten sie die Adressen aus und Silvestre fuhr uns nach einem weiteren Glas vino tinto wieder zur normal befahrbaren Straße zurück. Wir winkten ihm dankbar nach, bis er unserem Blickfeld entschwunden war. Dann erst fragte ich Elfchen, ob sie denn die Hühnerfarm oder den Rohbau gekauft hätte, oder gar beides zusammen. Sie gab unumwunden zu, dass sie kein Wort verstanden hatte, aber dies vor Silvestre nicht zugeben wollte.
Da Flüssigkeiten die schlechte Angewohnheit haben, immer rasch zu versickern, begannen nun die Mägen der Emberle-Familie zu knurren. Wir begaben uns auf dem schnellsten Wege zu Pedros Restaurant und durften dort, nach den obligatorischen Brötchen mit Butter und einer üppigen Salatplatte, in der Küche je einen frischen Fisch aussuchen, nur Elfchen orderte zwei. Als sie dann gegrillt, mit gebratenen Kartoffelstücken und einer tollen Soße serviert wurden, machten wir uns mit einem Heißhunger über die früheren Meeresbewohner her. Nachdem wir Erwachsenen diesem vorzüglich mundenden Fisch kein Sprudelwasser zumuten wollten, bestellten wir uns kurzerhand wieder vino tinto. Weil aber die Zierde unserer Fa-

milie ziemlich gut drauf war und in weinseliger Laune versehentlich ihr halb volles Glas umstieß, bestellte sie bei dem mit einer neuen Tischdecke herbeieilenden Wirt eine weitere Karaffe, um ja nicht zu kurz zu kommen. Ich bezahlte für uns vier Personen zusammen genau so viel, wie bei uns zu Hause für eine einzige Portion Essen ohne Getränke und Vorspeisen!

So schwebten wir also leichtfüßig und ausgelassen zum Auto zurück. Elfchen und ich liefen mit ausgebreiteten Armen wie ein Flugzeug, in Schlangenlinien, die Straße hinunter und ahmten mit dem Mund Propellergeräusche nach. Wir klingelten fast an jedem zweiten Haus und rannten dann schnell weiter. Unsere Jungs distanzierten sich offensichtlich auch räumlich von uns, um bei möglicherweise auftauchenden Passanten nicht den Eindruck zu erwecken, dass sie eventuell mit diesen beiden besoffenen Alten etwas zu tun haben könnten.

Am Auto angekommen erlaubte ich gut gelaunt meinem ältesten Sohn, dass er uns ausnahmsweise nach Hause fahren dürfe. Wir waren noch keine zehn Meter gefahren, da versicherte er uns auch schon mit ausdruckslosem Gesicht, dass er nun das letzte Mal mit uns im Urlaub gewesen sei. Ich nahm ihn in den Arm und bedankte mich, dass er durch seine großherzige Entscheidung meine Urlaubskosten erheblich senken würde. Dann fuhr er doch sehr nachdenklich zu dem Lederwarengeschäft zurück, um Elfchens Handtaschen und seine Lederjacke abzuholen.

Elfchen in Todesangst

Da ich von unserer Familie fast immer als Erster durch die Wohnung schleiche, stand ich am nächsten Morgen in knappster Bekleidung auf dem Balkon und machte gymnastische Übungen, die meinem lädierten Rücken zugedacht waren. Da näherte sich mein Schnecker leise von hinten und stupste mich heftig mit beiden ausgestreckten Zeigefingern in die Hüften. Irgendwann trifft mich wegen dieser Familie noch einmal der Schlag! Nach einer Schlacht mit Sofakissen, die aus Gründen der Selbsterhaltung so leise wie möglich durchgeführt wurde, nahmen wir ein vitaminreiches Müsli zu uns. Anschließend erfolgte ein erstes Aufwärmschach, dann entschlossen wir uns zu schwimmen. Im Anschluss daran ging es in das Gymnasio, also in den Fitnessraum. Dort stählten wir unsere geschwächten Körper, bis uns wieder ein leichtes Hungergefühl unter die Dusche, und danach, völlig ungeplant, noch einmal zu einer ausgedehnten Wasserschlacht in das Schwimmbad trieb. Daraufhin wurde unser Hunger aber so übermächtig, dass wir absichtlich laut und ungestüm in unser Appartement stürmten, um den Rest der Familie ins irdische Glück zurückzuholen.

„Ja wie, seid ihr denn schon wieder da?", blinzelte uns Elfchen verschlafen an. Es war noch eine halbe Stunde bis zur regulären Mittagszeit! Dann gähnte, räkelte und streckte sie sich in ihrem fürchterlich zerwühlten und geschundenen Bett. Unser Großer horchte ebenfalls noch tief und fest an seinem zusammengeknüllten Kissen, ob er nicht doch etwa die feurigen Lockrufe einer kanarischen Strandschönheit vernehmen könnte. Elfchens Bett atmete hörbar auf, als es vernahm, dass sie nun schwimmen gehen wollte, zuckte aber sofort wieder gequält zusammen, als sie sich noch einmal darauf fallen ließ, um ihren Großraumbadeanzug anzuziehen.

Da die eine Familienhälfte ein Frühstück und die andere ein Mittagessen erwartete, beschlossen Schnecker und ich, als Ideallösung einen Brunch vorzubereiten. Neben Müsli, Marmelade, Honig und Rühreiern mit Schinken gedachte ich aus den in Scheibchen geschnittenen und weich gedünsteten Zehen einer ganzen Knoblauchknolle, zwei Avocados, einem Becher Kräuterfrischkäse, einem Be-

cher Knoblauch-Creme fraîche, Salz, Fondor und Pfeffer eine Weltklasse-Avocadocreme zu pürieren. Nach einem wunderbaren Tipp von Werner wird der große braune Kern einer Avocado mit einem Küchenpapier sauber gemacht und in die Creme gesteckt. So hält sie sich im Kühlschrank längere Zeit frisch und läuft nicht nach einer Stunde schon leberwurstgrau und unansehnlich an.
Schnecker schälte für den Nachtisch zwei große gekühlte Papayas, entkernte sie und übergoss das in kleine Würfel geschnittene Fruchtfleisch mit dem Saft einer Zitrone und einer Menge frisch gepresstem Orangensaft. Danach kam alles bis zum Verzehr wieder in den Kühlschrank. Dies ist ein Nachtisch, der auch den überforderten Magen wieder einrenkt und solch köstliche, aber ungesunde Verdauungshilfen wie zum Beispiel Williams-Christ-Birnenschnaps, leider völlig überflüssig macht.
Danach ging Schnecker daran, aus Kartoffeln, Zwiebeln, Eiern, Salz, Pfeffer und viel Olivenöl eine köstliche Tortilla zuzubereiten. Als auch diese kurz vor der Fertigstellung war, ging ich auf unseren geräumigen Balkon, um Señora Emberle aus den erquickenden Fluten des Schwimmbades zu rufen. Doch eigenartigerweise war das Wasser nicht bewegt, was darauf schließen ließ, dass sich Elfchen nicht mehr darin aufhielt, und auch sonst war von unserem zierlichen Badenixchen weder etwas zu sehen, noch zu hören. Weil aber beides zusammen absolut ungewöhnlich ist, schaltete ich schnell den Herd ab, rannte die Treppen hinunter zum Pool und rief aus Leibeskräften nach Elfchen. Da hörte ich aus der Duschanlage ein klägliches Wimmern. Mutig und heldenhaft drang ich in die Damendusche ein und fand dort mein armes Elfchen zusammengekrümmt, zitternd und weinend vor. Und das bei einer Frau, die sich ansonsten vor nichts und niemandem und am allerwenigsten vor mir fürchtet! Genauer gesagt: Die einzige Angst in ihrem Leben ist, dass sie eine Allergie gegen Rahmsoßen bekommen könnte.

Unter lang anhaltendem Schluchzen und von Weinkrämpfen geschüttelt, erzählte sie mir, dass sie über die große Schwimmbadfreitreppe ins Wasser gestiegen sei. Dort hätte sie eine Wespe entdeckt, die hilflos auf dem Rücken im Wasser zappelte. Nicht, dass sie auf diese Stechimme ihrer minimalen Taille wegen etwa neidisch gewesen wäre, es ist leider so, dass Elfchen seit einigen Jahren an einer für sie lebensbedrohlichen Wespenallergie leidet. Deshalb schaufelte sie, von Rachegelüsten getrieben, mit beiden Händen noch mehr Wasser über das kleine Insekt, das sowieso schon dem Tode geweiht zu sein schien, hatte sich aber danach nicht mehr um das arme Wesplein gekümmert.
Diesem muss es aber, dank des knallharten Überlebenstrainings zu Hause im Wespenheer gelungen sein, sich zu retten. Die Wespe hat auch bestimmt noch eine gute Weile Wasser gespuckt, aber nicht, weil es einen schlechten Geschmack gehabt hätte, denn Elfchen hatte ja vor dem Bad geduscht, sondern weil sie beinahe ertrunken wäre. Dann aber griff sie im Sturzflug das großflächige und deshalb leicht auszumachende Ziel immer wieder mit ausgeprägter Aggressivität an. Elfchen tauchte genialerweise sofort unter und jedesmal, wenn sie wieder einige Eimer voll Luft brauchte, stieg sie an die Wasseroberfläche auf und spritzte wild um sich wie die Lavaeruption eines gewaltigen Vulkanausbruchs. Weil aber diese Wespe wohl von der Natur mit einem überdurchschnittlichen Intelligenzquotienten ausgestattet wurde, wartete sie hinter einem Palmblatt, bis Elfchen der Meinung war, sie hätte aufgegeben.
Dort wetzte sie noch einmal ausgiebig ihren Stachel, und als Elfchen, vorsichtig wie ein Rudel Sioux-Indianer, in Richtung Duschen schlich, setzte sich der Kampf zwischen David-Wespe und Frau Goliath-Emberle fort. Elfchen schlug mit ihrem vier auf zehn Meter kleinen Handtüchlein um sich wie eine Amok laufende Gruppe Fahnenschwinger beim Heimatfest.

Aber irgendwie hatte sie es doch geschafft, in die Dusche zu kommen und war dann, nach heftigem Aufatmen, der irrigen Ansicht, sie sei in Sicherheit. Das Insekt trug aber wegen des versuchten Totschlags einen jämmerlichen Zorn in sich, wobei erschwerend noch der Vorsatzgedanke hinzukam und somit vor dem Wespengesetz als Mordanschlag gewertet werden konnte. Dazu war es noch nachtragend wie ein Elefant. Ein Charaktermerkmal übrigens, das auch mein Elfchen Zeit ihres Lebens auszeichnet. Deshalb kroch dieses unversöhnliche Insekt zwischen den Lamellenschlitzen der Außentür hindurch, um nach der Flüchtigen zu forschen. Elfchen hechtete in ihrer Todesangst in die Duschkabine, schlug die Glastür zu und wartete dort, bis wir nach ihr suchten. Zum Glück fiel es weder Elfchen noch der Wespe auf, dass die Duschkabine oben offen war und somit jederzeit befliegbar gewesen wäre.
Unser Schnecker ließ sich von seiner Mutter die Wespe genau beschreiben und malte dann nach dem köstlichen Frühstücksmittagessen den ganzen Nachmittag über Steckbriefe mit gelbschwarzen Wespen, die er anschließend in der Clubanlage an die Bäume heftete. Aber die Wespe blieb verschollen, wir haben auch den ganzen Urlaub über keine mehr gesehen.

In einem der besten Tapas-Restaurants der Insel

Wann immer wir konnten, saßen Schnecker und ich auf unserem weitläufigen Balkon und steckten die Köpfe über unser Reiseschach, um den jeweiligen Tagessieger zu ermitteln. Ich spielte eigentlich bisher immer gerne mit ihm, weil ich fast alle Spiele gewann, aber in diesem Urlaub entwickelte er sich immer mehr zu einem Angstgegner für mich. Einerseits freut man sich ja als Vater, wenn aus den

Kindern etwas wird, aber es muss nicht gleich so weit kommen, dass sie ihren Erzeuger übertrumpfen!
Andreas flegelte im Wohnzimmer vor dem Fernseher auf der Couch und zog sich ein ausgeliehenes Video rein. Den stundenlangen Schuss- und Explosionsgeräuschen nach zu urteilen, dürfte unser Planet nun bald ausgerottet sein. Elfchen beschäftigte sich auch schon seit geraumer Zeit ausgiebig mit ihren Fingernägeln und ging dabei in Gedanken die Bestände in Kühlschrank, Gefrierfach und Schränken auf ihre Verwendbarkeit als schmackhaftes Abendessen durch.
Da klingelte das Telefon. Wer wusste in diesem Land von uns? Vielleicht war es der Schuldirektor mit der Horrormitteilung, dass sie nun doch kommen wollten und wir wieder zurückfahren müssten? Elfchen fasste sich wie gewohnt als Erste ein Herz und nahm, ihren Nagellack trocken wedelnd, den Hörer ab. „Sí?" Was ich an meiner Gattin am meisten bewundere, ist ihr Selbstbewusstsein. Sie meldete sich auf Spanisch, wohl wissend, dass sie hilflos und aufgeschmissen wäre und wir ihr auch nicht helfen könnten, falls tatsächlich jemand auf Spanisch antworten sollte.
Aber es war Werner, der sich in schönstem Schwäbisch erkundigte, ob wir schon gegessen hätten, er sei hungrig und wolle uns gerne in das Restaurante El Callejón, der Name heißt übersetzt enge Gasse, mitnehmen, eines der besten Tapas-Lokale der Insel, in dem auch Fußballtrainer Jupp Heynckes seinerzeit beim CD-Tenerife öfters speiste.
Elfchen nahm uns die Entscheidung ab, indem sie freudig zusagte. Wir rasten völlig konfus durch die Wohnung, um uns zurechtzumachen, damit unser neuer Freund nicht so lange hungern und warten musste. Danach saßen wir noch geschlagene fünfundzwanzig Minuten im Auto vor Werners Haus, weil er sich kurzfristig entschlossen hatte in seinem Schwimmbad noch einige Erfrischungsrunden zu drehen.

Ich bin der festen Überzeugung, dass wir persönlich ein ähnliches Verhalten keine Sekunde überlebt hätten, aber als Werner elegant gekleidet mit Sonnenbrille und entwaffnendem Lächeln zu uns in den Wagen stieg, schmolz Elfchen dahin wie drei Zentner Butter im Hochofen.

Es ging eine kurze Wegstrecke Richtung Meer und dann zu einem Ortsteil von Tacoronte mit dem klangvollen Namen Guayonge. Schon bald zweigte nach einem kurzen Anstieg eine kleine Straße links ab, und wenig später wurde ich von Werner in eine noch kleinere Sackgasse gelotst. Vor einem großen weißen Haus mit grün lackierten Metalltüren, die eher eine Autowerkstätte vermuten ließen, stiegen wir aus und betraten ein unwahrscheinlich gemütlich und liebevoll eingerichtetes Lokal. Thomas, der schwarz gelockte Besitzer und Koch führte uns nach einer ausgesucht freundlichen Begrüßung an den, von Werner vorbestellten Tisch. Der Wirt, der ungefähr so viel deutsch sprach wie wir spanisch, verhandelte dann mit unserem neuen Freund über die Bestellung. Wir verstanden kein Wort und harrten mit glänzenden Kinderaugen der Dinge, die da über uns hereinbrechen sollten.

Zuerst kam das Cerveza Dorada, was übersetzt „goldenes Bier" heißt und aus Werners Firma stammte. Ein köstliches Bier, das wir uns nicht nur des Freundes wegen den ganzen Urlaub über genüsslich munden ließen. Andreas erpresste mich mit der Forderung, dass er nach Hause fahre, wenn er nächtens das Auto für sich bekomme. Ich ging gerne darauf ein, in der Gewissheit, dass sich mein Elfchen immer noch die letzte Entscheidung vorbehält, wer wann und mit welchem Fahrzeug wohin fährt.

Dann gab es große, noch warme Brötchen und zwei salsas, eine Avocadocreme, die ich vorher und nachher nirgendwo schmackhafter gegessen habe, und eine Knoblauchmajonäse. Eine Platte mit frischem, knackigem gemischtem Salat kam als Nächstes, und anschließend tischte uns Eduardo, der immer freundliche junge Kellner, noch schmurgelnde, mit grobem Meersalz bestreute, kleine, schlanke, grüne Paprikaschoten auf, die hier pimientos al padrón genannt werden und uns außergewöhnlich gut schmeckten. Im Anschluss daran wurden Krabben mit Knoblauchscheiben in siedend heißem Olivenöl serviert. Das Schöne daran war, dass alles der Reihe nach kam. Jeder pickte sich aus diesen großen Portionsschalen seinen Teil heraus, und man konnte sich dabei gemütlich unterhalten. Das heißt, Elfchen wurde immer dann verdächtig wortkarg, wenn wieder eine neue Ration auf den Tisch kam. Dann gab es Champignons mit Knoblauch, die später noch einmal in panierter Form auf den Tisch kamen, sowie Austernpilze ebenfalls mit viel Knoblauch. Unangenehmer Knoblauchgeruch ist uns eigentlich nie bei irgendjemandem aufgefallen, vielleicht lag es auch daran, dass wir selbst im Schnitt fast immer zwei Knoblauchknollen am Tag verzehrt haben. Als noch eine Riesenschüssel mit Muscheln in der Schale in köstlicher Tunke verzehrt war, klinkte sich Schnecker aus. So mussten wir vier die panierten Krebsfleischbällchen, aus denen jeweils noch ein Beinchen hervor schaute, alleine verspeisen. Dass es als Beilagen noch Kroketten und Pellkartoffeln gab, machte uns schwer zu schaffen, denn beinahe hätten wir von diesen großen, äußerst delikaten und noch warmen Tintenfischscheiben auf galicische Art, also mit grobem Meersalz und gemahlenem, scharfem, rotem Paprika bestreut, nicht mehr alles essen können. Mit dem Nachtisch mussten wir uns dann noch etwas Zeit lassen, denn Elfchens Haut knisterte schon verdächtig nach irgendwelchen Rissen. Aber vielleicht war es auch nur der Stoff, den ich da brechen hörte.

Am Nebentisch servierte Eduardo eine gigantische Paella. Wir waren sprachlos, denn so ein gewaltiges Werk kannten wir bisher nur aus dem Werbefernsehen, wo sich zwei rivalisierende spanische Ort-

schaften wegen des besseren Spülmittels in den Haaren liegen. Und schon vereinbarte Elfchen mit Werner einen Paellatermin bei Thomas, denn so etwas muss vorbestellt werden.
Wir vertraten uns vor dem Lokal kurz die Beine, während Werner mit einigen Gästen sprach, die er zu kennen schien. Aber als Elfchen wenig später schon wieder ihre Nase an der Nachtischtheke platt drückte, stiegen auch wir nochmals in die Speisenfolge ein. Da gab es dann Flan, das ist ein ausgezeichneter Karamellpudding, Mandeln mit Honig, Kuchen nach Art der Insel Gomera, Papayas mit frisch gepresstem Orangensaft, Eis mit karamellisierten Nüssen, riesige Brombeeren und Erdbeeren mit Schlagsahne.
Zur Rechnung gab es große Bonbons für jeden, und Thomas spendierte zusätzlich eine Flasche Sekt. Dabei machte uns Werner mit den Zahlungsmodalitäten auf der Insel vertraut. Jeder Mann zahlt für seine und andere eventuell ihn begleitenden Frauen. Kinder und Jugendliche ohne eigenen Verdienst werden von allen Männern gleichmäßig eingeladen und bezahlt. Toll! Ein schöner Brauch. Ich nahm mir insgeheim vor, nie mehr ohne unseren Freund essen zu gehen.

Die Höhlenwohnungen von Chinamada

Nachdem das mit den Koalabärchen und den tollen Frauen wegen der elterlichen Entgleisung nicht so richtig hingehauen hatte, suchte Schnecker, unser kleiner, hauseigener Reiseführer, nun eine sensationelle Wanderung aus. Er vertraute mir heimlich seine Sorge an, dass diese Strecke für unseren absolutistischen Haushaltsvorstand vielleicht zu anstrengend werden könnte. Aber da dieser Ausflug nach der Streckenbeschreibung wohl unsere bisher schönste Begegnung mit dem paradiesischen Teneriffa werden würde, wollte ich doch meinen kleinen Liebling dabei haben. Fotografien können das emotionale Erleben dieser traumhaften Naturschönheiten nicht völlig ersetzen. Es ist genauso wie mit einem Kuss, der, theoretisch erklärt nicht denselben Genuss vermitteln kann wie das praktische Erleben.

Sollte es für sie zu steil werden, wollte ich lieber mit ihr zum Wagen zurückgehen und die Jungs die Wanderung alleine beenden lassen. Ich bin mir nicht sicher, ob Elfchen zur Kenntnis nimmt, mit welcher Selbstlosigkeit und Opferbereitschaft ich mit ihr, trotz aller Strenge, durchs Leben gehe. Aber nur so kann Liebe buchstabiert werden!

Wir fuhren also vollzählig über La Laguna durch den Mercedes-Wald nach Las Carboneras. Allein schon die Fahrstrecke war so bezaubernd schön, dass wir nur noch ehrfurchtsvoll über unseren Schöpfer staunen konnten. Nicht einmal Andreas, der Chefzyniker unserer Familie, wollte sich negativ zu irgendetwas äußern.

In der Ortsmitte dieses kleinen Dörfchens stellten wir unseren Wagen ab, besichtigten kurz die Kirche und gingen dann bei brütender Mittagshitze los, einen breiten Fahrweg entlang, in Richtung Chinamada.

Wir Männer hatten unsere Schildkappen auf, trugen leichte Shorts und Turnschuhe. Nur Elfchen wollte aus irgendwelchen unerfindlichen Gründen nicht auf ihr Oberteil verzichten. Eigentlich unverständlich, denn es war ja kaum jemand unterwegs. Gleich zu Beginn unserer Wanderung war rechts ein Berg zu sehen, der dem Matterhorn wie aus dem Fels geschnitten war. Schnecker entdeckte neben der Straße einen Steilaufzug, der an einem Drahtseil hängend die geernteten Früchte nach oben transportierte. Beeindruckend waren die unzähligen, selbst an den fast unzugänglichsten Stellen angelegten Terrassenfelder an den Berghängen der engen und steilen Täler. Dort wurden Kartoffeln, Zwiebeln, Tomaten, etwas Getreide und Wein angebaut. Doch liegen die meisten Felder durch die Abwan-

derung der Jugend nun brach. Fast nach jeder Kurve veränderte sich das Landschaftsbild. Schroffe Berge und tiefe Schluchten, an deren Ende das weite Meer heran brandete. Durch die extrem feuchten Passatwolken kommt es hier zu einer üppigen und atemberaubenden Vegetation. Immer wieder blieben wir stehen und sogen, neben der würzigen Luft, auch diese unbeschreibliche Pracht und wild romantische Schönheit in uns ein. Es stimmt schon, dass man ein Land erst zu Fuß richtig kennen lernt.
Chinamada, schon zu Zeiten der Guanchen, also der Ureinwohner dieser Insel, bewohnt, besteht aus wenigen Häusern, die in große Felshöhlen eingebaut wurden. Man sieht nur die sauber verputzten Fassaden, und die Inneneinrichtung soll, laut Reiseführer, der eines Steinhauses um nichts nachstehen. Die Stromversorgung läuft über Solarzellen. Es war alles beeindruckend sauber und schön.
Nach einer kleinen Pause an der Kapelle des Ortes stiegen wir auf schmalem Pfad in den Berg ein in Richtung Las Escaleras. Elfchen hielt tapfer mit. Kein Wort der Klage. Sie wusste natürlich auch nicht, wie es weiterging. Gleich zu Beginn versahen zwei Hunde vor einem Haus ihren Dienst und bekläfften uns eher lustlos, aber dafür ausgiebig. Sie sahen uns dabei nicht einmal an, es ging offensichtlich eher darum, dass ihr Herrchen hörte, dass sie auch ordentlich arbeiteten.
Baumheide und Lorbeerbäume bargen einen hinreißenden Pflanzenreichtum. Wie fast überall auf der Insel sah man die wild wachsenden Feigenkakteen, die Wirte der Cochenille-Laus, die einst aus ihrem Körpersaft den nötigen Farbstoff Karmin für Campari und Lippenstifte lieferte. Auch Textilmanufakturen verwendeten ihn zum Färben von Seide und Wolle. Die rotfleischigen Früchte dieser Opuntien, die bei den Läusen so beliebt waren, sollen übrigens sehr schmackhaft sein. Wir wollten es auch einmal probieren, aber die Haut war sehr mühsam zu schälen.

Allein die amerikanischen Agaven mit ihrem, gut sechs Meter hohen, für sie den Tod bringenden Blütenstand, waren ein Erlebnis für sich. Alle Augenblicke stöhnte unser Elfchen begeistert auf und unterstrich damit, was wir im gleichen Augenblick auch zum Ausdruck bringen wollten. Dabei bemerkte sie nicht einmal wie sich der Pfad immer weiter langsam bergauf schlängelte. Auch die Jungs waren meist mit Erkundungen der näheren Umgebung beschäftigt. So entdeckten sie einmal linker Hand eine weitere Höhlenwohnung. Kurze Zeit später rasteten wir an dem unbewohnten Haus auf einem Felsvorsprung und genossen die Stille der Natur. Da sahen wir auch schon einen Hochspannungsmast auf dem Bergrücken stehen, der den höchsten Punkt unseres Aufstiegs markierte. Ich wurde nur innerlich blass, damit es Elfchen nicht auffallen sollte, denn ich befürchtete, dass sie nun schlapp machen würde. Also schwirrte Schnecker, der die gleichen Ängste hegte, wie ein kleiner Engel um den zentralen Mittelpunkt oder besser gesagt, Schwerpunkt unserer Familie mit allen erdenklichen Hinweisen und Aufmerksamkeiten.
Als wir weiterwanderten täuschten er oder ich öfter einmal Ermüdungsanfälle vor, damit Elfchen Gelegenheit hatte, sich auszukeuchen. Nur Andreas, der das ständige Hungergefühl seiner Mutter geerbt hat, jedoch ohne die schwer wiegenden und körperlich sichtbaren Auswirkungen, ließ verlauten, dass jemand, der einer Wandergruppe dermaßen zur Last fällt, doch lieber in Zukunft zu Hause bleiben sollte!
Dabei hatten wir Elfchen gerade erfolgreich das sichere Gefühl suggeriert, dass sie ständig auf uns warten muss. In ihrer gewohnt diplomatisch zurückhaltenden Art versicherte ihm seine Mutter, dass er gerne in Zukunft auch ohne uns in Urlaub fahren dürfe. Die Kosten hierfür müsse er sich dann allerdings selbst durch Nebenjobs verdienen.

Das förderte zweifelsohne die Harmonie unserer Familie wieder beträchtlich, und als wir stolz auf dem Bergrücken standen und noch einmal über das Tal zurück schauten, das durchaus auch irgendwo in Südamerika liegen könnte, lobten wir sie ausnahmslos für ihre Meisterleistung. Andreas konnte es sich allerdings nicht verkneifen, das Lob durch den Hinweis auf das hohe Alter seiner Mutter noch zu verstärken. Das war schlichtweg eine Unverschämtheit, denn wir hatten ja beide immer noch eine Vier vor unserem Lebensalter!
Da die Anziehungskraft der Erde bei Elfchen bergabwärts immer ein wenig nachhilft, erreichten wir doch recht schnell wieder das Dörfchen Las Carboneras. Gleich links, im ersten Haus nach dem Ortsschild, bei Valentin, aßen wir frischen Ziegenkäse, geräucherten Schinken mit krossen Brötchen und ein erstklassiges carne cabra, das ist Ziegenfleisch mit Kartöffelchen in der Schale. Nachdem wir alle Gänge verspeist hatten und noch unseren restlichen Rotwein genossen, holte Valentin seine Timple und spielte uns einige Melodien vor. Der Reiseführer hatte Recht, es war wohl die bisher schönste und interessanteste Wanderung meines Lebens!

Tintenschnecke und frittierter Fischberg

Nach einem faulen Morgen meldete sich Schnecker vorsichtig bei seiner Mutter mit einem neuen Vorschlag für eine kürzere und bequem zu gehende Wanderstrecke. Ich war völlig perplex, als Elfchen ohne Murren zustimmte. Andreas hatte auch keine gegenläufige Urlaubsplanung getroffen und schloss sich dem Familienvorstand an. Unser Nesthäkchen lotste mich über Tejina und Bajamar an traumhaft schönen afrikanischen Tulpenbäumen mit ihren großen, leuchtend roten Blütenglocken vorbei, nach Punta del Hidalgo. Von dort aus fuhren wir zum großen, lang gezogenen Parkplatz unterhalb des riesigen Leuchtturms, der wie eine misslungene Kreuzung zwischen einem modernen Kirchturm und einer Raketenabschussrampe aussieht. Rechter Hand hatten sich, als gewaltige Kulisse, die Ausläufer des Anaga-Gebirges mit ihren Steilabstürzen und den im Meer ertrunkenen Lavamassen fast bis an den Strand geschoben. Es war ein überwältigender Anblick. Staunend und selbstvergessen wanderten wir direkt am Ufer des Atlantik entlang, genossen den leichten Wind, das angenehme Rauschen der Wellen und die warmen, Leben spendenden Strahlen der Sonne.

Ab und zu sah man eine krebsähnliche, dunkle Felsenkrabbe zwischen dem zerklüfteten Gestein geschäftig umherrennen. Unsere Sprösslinge stöberten währenddessen meist neugierig in der felsigen, oft wasserdurchfluteten Zone zwischen Meer und Uferstraße. Plötzlich rief uns Schnecker herbei. Er hatte eine mindestens zwanzig Zentimeter große Meeresschnecke entdeckt. Sein älterer Bruder war gerade, zu unser aller Empörung, dabei, dem armen nackten Tier ein Holzstöckchen vorsichtig in den Rücken zu drücken. Sofort sonderte die Schnecke eine dunkelblaue, ja fast schwarze Flüssigkeit wie bei einem Tintenfisch ab und war in dem Wasserloch nicht mehr zu sehen. Elfchen zerbrach Andreas' Holzstück und warf es dem Flüchtenden nach.

Wir wanderten weiter bis zum Nadelöhr-Fels, Titelblatt-Star zahlreicher Teneriffa-Reiseführer, der die Sicht auf die hinter ihm liegende Landschaft durch eine Öffnung frei gibt. Wir mussten aber schnell wieder umkehren, weil Elfchen nicht mehr zu unterdrückende Hungergefühle verspürte. So etwas erfordert rasches und diszipliniertes Handeln, um keine emotionalen Naturgewalten bei ihr auszulösen.

Etwas außerhalb des Ortes stießen wir an der Promenade auf eine Gaststätte mit Namen La Caseta, die auch die Zustimmung unserer Gastronomiesachverständigen fand. Ihren guten Ruf als solche bestätigte sie im Innern des Lokals. Ein sehr freundlicher, humorvoller

und singender Ober, der zudem auch noch etwas deutsch sprach, fragte nach unseren Wünschen. Elfchen bestellte sich frittierten Fisch, und zwar „grande!“, also groß, wie sie ausdrücklich betonte und dabei beschrieb sie mit ihren beachtlich großen Handflächen, – um das Wort „Backschaufeln“ zu vermeiden, – in einem ausladenden Bogen die Höhe und Ausdehnung der Fischmenge auf ihrem Teller. Der Ober lächelte und verschwand. Kaum hatten wir unseren Salat verdrückt, kam er auch schon mit Elfchens Platte in beiden Händen, und einer seiner Kollegen trug unsere drei Teller. Unsere Fischliebhaberin machte Augen wie Schnecker an seinem ersten Geburtstag, als er eine brennende Kerze auf der Torte entdeckte. Sieben knusprige Fische lagen aufgehäuft da und stierten die Kundin, wegen der sie sterben mussten, mit trüben Augen ausdruckslos an. Der Ober lachte verschmitzt und ließ unser Leckermäulchen mit ihrer großen Aufgabe allein.
Trotz allem Bemühen schaffte es unser ausgemergeltes Elfchen nur bis zum vierten Fisch, dann durften wir, nach dem ausdrücklichen Versprechen, dieses Versagen nicht weiterzuerzählen, in die Bresche springen. Der Ober staunte nicht schlecht, als er die leer geputzte Platte entdeckte. Aber Elfchen hätte ihm wirklich nicht die Bemerkung unter die Nase reiben müssen, dass dieses Essen zwar erstklassig, aber eben ein bisschen wenig gewesen sei. Auf jeden Fall berechnete uns der Ober nur vier normale Einzelportionen. So wird heutzutage Unverschämtheit auch noch belohnt!

Unser neuer Leihwagen

Da wir vorsichtshalber unseren Leihwagen zunächst nur für eine Woche gemietet hatten und mir der Preis für diese Zeit gewaltig überzogen schien, machte ich mich in einer stillen Stunde, also in

der Zeit von Elfchens Mittagsschlaf daran, in der deutschsprachigen kanarischen Inselzeitung „Wochenspiegel" die Anzeigen aller Autovermietungen auszuschneiden, um telefonisch nach den Preisen und Serviceleistungen wie Bereitstellung und Rückgabe am Flughafen sowie Vollkaskoversicherung ohne Selbstbeteiligung zu fragen.
Das Rennen machte klar die Firma Auto-Weber aus La Orotava, deren Preis, großzügige Handhabung und vor allem Freundlichkeit, sowie nachher auch die Qualität des Fahrzeugs mich sehr überzeugten. Ich wurde bei der Übergabe des neuen Fahrzeugs noch vom Firmenchef darauf hingewiesen, nichts im Wagen zu lassen und nicht abzuschließen, da sonst der Wagen möglicherweise aufgebrochen und unter den Sitzen durchsucht werden könnte. Eine Wegfahrsperre würde den Diebstahl des Fahrzeugs ja verhindern.
Für einen Autofahrer wie mich, der mehrmals um seinen Wagen rennt, ob alles zu ist und noch mit den Fingernägeln prüft, ob die Fenster auch wirklich dicht geschlossen sind, war es ein psychisches Problem, nun ohne abzusperren mit verächtlichem Blick das Fahrzeug schmählich zurückzulassen.
Auf jeden Fall hatten wir mit dem Ehepaar Weber gleich guten Kontakt. Sie führten uns in eine urige, typische teneriffanische Gaststätte, die in einer alten Finca untergebracht war, in der wir in gemütlicher Atmosphäre, nach zahlreichen Vorspeisen, einen ausgezeichneten Hasenbraten genossen.

Ausflug in den Teide-Nationalpark

Als Nächstes bot uns Schnecker nun die Teide-Nationalpark-Tour an. Dafür standen bei allen Beteiligten die Türen weit offen. Durch Elfchens ebenso strengen wie präzis kalkulierten Aufräum-, Spül- und Abtrocknungsdienst kamen wir, für diese Familie doch recht früh,

gegen 11 Uhr endlich aus dem Haus. Wir verließen die Autobahn an der Ausfahrt La Orotava und Las Cañadas del Teide und standen wenig später bereits an dem historischen Ausblick Mirador Humboldt, wo im Juni 1799 der berühmte Forscher, unserem Reiseführer zufolge, überwältigt von der Schönheit dieses Tales auf die Knie gesunken sein soll. Dann habe er in seinem Reisebericht die folgenden Worte notiert: „Kein Ort der Welt scheint mir geeigneter, die Schwermut zu bannen und einem schmerzlich ergriffenen Gemüte den Frieden wiederzugeben." Wir blieben aber stehen, und ich hing sowieso immer mit einem Auge an unserem neuen Leihwagen, dass ihm kein Leid zustößt, was mir prompt den Vergleich meines ältesten Sohnes mit Marty Feldmann, dem gewaltig nach außen schielenden Schauspieler, eintrug.
Schnecker versuchte, mit seiner selbst gebastelten Steinschleuder das Blatt einer zwei Kilometer entfernten Bananenpflanze zu treffen, was ihm zu unser aller Überraschung nicht gelang. Elfchen Humboldt verspürte nach eigenen Angaben einen historischen Schauer, mit mir an derselben Stelle zu stehen, wie einstens der berühmte Gelehrte mit seinem Maultier.
Etliche Kurven und Höhenmeter später bogen wir dann in die Forellenzuchtanlage Aguamansa ein. Elfchen erboste sich mächtig über die jungen Forellen, die wie ein Blitz auseinander stoben, wenn sie sich über den Beckenrand beugte. Ich beruhigte sie, dass dies nichts mit ihr zu tun hätte, sondern die Forellen würden bestimmt vermuten, dass es nun Nacht wird, weil sich der Himmel über ihnen so massiv verdunkelte und dann müssten sie schnell nach Hause.
Eigentlich ist es erstaunlich, dass auf dieser subtropischen Insel so viel fließendes Frischwasser für eine Forellenaufzucht zur Verfügung steht. Durch einen Wasserfall mit Sauerstoff angereichert durchströmt das Wasser in einem gut ausgeklügelten System die Aufzuchtbecken.

Als wir den unteren Karpfenteich umrundeten, schwärmte uns Elfchen so bildhaft von einem leckeren fränkischen Karpfenragout mit Schwemmklößchen und Knoblauchsauce vor, dass uns allen, außer Schnecker, das Wasser im Munde zusammenlief.
Um Kurzschlusshandlungen zu vermeiden, bestiegen wir rasch unser Auto und fuhren auf einer angenehm zu fahrenden Straße durch Pinienwälder, vorbei an Baumheide und Lorbeer auf über zweitausend Höhenmeter hinauf. Unterwegs konnte Schnecker, der Dokumentarist unserer beglückenden Reise, unter den Beinen von mindestens vierhundert Touristen hindurch ein Foto der berühmten Margarita de Piedra machen. Das ist eine gewaltige Basaltverwerfung von etwa fünf Metern Durchmesser, deren sternförmig aufgerollte Säulen wie die Nachbildung einer Margeritenblüte aussehen, vielen auch bekannt als die Steinerne Rose. So konnten wir wenigstens zu Hause sehen, was Teneriffa noch alles zu bieten hat.
Ab und zu kam uns in engen Kurven plötzlich einer von tausend Touristenbussen, die mit fünfzigtausend neu angekommenen, noch bleichen Pauschalurlaubern unterwegs waren, in rasender Fahrt entgegen. Die Gesichter der Insassen konnte man nicht erkennen, weil alle einen Fotoapparat auf der Nase sitzen hatten. Wir schleuderten dann immer hinaus auf den Grünstreifen, und die Emberle-Familie, außer dem Fahrer, schrie heftig auf. Was wiederum den unbestreitbaren Vorteil hatte, dass der Kreislauf, der durch die immer dünner werdende Luft abzusacken drohte, wieder kräftig in Schwung kam.
Dadurch erreichten wir gesund und munter El Portillo, einen am Eingang des 13.571 Hektar großen Teide-Nationalparks gelegenen, gut ausgebauten früheren Bauernhof mit Bar und Restaurant, die beide ganztägig geöffnet sind. Frauen und Männer in einheimischer Tracht sorgen für das leibliche Wohl der Touristen und verkaufen nebenbei auch Andenken. Während Elfchen durch die Glasscheibe

der Tapas-Theke nach den vielen leckeren und pikanten Vorspeisen schmachtete, bestellte ich für uns beide einen Cortado-Kaffee und für die Jungs zwei Dosen Cola. Sekunden, bevor ich bezahlen konnte, gewann Elfchens süße Beeinflussung in ihr die Oberhand über die, rezente Nahrung bevorzugende, zweite Seele in ihrer voluminösen Brust, und sie bestellte sich dazu, wild gestikulierend, die Restbestände der Donut-Biskuitringe dieses Hauses, was mich ein äußerst fürstliches Entgelt kostete.
Nachdem wir alles verspeist hatten, parkten wir als Nächstes den Wagen einhundert Meter weiter, wo erst kürzlich ein neues Besucherzentrum eröffnet wurde. Entgegen der Anweisung unserer neuen Autovermieter und gegen meine heftigen, aber unwirksamen Proteste ordnete Elfchen an, den Wagen hermetisch zu verschließen, da sie nicht gewillt sei, alle Proviant- und Kühltaschen, sowie Rucksäcke, Schuhe, Reservepullis und vieles andere mehr, in diesem Zentrum mit herumzuschleppen.
Hocherfreut, dass kein Eintritt verlangt wurde, betraten wir nun, wie es die protokollarische Rangordnung verlangte, hinter Elfchen die schummrig beleuchtete Schauhöhle, bis mich ein kreischender Aufschrei an die Spitze der Exkursionsgruppe rief. Elfchen stand über einem Abgrund und bewegte sich keinen Schritt mehr weder nach vorne noch nach hinten. Vorsichtig, den Boden mit den Füßen prüfend, drängte ich mich unter schwierigsten Umständen in der geräumigen Höhle an Elfchen vorbei und stellte fest, dass wir auf Glasplatten standen, um den beleuchteten Untergrund, einen künstlichen Lavastrom, besser sehen zu können. Vorsichtig, wie mit einer Patientin, die nach einem vierfachen Trümmerbruch an beiden Beinen zum ersten Mal wieder einige Schritte wagt, schleppte ich Elfchen über den fast unsichtbaren Boden in den nächsten Raum.
Zu sehen war eine hoch interessante, ständige Ausstellung über die Entstehung des Parks mit geologischen, historischen und kulturellen

Informationen über den gesamten Archipel. Aber da alle Schautafeln in spanischer Sprache verfasst waren, hielt sich unser Interesse an den Erläuterungen in Grenzen. Wir warteten vor dem Veranstaltungssaal eine ganze Weile auf die audiovisuelle Vorführung über den Nationalpark. Endlich wurden wir eingelassen, und die vierköpfige Emberle-Familie sicherte sich in der ersten Reihe ihre fünf Plätze. Gerade als Andreas mich beschuldigte, dass ich vergessen hätte, am Eingang Kopfhörer für die deutsche Übersetzung des Films mitzunehmen, wurden wir wieder hinaus gebeten und die angekündigte Filmvorführung auf unbestimmte Zeit abgesagt, da mit dem Projektor Schwierigkeiten aufgetreten seien. Verständnisvoll verließen wir das Besucherzentrum wieder, ergötzten uns an den dutzenden von Cañada-Eidechsen, den Gallotia galloti eisentrauti, wie mich Schnecker dienstbeflissen informierte. Er schleppte ja immer den naturkundlichen Führer des Nürnbergers Hermann Schmidt mit sich herum. Aber ich tröstete mich, dass die Eidechsen, die hier so völlig selbstvergessen und unbeeindruckt von den vielen Menschen neben dem Eingang in der Sonne spielten, ihren komplizierten Namen sicherlich selbst nicht kannten. Daraufhin kehrten wir gut gelaunt wieder zu unserem Auto zurück.
Als ich die Fahrertür aufschließen wollte, bemerkte ich, dass der Knopf der Innenverriegelung weit herausragte und die Tür somit offen war. Andreas bemerkte meinen Schreck und begann sofort die Neuigkeit, dass der Vater vergessen hatte, das Auto abzuschließen, an interessierte Personen, wie zum Beispiel Elfchen, lautstark weiterzugeben, natürlich nicht ohne den originellen Hinweis auf eine fortgeschrittene Verkalkung meinerseits zu versäumen. Ich öffnete sofort, Böses ahnend, die Heckklappe. Sämtliche Taschen, Rucksäcke und andere Behältnisse waren geöffnet und durchwühlt worden. Aber es fehlte augenscheinlich nichts, und unser Bargeld trage ich sicherheitshalber sowieso stets bei mir. Elfchens, von maßlosem

Entsetzen verzerrte Gesichtszüge glätteten sich erst, als ihre Überprüfung unserer Essensvorräte ohne Fehlbestandsmeldung abgeschlossen war. Trotz dieses positiven Ergebnisses war ich wegen meiner Nachlässigkeit neuerlichen üblen verbalen Attacken ausgesetzt. Wobei einmal klargestellt werden muss, dass sich mein Schnecker nie an solchen erniedrigenden Äußerungen gegen mich beteiligt. Die Schmähungen verstummten allerdings schlagartig, als ich bemerkte, dass das Schloss an der Fahrerseite aufgebrochen und nun nicht mehr abzuschließen war.
Plötzlich schlug die Stimmung der Massen, sprich Andreas um, und völlig ohne Scham wurde nun Elfchen attackiert, weil sie zweifellos die Urheberin dieses Abschließbefehls war. Dagegen wurde ich plötzlich als Augur gefeiert, da ein offener Wagen nicht aufgebrochen werden muss und durch die Mitnahme des Gepäcks dieses scheußliche Verbrechen folglich niemals passiert wäre. So schnell kann sich das Schicksal wenden, mal behält Elfchen die Oberhand und mal bin ich der Verlierer.
Völlig deprimiert, dass uns überhaupt so etwas zustoßen konnte und unter dem allgemeinen Geseufze, in was für einer bösen Welt wir zu leben aufgefordert wurden, bestiegen wir, einander Trost und Kraft zusprechend, den nun so schändlich entweihten Leihwagen und fuhren Richtung Teide, der nur achtundfünfzig Meter niedriger als sein Berufskollege Fujiyama in Japan ist.
Nach einem Bericht der kanarischen Inselzeitung wird der Teide-Nationalpark in Zukunft für Privatautos gesperrt und die vielen Millionen Touristen werden mit Bussen kontrolliert zu sehenswerten Stellen gekarrt, um dort ihre Filme vollknipsen zu können. In diesem Wissen genossen wir vier sparsamen Schwaben den Vorzug, ohne weitere Omnibusunkosten mit unserem preisgünstigen Leihwagen die Teide-Tour noch alleine machen zu dürfen. Was wir dann zu sehen bekamen, ließ uns diesen grausamen Raub, bei dem

letztendlich ja überhaupt nichts abhanden gekommen war, rasch vergessen.
Als sich das kanarische Archipel vor mindestens drei Millionen Jahren durch gewaltige Vulkanausbrüche aus dem Meeresboden in die Höhe schob, erblickte dabei auch Teneriffa das damals noch ozonlochfreie Licht der Welt. Es war das größte aller sieben Inselbabys. Das mag die anderen Inselchen schon geärgert haben, aber dass es dabei auch noch den höchsten Vulkankegel besaß, viel höher als der heutige Teide, ließ sie vor Neid erkalten. Im Herzen Teneriffas jedoch wühlte noch die Glut und die Insel wollte weiter in die Höhe wachsen. Aber wie immer, wenn jemand den Hals nicht voll genug bekommen kann, ging es fürchterlich schief! Die Spitze des großen Vulkans explodierte zwar und sprengte den gigantischen Bergkegel auf einer Breite von siebzehn Kilometer weg, aber es folgte nur noch heiße Luft. Die Bergkuppe fiel maßlos enttäuscht in sich zusammen. So entstand der berühmte Teide-Krater. Der Vulkan genierte sich eine gute Weile wegen dieser misslungenen Eruption. Dann fasste er allen Mut zusammen und probierte es noch einmal. Dabei entstand im Krater der heutige Bergkegel Teide. Etwas später, als kleines Bäuerchen sozusagen, bei dem versehentlich etwas Boden mitging, kam der Pico, also der Gipfel, ganz oben noch hinzu, den ich an anderer Stelle ja schon erwähnt und etwas sinnlicher beschrieben habe.
1909 erfolgte dann der bislang letzte Versuch der Insel sich groß zu machen, aber der Lavastrom erreichte keine größere Siedlung mehr. Obwohl der Nationalpark erst 1954 gegründet wurde und von da ab auch nichts mehr verändert werden durfte, hatte niemand vorher die Zeit gefunden dort etwas aufzuräumen. Waren ja schon die Kinderzimmer von Andreas und Schnecker ein heilloses Chaos, aber was hier alles herumlag kann eigentlich mit Worten nicht annähernd so kolossal und gewaltig beschrieben werden, wie es sich dem Auge darbietet.

Von der fast haushohen, dunkelbraun bis kohlrabenschwarz durchzogenen speckig glänzenden Ackerscholle, von ockergelben Geröllfeldern, über schwarzblau, rostrot und hellgelb, bis hin zum feinsten lindgrünen Sand, bot der Krater alle Sorten Eruptivgestein auf, wie sie unterschiedlicher in Größe und Gestalt, in Farbe und Beschaffenheit nicht sein könnten. Obwohl es dieser Berg unverständlicherweise ausgespien hatte, ist das Erbrochene doch von solch einer faszinierend wilden Schönheit, dass wir alle, außer Elfchen, sprachlos waren angesichts dieses außergewöhnlichen statischen Naturschauspiels. Selbst unser Andreas, der an nichts Interesse zeigt, außer an Schlaf, Discos und seit wenigen Jahren auch an jungen Damen, zollte dem Gesehenen etwas später mit einem „Megaturbooberaffengeil!", nach meinem Kenntnisstand der Jugendsprache, höchstes Lob. Immer wieder hielt ich an, und wir gingen ehrfurchtsvoll und staunend einige Schritte hinein in diese sich immer wieder völlig anders darstellende Landschaft.
An der Station der Drahtseilbahn angekommen, mussten wir unsere Pläne für eine Kabinenauffahrt zur Endstation La Rambleta, noch weit unterhalb des Teidegipfels gelegen, aufgeben, weil es Elfchen wegen der Höhe bereits jetzt schon schwindelig geworden war.
In dem staatlichen Hotel Parador Nacional de Turismo nahmen wir dann einen frisch gepressten Orangensaft und belegte Weißbrotschnitten zu uns. Danach besichtigten wir das neu gebaute Museum mit der halb geöffneten Grabstätte eines Inselbewohners und fuhren dann zu den rechts davon gelegenen, bizarr geformten Lavafelsen Los Roques, von denen uns einer, den man auch den Finger Gottes nennt, von Postkarten und Reiseführern bereits bekannt war. Von den angrenzenden Aussichtsplattformen tat sich uns auch hier ein atemberaubender Ausblick in das nun angrenzende, weitere und ebenso gewaltige Kraterbecken auf. Plötzlich kam unser Schnecker mit einem mausgrauen porösen Stein daher und rief ganz aufgeregt,

dass er einen dieser essbaren Teidesteine gefunden habe. Dieser Satz erregte nicht nur die Aufmerksamkeit seiner Mutter, sondern auch die einiger hundert Touristen, die in diesem Augenblick aus dutzenden von Omnibussen und unzähligen Autos herausströmten, um innerhalb von zehn Minuten den Aussichtspunkt am Finger Gottes in ihrem Programm abzuhaken. Bevor ihm jedoch unsere Ernährungsexpertin den Stein entwinden konnte, um ihn mit einer abwertenden Bemerkung wegzuwerfen, biss sich Schnecker mit harsch klingendem Krachen ein Stück heraus und verzehrte es mit verzückter Miene. Ich glaubte meinen Augen das Bild nicht, das sie mir nach innen übertrugen. Doch als auch Elfchen den Stein an sich riss, mit geübtem Zahnschlag einen Brocken abspaltete und ihn mit sich wild verdrehenden Augäpfeln begeistert verzehrte, nahm ich den Stein vorsichtig an mich. Er war so leicht wie ein Lavastein, der unter hohem Druck und niedriger Temperatur von heftig ausströmendem Gas durchsetzt aus dem glühenden Innern des Vulkans herausgeschleudert wurde, und er war unwahrscheinlich hart. Aber auch innen, an den abgebissenen Stellen, genauso grau und porös wie außen, nur schmeckte er erstaunlicherweise wirklich zuckersüß. Da fielen nun auch die Umstehenden über Schneckers Stein her und balgten sich, um noch einen Splitter davon zu erhaschen. Andere Übereifrige fragten meinen Jüngsten nach der Fundstelle und stürzten sich dann auf diesen Ort, um alle erreichbaren Steine anzunagen. Auch Elfchen drängte sich vor, um möglichst viele dieser köstlichen Felsbrocken an sich zu reißen. Aber als auch ich los rennen wollte, um mich einzudecken, denn diese Steine lagen ja hier kostenlos herum, zupfte mich mein Schnecker verschmitzt lächelnd am Ärmel, zeigte mir in seinem kleinen Rucksack zwei weitere Steine in einer Bäckertüte und gestand mir, diese während unseres Stadtbummels in Puerto de la Cruz in der Konditorei und Bäckerei Restaurante Rancho Grande an der Hafenpromenade als essbare

Andenken gekauft zu haben. Es war verblüffend, wie täuschend echt, auch in der vorgegebenen Härte, dieses Gestein nachgemacht war. Als ich sah, wie hunderte von Menschen an allen möglichen Felsen herum knabberten und schleckten, wollte ich eigentlich zuerst diesen Spaß aufdecken, doch ich bekam ernsthafte Bedenken, ob ich das überlebt hätte. So drückte ich Elfchen vorsichtig noch einen weiteren Stein in die Hand, scharte meine Familie um mich, und dann zogen wir uns langsam rückwärts gehend, aus diesem nur scheinbaren Schlemmerparadies wieder zurück.
Auf der Weiterfahrt sahen wir grüne und auch bläulich grüne, feinblättrig geschichtete, eisenhydrathaltige Felspartien. Auf dem grünspanfarbenen Gestein zeichneten sich rostig braune Spuren ab.
Etwas später kamen wir zu einem Hang, auf dem zahlreiche, bis zu drei Meter hohe, verblühte und durch die starke Sonneneinstrahlung inzwischen ausgedörrte Skelette des Teide-Natterkopfs, auch Taginaste genannt, zu sehen waren. Dies ist eine auf vielen Ansichtskarten abgebildete Pflanze mit über achtzigtausend kleinen roten und selten auch blauen Blüten, die es nur hier und sonst nirgendwo auf der Welt gibt.
Auch der Zapato de la Reina, „der Schuh der Königin", wurde von uns bestaunt: Ein ungewöhnlich geformter Fels, der wie ein hochhackiger Pumps aussieht.
Wir verließen nun den Krater in Richtung Vilaflor. Etwa zehn Kilometer weiter unterhalb ließen wir uns auf dem gut ausgebauten und mit gemauerten Grillstellen ausgestatteten Picknickplatz, Las Lajas, unsere wohlschmeckenden Vorräte munden. Schnecker war außer sich vor Begeisterung, als er Bussarde, Turmfalken und Sperber kreisen sah. Auf dem Weg hinter ein Gebüsch glaubte er auch den blauen Teide-Fink an seiner einmalig schönen Zeichnung erkannt zu haben. Zum großen Leidwesen meines Jüngsten gelang es

uns während des gesamten Urlaubs nicht, einen echten, wild lebenden Kanarienvogel zu erspähen.
Wir verstauten unsere Abfälle ordnungsgemäß und fuhren wieder durch den gesamten Krater zurück. Noch einmal durften wir dadurch diese einzigartige Naturkulisse, nunmehr aber aus der Gegenrichtung, genießen.
Am Eingang des Nationalparks in El Portillo verließen wir unsere bisherige Route und bogen rechts ab in Richtung La Esperanza. Auf wie gewohnt erstklassig ausgebauter Straße ging es nun weiter durch eine unvergleichlich schöne Landschaft. Wir kamen an den blendend weißen Gebäuden, den auf einem Bergrücken liegenden Observatorios Meteorológico und Astronómico del Teide vorbei, die auch der spanische Kronprinz Felipe für seine Studien immer wieder gerne besucht. Als wir einen sehr schmalen Bergrücken befuhren, waren für kurze Zeit auf der linken und rechten Seite die sich gegenüberliegenden Küstenregionen zu sehen. Elfchen stellte sich an, als müsse sie mit ihren breiten Zehenspitzen auf einem Drahtseil über den Abgrund balancieren. Unwillkürlich richtete sie sich ganz auf und wurde dadurch unerheblich schmäler, was aber dennoch nichts nützte, weil der Wagen gleich breit blieb.
Immer wieder stiegen wir aus, fotografierten die aus der Erde nach oben geschobenen, für den Straßenbau ausgegrabenen Verwerfungen und strichen mit den Händen über das sandig poröse Bimsgestein.
Zu den schönsten und wohl auch am meisten fotografierten Sehenswürdigkeiten der Insel gehören aber ohne Zweifel diese nun auftauchenden, atemberaubend schönen, schräg geschichteten Aschenablagerungen, die je nach Einfall des Sonnenlichts in den verschiedensten Farbtönen vom dunkelsten Braun bis zum reinsten Weiß schimmerten. Sie gehören zu der hoch liegenden und weithin sichtbaren Erdaufwerfung einer tief eingeschnittenen Kurve.

Wir stiegen aus und betrachteten diese vulkanische Formation, von ungläubigem Staunen erfüllt darüber, was die Schöpfung alles an Naturschönheiten zu bieten hat.
Dann nahmen uns die Wälder um La Esperanza in Empfang. Gewaltige Eukalyptusbäume mit verwitterter Rinde und unordentlich nach unten hängenden Fasern verströmten einen Duft von ätherischen Ölen, der Elfchen während eines kleinen Spazierganges vor Begeisterung zwar nicht die Sprache, aber doch beinahe die Sinne raubte.
Im Ort La Esperanza, links an der Hauptstraße nach La Laguna, kehrten wir auf eine Empfehlung von Werner in das Restaurant Don Pollo ein und ließen uns zunächst einmal flambierte, noch brennende Wurstschnecken schmecken. Plötzlich sahen wir in der Küche eine meterhohe Feuersäule, woraufhin uns gegrillte, köstlich duftende Champignons mit viel Knoblauchzehen serviert wurden. Im Anschluss daran gab es ebenfalls über dem offenen Holzfeuer gebratene Knoblauchhähnchen, die innen so saftig und außen so knusprig waren und zudem noch so sensationell mundeten, dass ich mein Leckermäulchen verstehen konnte, weshalb sie im Begriff war, vor Begeisterung überzuschnappen. Ich bat sie, noch etwas damit zu warten, da noch eine kastilische Karamellcreme auf uns wartete.

Glücksgefühle

Nach einem schweißtreibenden, etwa einstündigen Aufenthalt mit Schnecker im Fitnessraum und einer ausgiebigen Wasserschlacht deckten wir auf leisen Sohlen, mit allem, was Kühlschrank und Vorratsschrank zu bieten hatten, einen üppigen Frühstückstisch. Mein Jüngster hatte auf dem Weg zum Schwimmbad drei, von Unholden abgerissene, nur halb blühende Strelitzienstängel erspäht. Er

öffnete mit den Fingern die jeweilige zweite Knospe, damit sich die restliche Blüte noch entfalten konnte, und stellte sie dann in einer Blumenvase auf den Tisch.
Ich brachte frische, knusprige Brötchen vom kleinen Supermercado in der Anlage mit und Schnecker presste für jeden ein Glas Orangensaft aus. Anschließend warteten wir, obwohl es erst Freitag war, mit fröhlicher Sonntagsmiene auf die noch abliegende Familienhälfte. Keiner von uns traute sich, die Schläfer zu wecken, da wir sonst den Rest des Tages unter unerträglichen Umweltbedingungen hätten verbringen müssen.
Also spielten wir mit knurrendem Magen Schach. Die Brötchen verfielen zusehends und im Orangensaft hatte sich inzwischen ein sichtbarer Satz abgelagert. Die Blumen waren die einzigen, die noch einigermaßen freundlich dreinschauten, denn sie kannten Elfchen und Andreas noch nicht.
Gerade als wir uns entschieden hatten, unter Hinnahme schrecklichster Konsequenzen mit dem Frühstück zu beginnen, begann Elfchens Bett zu ächzen und zu quietschen. Ein Zeichen dafür, dass sich unsere Fastenzeit dem Ende zuneigte. Leider schien unser bestes Stück mit dem falschen Bein zuerst aufgestanden zu sein, denn sie tauchte mit völlig zerwühltem Haar, unzähligen Schlaffalten im zerknautschten Gesicht und sich am ganzen Körper kratzend im Türrahmen auf, sah uns wartend am Tisch sitzen, verdüsterte noch mehr ihr gestresst erscheinendes Antlitz und verschwand wortlos im Bad. Wir schauten uns an und seufzten. Da rauschte auch schon die Wasserspülung, die Badezimmertür flog auf und Elfchen trat die Tür zum Jugendschlafzimmer ein. Wir hörten sie kurz brüllen, dann wurden Vorhänge und Fenster aufgerissen, und schwere Schritte tapsten ins Badezimmer. Wir konnten unter dem Esszimmertisch hervor nicht sehen, wer es war. Allerdings ließen die Erschütterungen des Fußbodens unter unseren Händen vermuten, dass es

Elfchen gewesen sein könnte. Da rauschte sie auch schon wieder um die Ecke und ließ sich, wie von einem anstrengenden Arbeitstag im Steinbruch kommend, erschöpft auf einen Stuhl fallen. Sie hatte sich nur kurz einen leichten Morgenmantel über ihre breiten Schultern gelegt. Wir blieben, trotz Elfchens verständnislosen Kopfschüttelns, vorsichtshalber noch unter dem Tisch, um das Eintreffen unseres hoffentlich gut gelaunten zweiten Langschläfers abzuwarten. Vielleicht hatten wir nicht fest genug gehofft? Denn unsere Erwartungen wurden nicht erfüllt. Unser Sonnenschein erschien kurz mit zusammengekniffenen Augen, verschwand wortlos im Bad und kam gleich darauf erleichtert zurück, mit der liebenswürdigen Feststellung, dass es auf der Welt noch andere Dinge gebe als Essen und Trinken. Er war in seiner Wortwahl erheblich drastischer, und so waren wir froh, als er wieder, die Tür hinter sich zuwerfend, in seinem Zimmer verschwunden war. Elfchen hatte inzwischen ungerührt mit dem Frühstück begonnen.

Schnecker unterbrach die mütterliche Schimpfkanonade über die miserable väterliche Erziehung seines großen Bruders und schlug vor, doch mal den Strand in Mesa del Mar zu besuchen. Elfchen war begeistert und so fuhren wir zu dritt die steilen Serpentinen nach unten. Schnecker wollte zwar die gesamte Strecke hin und zurück laufen, aber Elfchen vermutete im schönsten Computerdeutsch unserer Söhne, dass in seinem Hirn vermutlich ein Chip locker sei.

Wir fuhren mit dem Wagen über das Dach eines gewaltigen, schräg nach unten verlaufenden Appartementhauses und parkten auf dem ausladenden Platz davor. Nach einer Besichtigung des Meeresschwimmbeckens und der verschiedenen Zugänge zum freien Atlantik, die leider allesamt nicht Elfchens Zustimmung fanden, weil sich momentan einige Menschen dort sonnten und tummelten, liefen wir durch eine ziemlich zugige Tunnelröhre und kamen an den autofreien Strand, der etwa drei Kilometer unterhalb unserer Clubanlage liegt.

Gleich rechts war ein kleiner Verladehafen mit einigen Booten und auf der linken Seite sahen wir doch tatsächlich einen Einheimischen auf einem abgeschabten Sessel vor seiner Wohnhöhle sitzen und mit seinem Hund spielen. Wir hatten zwar schon davon gehört, doch wenn man so etwas sieht, erkennt man erst wie gut wir es doch haben.

Ein anderer, etwas älterer Einheimischer, dessen braunes, goldgesträhntes, verfilztes Wollhaar ihn als einen Nachkommen der Guanchen-Ureinwohner auswies, sonnte sich nackt an dem noch relativ menschenleeren Strand. Er hatte die vermutlich mit Kleidern gefüllte Plastiktasche eines Supermarkts als Sichtschutz an strategisch wichtiger Stelle aufgebaut, doch Elfchens Luchsaugen entging es trotzdem nicht. Prompt steuerte sie ausgerechnet auf diesen Platz zu. Flink zog sich der Mann eine grüne Winzigkeit von Badehose über und meine kleine Spannerin wählte nun plötzlich, das kurz aufgekeimte Interesse verlierend, einen anderen Standort für unsere Umzugsarbeiten aus.

Da ansonsten noch nicht so viele Menschen versammelt waren, um Elfchen würdig bestaunen zu können, enthüllten wir uns bis auf die jeweilige Badebekleidung und schritten vorsichtig über die Kieselsteine ins Wasser. Dass unser schwergewichtiges Nixchen dabei mehr in das teilweise sehr kantige Geröll gedrückt wurde als wir, lag sicherlich nicht an ihr, sondern an der oft so ungleichmäßigen Erdanziehungskraft. Fakt war, dass sie nach dem Schwimmen eine vermutlich noch scharfkantigere Steinansammlung antraf als auf dem Hinweg. Kreischend blieb sie stehen und forderte mich unmissverständlich auf etwas gegen die Steine zu unternehmen. Ich bot zwar an, mich vor ihr auf die Kieselsteine zu werfen, um mich als Läufer anzubieten, aber sie lehnte ohne zu danken ab. Nachdem ich schon immer als familiärer Schuhabputzer meine guten Dienste geleistet hatte, wäre es für mich keine große Umstellung gewesen. Doch

Schnecker wusste Rat, er borgte sich von einem freundlichen Herrn, der offensichtlich auch große Füße hatte, dessen Badelatschen und brachte sie Elfchen. Nachdem seine Mutter wieder auf sandigerem Gebiet in Sicherheit war, gab er die Sandalen mit einer höflichen Verbeugung dem Herrn zurück. Mit Stolz registrierte ich das vorbildliche Verhalten meines wohlerzogenen Sohnes.

Wir wanderten dann noch ein gutes Stück die wunderbar ausgebaute Uferpromenade entlang, bis wir zu einem verlassenen, leicht verfallenen, turmbewehrten Gebäude gelangten, das mitten im steil ansteigenden Hang lag. Schnecker und ich wollten dieses kleine, vermutlich ziemlich verwunschene Schlösschen erkunden, aber Elfchen hatte keine Lust, so lange auf uns zu warten. Mit uns zu dem Gebäude aufsteigen wollte sie aus verständlichen Gründen auch nicht.

Erst auf dem Rückweg entdeckten wir ein Auto hoch über dem Tunnel, das mit seiner Frontseite das Geländer durchbrochen hatte und vornüber geneigt in den Abgrund ragte. Feuerwehr, Abschleppwagen und Polizei waren bereits damit beschäftigt das akut absturzgefährdete Fahrzeug zu bergen.

Während unserer Rückfahrt ordnete Elfchen einen Bummel durch die Innenstadt von Tacoronte an. Wir parkten kurz vor dem Marktplatz und wollten gerade die Hauptstraße überqueren, als der gellende Aufschrei einer ganz schwarz gekleideten, älteren Dame mit gelbem Strohhut uns vor Schreck beinahe zu Boden warf. Schnell rannten wir zu ihr, um zu helfen, doch sie wollte uns nur einen ihrer Fische verkaufen, die sie unter Seetang in einem breiten Korb verborgen hielt. Ich vertröstete sie mit einem gekonnten: „Mañana!“, was so viel wie „morgen vielleicht“ heißt. Sie entblößte ihr fehlerhaftes Gebiss zu einem herzhaften Lachen. Als wir uns noch keine fünf Meter entfernt hatten, brüllte sie wieder los, als dränge ein Rudel Messerstecher auf sie ein.

Um uns wieder etwas zu beruhigen, aßen wir in einer kleinen Bar einige Tapas und schlenderten weiter zu den unter dem Marktplatz liegenden Arkadengeschäften des mercado municipal. Als wir aber in den zahlreichen, üppig mit Lebensmitteln und Blumen ausgestatteten Verkaufsräumen nackte Hasen mit im Pelz steckenden Pfoten und gerupfte, noch krallenbefußte Hühner mit Kopf hängen sahen, machte Elfchen ohne etwas zu kaufen kehrt und ordnete die Heimfahrt an. Leider konnte ich nicht mehr verhindern, dass Schnecker auch einen Blick auf die ermordeten Tiere warf, was sicherlich keinen guten Einfluss auf unsere familiären fleisch- und wurstreichen Essgewohnheiten hatte. Er liebäugelte sowieso in letzter Zeit, zum großen Leidwesen seiner Mutter, immer mehr damit sich vegetarisch zu ernähren. Im Moment konnte ich jedoch nur feststellen, dass er sehr blass war und sein immer währendes fröhliches Lächeln angespannten Gesichtszügen wich.
Auf dem Parkplatz unserer Anlage fiel Elfchen ein, dass wir eigentlich unseren Freund Werner besuchen könnten. Schnecker raste kurz ins Appartement, um seinen Bruder von der neuen Sachlage in Kenntnis zu setzen und, man glaubt es kaum, Andreas kam noch vor ihm um die Ecke gehastet. Ich brauche wohl nicht zu erwähnen, dass ich mir wiederum Gedanken darüber machte, was dieser Mann wohl haben könnte, was ich nicht habe?
So wie die Wildschweine einen ausgeprägten Riecher für leckere Trüffel im Boden zwischen den Eichenwurzeln besitzen, muss Elfchen auch ein Gespür für besondere Nahrungsmittel entwickelt haben, oder es war ihr als Instinkt bereits angeboren. Als wir nämlich vollzählig bei Werner eintrafen, war er gerade dabei, eine pata negra, das ist eine ganze, vom Oberschenkel bis zum schwarzen Huf geräucherte und luftgetrocknete Schweinekeule, mit einer Schraubzwinge auf einem Spezialbrett zu befestigen. Ob Werner den Schinken auch gleich anschneiden wollte weiß ich nicht, aber als Elfchen

ihr Spürnäschen mit gekonnt verzücktem Blick an dem Schweinebein entlang schnüffeln ließ, blieb ihm als Freund wohl nichts anderes übrig. Leider wurde nun unser Schnecker noch etwas bleicher. Geistesgegenwärtig riet ich meinem Jüngsten zu einem erfrischenden Bad in Werners kristallklarem Pool, um ihn von seinen trüben Gedanken etwas abzulenken. Ehrlich gesagt hätte ich auch seinen weidwunden Blick nicht ertragen können, als wir einige Scheiben dieser Köstlichkeit genussvoll verzehrten.
Während Elfchen den restlichen Schinkenspeck, den sie nicht verzehrt hatte, würfelte und ein köstliches Griebenschmalz ausließ, überprüften Werner, ich und auch Andreas, als er gerade aus dem Schwimmbad zu uns heraufkam, die Zapfanlage auf ihre weitere Tauglichkeit. Selbstverständlich versorgten wir auch zwischendurch unser Küchenwunder immer wieder mit einem frisch gefüllten Humpen kühlen Biers, frei nach Elfchens oberster Lebensmaxime: „Man gönnt sich ja sonst alles!"
Unter uns erklang das durch die Stimmbandreifung von Kicksern durchsetzte glückliche Lachen von Schnecker und das tiefe Gebrummel von Andreas, der sich immer noch nicht in seiner neuen Rolle als junger Erwachsener zurechtgefunden hat. Ich war dankbar, dass sich die beiden so gut verstanden, denn der Große verschonte, bisher jedenfalls, seinen jüngeren Bruder, als Einzigen in der Familie übrigens, weitgehend von den Folgen seiner Übellaunigkeit.
Ich denke wohl, dass man diese entspannte Situation als unendliches Glück empfinden kann: Im Schatten der Pergola zu sitzen, umgeben von farbenprächtigen Blumen, ein kühles, ausgezeichnetes Bier mit hoher schneeweißer Blume vor sich zu haben, bei hemdentbehrlicher Wärme, während unter uns ruhig der stahlblaue Atlantik liegt. Kein Wölkchen am Himmel, ein Kreuzfahrtschiff zieht langsam seine Bahn an der Küste entlang und aus der Küche streicht sachte der Duft von im Schwartenspeck gebratenen Zwiebel-

und Apfelstückchen, aus denen Elfchen, mit winzig geschnittenen kalten Bratenresten, Majoran, Pfeffer und Salz einen hervorragenden Brotaufstrich zauberte.
Da brachte Werner Super-Rummy, ein für uns völlig neues Familienspiel für zwei bis sechs Mitspieler, bestehend aus mit Zahlen und Jokern versehenen Plastikchips sowie sechs Bänkchen für die gezogenen Spielsteine, die aufrecht vor den Spielern aufgestellt werden. Dann werden farbgleiche Zahlenstraßen oder zahlengleiche, aber verschiedenfarbige Chips oder Steine, wie man sie auch nennt, angelegt, eingefügt und kombiniert. Eigentlich war ich ja immer gegen Karten- oder Würfelspiele, weil man auf das Glück angewiesen ist und nicht wie beim Schach allein auf seinen eigenen Intellekt, aber dieses Spiel war wie ein Virus, der einen nicht mehr loslässt, was man sich natürlich auch nicht wünscht. Nur der Hunger rief uns Stunden später zur Räson.
Werner schlug vor, ins El Rubio zu fahren, das an der Straße nach El Pris liegt und hervorragende Conejos anbietet. Wir waren restlos begeistert! Während Schnecker die Spielsteine sorgfältig in den langgezogenen weißen Karton stapelte, fragte ich Werner leise was denn Conejos eigentlich sind. Es waren Kaninchen. Das würde für unseren kleinen Tierliebhaber wieder eine Qual werden! Ich verdonnerte alle dazu dieses Wort nicht in der deutschen Übersetzung zu verwenden, aber mein angehender Jungvegetarier zupfte mich heimlich am Handgelenk und flüsterte, ich solle mir keine Gedanken machen, er werde schon irgendwie zurechtkommen. Tatsächlich aß er begeistert frischen, gemischten Salat und als Beilage in der Vulkanerde Teneriffas gewachsene Kartöffelchen, während sich seine Mutter Schneckers Fleischportion annahm. Das Essen war ausgezeichnet, das Lokal rustikal und die Aussicht von der Felskante durch die Panoramafenster ein Traum. Die Sonne legte einen Untergang hin, als würde sie vom Amt für Tourismus dafür fürstlich entlohnt.

Werners Geburtstagsfest

Bereits am frühen Morgen begannen wir mit den Vorbereitungen für Werners Geburtstagsessen. Elfchen fertigte für über dreißig Geburtstagsgäste den nichtkanarischen Teil des Speisenangebots an. Sie kochte und backte überwiegend schwäbische Spezialitäten wie eine Weltmeisterin. Die Jungs und ich waren in der Handlangerabteilung für den Schäl- und Kleinschneidedienst eingeteilt. Dass wir häufig die Fertigungs- und Garstufen einzelner Speisen überprüften, schien Elfchen diesmal ausnahmsweise nichts auszumachen. Sie gestand mir aber später, dass sie vorsichtshalber für fünfzig Personen gekocht hatte. Alles kann mein großer Liebling ertragen in ihrem Leben, nur nicht, dass das Essen ausgeht.
Zwischendurch holte Werner die Jungs und mich ab, um auf dem sehr belebten, aber unbedingt sehenswerten Bauernmarkt von Tacoronte, auf dem die Landwirte der Umgebung ihre liebevoll präsentierten Waren zum Kauf anboten, noch einige fehlende Zutaten einzukaufen.
Als ich mit Schnecker vor einem Verkaufsstand über die Notwendigkeit des Einkaufs eines Zentnersackes Kartoffeln diskutierte, drehte sich ein kleiner, alter und magerer Kanarier, mit verwitterten Gesichtszügen und schneeweißen Dreißig-Tage-Bartstoppeln im Gesicht, zu uns um und sagte: „Aus deutschen Landen frisch auf den Tisch!" Überrascht fragte ich ihn, woher er so gut deutsch könne, da erzählte er mir, dass er in seiner Jugend von Deutschland nach Teneriffa ausgewandert sei und nun hier sein tägliches Brot mit Landwirtschaft verdiene. Selbstverständlich kauften wir bei ihm den Sack Kartoffeln und auch von allen anderen Produkten, die er noch anbot.
Der Geburtstag selbst war ein tolles Erlebnis für uns. Die Gäste, Arbeitskollegen, das Präsidium des Tennisclubs und der Freundes-

kreis waren Einheimische und Deutsche, die in Teneriffa leben. So hatten wir also immer jemanden zur Hand, mit dem oder der wir uns unterhalten konnten und der uns auch als Dolmetscher zur Verfügung stand.
So freundete sich Schnecker schnell mit dem gleichaltrigen Diego, Sohn einer Lehrerin und eines Universitätsprofessors aus Santa Cruz de Tenerife an. Die Familie stammt aus La Gomera, einer der sieben kanarischen Inseln. Sie gehören zum Kreis der Tennisfreunde. Diego, ein liebenswürdiger und zugleich sehr sportlicher Junge, ist bereits unangefochtener Wettkampfsieger im Schwimmen in dieser Region. Trotz der verschiedenen Sprachen, spanisch und schwäbisch, klappte die Verständigung zwischen den beiden unerklärlich gut. Insbesondere im Schach ließen sie ihre ehrgeizigen Köpfe rauchen. Elfchen versuchte sich, mit Werners Hilfe, an einer Unterhaltung mit Marioli, Diegos Mutter. Eigentlich heißt sie ja Maria Olivia, aber jeder nennt sie nur Marioli. Sie ist eine bemerkenswert lebenslustige, humorvolle und schöne Frau. Nie sah ich sie mit einem griesgrämigen Gesicht. Ihr herzliches Lachen ist ansteckend und ehrlich. Nur durfte ich Elfchen, der personifizierten Eifersucht, meine Begeisterung für Marioli natürlich nicht mitteilen. Ich hatte mich nämlich einmal unvorsichtigerweise lobend über eine gut aussehende Fernsehansagerin geäußert. Nach Jahren, diese Frau war schon lange in Rente und spielte mit ihren Urenkeln, entdeckte ich einmal ein kleines, von Elfchen nach dem Waschen nicht bemerktes Löchlein in meinem Strumpf und machte sie unbefangen darauf aufmerksam. Da fauchte sie giftig, dass ich den Strumpf ja dieser Fernsehansagerin zum Flicken bringen könne, die sehe sowieso besser aus als sie. Ich brauchte damals Jahre, um sie vom Gegenteil zu überzeugen! Seitdem bin ich mit meinen Äußerungen etwas vorsichtiger geworden.

Aufgrund der Tatsache, dass ich weniger sprachbegabt bin unterhielt ich mich lange Zeit mit Bruni und Jürgen, der für die üppige Dekoration mit bunten Luftballons zuständig war, einem sympathischen Paar, das aus Berlin stammt und nun im Norden der Insel, in Bajamar, lebt und arbeitet.
Elfchen nahm währenddessen Suni unter ihre Fittiche. Sie war hochschwanger und Elfchen gab ihr ungefragt aus ihrem reichhaltigen Repertoire eine Unmenge von Ratschlägen, während ich mich mit dem werdenden Vater David über seine Bäckerei Dos Molinos in Tacoronte unterhielt. Später stieß noch Sigrid, Sunis Mutter zu uns, die eigens für die Geburtsvorbereitungen angereist war. Kurz nach unserer Rückkehr aus dem Urlaub erhielten wir die Nachricht, dass Suni von einer gesunden Tochter mit Namen Kijara-Alice entbunden wurde. Dass Suni während der Geburt den anwesenden Arzt dermaßen gebissen hatte, dass er genäht werden musste, soll nur am Rande, der Ordnung halber, erwähnt werden.
Nach dem Nachtisch saßen wir mit Sandra und José, einem Banker und Tennislehrer, zusammen. Mit den beiden konnten wir uns ebenfalls gut unterhalten, da Sandra Deutsche ist und Josés Vater ebenfalls aus Deutschland stammt.
Marianne hatten wir bereits im Hotel kennengelernt. Ihr Mann Quico, ein Einheimischer, spricht sehr gut deutsch, und die Kinder Claudio und Daniela werden zweisprachig aufgezogen. Selten habe ich so liebe Kinder erlebt wie diese beiden mit ihren großen, unschuldigen Augen.
Auch Lilo und Rico, ein angenehmes Ehepaar aus Deutschland, das seit vielen Jahren schon auf der Insel lebt und sich sein Haus und den Garten selbst ausbaut, lud uns, wie alle anderen Familien, die wir kennengelernt hatten, zu einem Besuch in ihr Heim ein. So würden wir also in den nächsten Tagen mit Stippvisiten voll ausgelastet sein. Dass unsere manchmal doch richtig boshafte Vorsehung

wieder einmal anderes im Sinn hatte, konnten wir zu diesem Zeitpunkt ja noch nicht ahnen.

Der achtzehnjährige Pedro und sein jüngerer Bruder Juanito, den unser Andreas liebevoll-respektlos Schokoflocke nannte, weil die Eltern der beiden von den Kapverdischen Inseln stammten, plantschten meist mit Diego und unseren Jungs in Werners Schwimmbad. Dabei stellte ich besorgt fest, dass die beiden Großen intensive Versuche unternahmen die anwesenden jungen spanischen Grazien zu bezirzen. Pedro lebt ja in Teneriffa, aber als ich den Gedanken weiter spann, mein Großer könnte sich hier unsterblich in ein Mädchen verlieben, tauchten vor meinem geistigen Auge bereits die zahllosen hohen Flugrechnungen auf, für den vermutlich häufig eintretenden Fall, dass die beiden Verliebten den heftigen Wunsch verspüren sollten sich zu sehen. Als Schwabe ist man ja ständig bemüht, sein bisschen Geld zusammenzuhalten.

Während ich mich freute, dass ich wenigstens auf meinen Kleinen in dieser Hinsicht noch nicht so aufpassen müsste, schweifte mein Kontrollblick auf der Suche nach ihm um das Schwimmbad. So wurde ich Augenzeuge, wie am Beckenrand ein kurz vorher eingetroffenes, wesentlich jüngeres Mädchen mit rot graduierter Popfrisur Schnecker umarmte und ihm mit halb geöffneten Lippen einen dicken Kuss auf den Mund drückte. Da kippte mein Junior steif wie ein Bügelbrett nach hinten und fiel ins Wasser. Das Mädchen hüpfte hinterher und es begann eine wilde Verfolgungsjagd. Ich erinnerte mich lebhaft daran, dass es in meiner Jugendzeit genau umgekehrt war, denn damals rannten die Jungs noch den Mädchen hinterher.

Der Applaus, den das Erscheinen von Elfchen auslöste, die eine riesige Paella-Pfanne voller in Butter geschwenkter und leicht gerösteter Spätzle in den Händen hielt, riss mich aber aus meinen etwas melancholischen Gedanken.

Die Tinerfeños, wie die Einheimischen hier heißen, waren unseren Spätzle gegenüber anfangs etwas skeptisch, nachdem sie aber den Genuss, für sie überraschend, überlebt hatten, griffen sie immer eifriger zu, um von den Linsen mit Speck und Saitenwürstchen, dem Lammfleisch mit grünen Bohnen, dem zarten Sauerbraten oder dem geschnetzelten Kalbfleisch, flambiert mit Cognac zu kosten. Auch das Kartoffelgratin fand die ungeteilte Zustimmung aller. Unsere Küchenfee Elfchen war erschöpft, aber glücklich, dass ihr die Würzung der Speisen, trotz dieser großen Portionen, so gut gelungen war.
An diesem Abend begannen wir einen liebenswerten Traum zu spinnen von einem kleinen Restaurant mit vorzüglichen deutschen und vor allem schwäbischen Speisen, mit duftenden Kuchen und leckeren Torten. Als Kundschaft kämen die unzähligen, in Teneriffa lebenden deutschen Residenten und auch die Millionen Urlauber in Frage, die jedes Jahr erneut auf dieses traumhaft schöne Eiland einfallen wie die Heuschrecken in Ägypten. Elfchen, die beste Köchin und Konditorin der Welt, in der Küche und ich am Ausschank. Andreas und Schnecker würden dann als emsige Kellner fungieren. Für immer hier zu leben, in dem gesündesten Klima des ganzen Globus, das war und ist für uns noch immer ein Traum, den es sich zu träumen lohnt.
Ein einheimisches Folkloretrio, ausgestattet mit zwei Gitarren und der Timple, einer für die Kanaren typischen, oben schmalen und unten bauchigen vier- oder fünfsaitigen Gitarre, begann nun mit der ausgelassenen Fröhlichkeit Südamerikas zu musizieren. Ob Bolero, Samba, Tango oder Salsa, der mehrstimmige Gesang und der aufwühlende Takt holten uns behutsam aus unseren schönen Gedanken und glitten uns feurig immer mehr ins Blut, bis Elfchen und ich schließlich rhythmisch in die Hände klatschend aufsprangen und in ekstatisch-tänzerische Verrenkungen verfielen, wie einstens Carmen vor ihrem Don José. Die anderen Gäste feuerten uns begeistert an.

Nur unsere beiden Jungs wandten sich fassungslos mit Grausen. Später musste ich mir sogar von unserem Ältesten allen Ernstes den Vorwurf anhören wir seien an diesem Abend sturzbetrunken gewesen und er hätte sich unseretwegen geschämt. Da ich mir nun wirklich nicht mehr sicher war wie Aufsehen erregend sich der weitere Fortgang unserer Flamencodarbietung gestaltet hatte, beschloss ich, ohne den üblichen verbalen Veitstanz, diese bittere Pille zu schlucken. Aber dass ich bereits einige Zeit später doch noch eine, mich schändlicherweise erquickende Genugtuung meinem Erstgeborenen gegenüber erhalten würde, hätte ich meinem bisweilen so gnadenlosen Schicksal wirklich nicht zugetraut.

Elfchens Hexenschuss

Am nächsten Tag war Sonntag. Katastrophen passieren immer nur an solchen Tagen, an denen normalerweise kein Arzt erreichbar ist. Elfchen wollte gerade ihren gewohnten morgendlichen Routinegang auf die Toilette antreten, da bemerkte sie plötzlich, dass sie sich nicht mehr bewegen konnte. Heftige Stiche im unteren Teil der Wirbelsäule bereiteten ihr schreckliche Höllenqualen. Jeder ordentliche Ehemann hätte jetzt sein geliebtes Eheweib unter den Armen und Knien hochgehoben und aufs Klo getragen. Aber ohne einen leistungsfähigen Gabelstapler war hier nichts zu machen.
Zuerst rüttelte ich Andreas wach, dann rannte ich unverzüglich zum Tennisplatz und unterbrach Schnecker bei seinem vermeintlichen Weltmeisterschaftsturnier mit Clarissa, der bildhübschen Tochter deutscher Urlauber und bildete meine Jungs eilends als Erste-Hilfe-Trupp aus. Gerne hätte ich noch andere kräftige Männer mitgenommen, aber es waren im Moment nur Einheimische mit Hunden unterwegs zur Hasenjagd. Weil sie jedoch mit ihren mörde-

rischen Gewehren auf der Schulter, den gewaltigen Patronengurten und den entschlossenen Gesichtern aussahen wie Rambo, wenn man ihm sein Stirnband geklaut hat, wollte ich sie nicht unbedingt mitnehmen. Nicht, dass Elfchen denkt, wir hätten jetzt schon bei ihr keine Hoffnung mehr auf Besserung.

Trotz zweier sportlicher Jungs und eines Ehemanns mit Möchtegern-Arnold-Schwarzenegger-Figur gelang es uns nicht, Elfchen körperlich aufzurichten. Hastig stürzte ich ins Wohnzimmer und suchte im Wochenspiegel nach einem Arzt. Dann rief ich bei der Deutsch-medizinischen Praxisgemeinschaft in Puerto de la Cruz, Stadtteil La Paz an. In der Anzeige stand nämlich, dass sie einen täglichen 24-Stundenservice und Hausbesuche anbieten.

Dr. Ingo Pötsch, der an diesem Sonntag Bereitschafts- und Notdienst hatte, sagte mir, dass er einen Mann, der einen Hirnschlag erlitten hätte, ins Krankenhaus einliefern müsse, danach aber gleich bei uns vorbei kommen wolle. Er sprach dann so lieb und beruhigend mit Elfchen, dass es sogar mir gut tat, weil ich, zugegebenermaßen, auch etwas aufgeregt war. Elfchen bekam einige Spritzen ins Kreuz, und Dr. Pötsch blieb solange bei uns bis es ihr wieder besser ging und sie sich sogar mit unserer Unterstützung aufs Klo schleppen konnte. Wir warteten für den anstehenden Rücktransport solange vor der Tür, doch der Arzt wurde über sein Handy zu einer Frau gerufen, die einen Herzanfall erlitten hatte.

Weil Elfchens Schicksal aber manchmal sehr zynisch sein kann, mir fiel jedenfalls im Augenblick nichts ein, womit sie sich das verdient haben könnte, bekam ausgerechnet sie, als Einzige der Familie in dieser Nacht eine Durchfallerkrankung. Ein normaler Dünnpfiff ist ja schon anstrengend genug, aber wenn man sich fast nicht bewegen kann und dabei noch verständlicherweise eine gewisse Eile an den Tag legen sollte, das fand ich jedenfalls, gelinde gesagt, brutal. Aber Elfchen kam zum Glück immer rechtzeitig zum Zielörtchen.

Kurz vor Mitternacht klopfte der Arzt noch einmal leise an unsere Tür. Er kam gerade von einem weiteren Notfall, sah Licht bei uns und wollte schnell noch einmal nach Elfchen schauen. – Wo gibt es denn noch so etwas?

Eine Wohltat für unsere Rücken

Wenn es die deutschsprachige Inselzeitung nicht schon geben würde, ich hätte mit Sicherheit in diesem Urlaub deren Erfindung angeregt. Wieder einmal war ich auf der Suche nach Hilfe für mein Elfchen und ich wurde prompt auch fündig. In doppelter Hinsicht sogar! Im Hotel La Chiripa Garden in Puerto de la Cruz firmierte ein Gesundheitszentrum für Allgemeinmedizin und Naturheilverfahren, unter der Leitung von Dr. med. Roland Metzger, das auch über eine Kur-, Massage- und Bäderabteilung verfügt. Ein großes Lob für diese Fügung! Ich las eine Seite weiter die Anzeige: Fitness für jedes Alter! Damit war ganz sicher auch ich gemeint. Rückengymnastik, Atemtherapie, Bioenergetik und Stretching. Was immer das auch sein mag, es war genau das Richtige für mich! Jeden Montag, Mittwoch und Freitagmorgen ab 10 Uhr, mit Christine. Angeschlossen war ein Fitnesscenter mit Sauna, und das ebenfalls im La Chiripa Garden-Hotel in der Nähe des Taoro-Parks! Erstmals begann ich zu begreifen, dass auch Gefühlsüberschwang zu einer Ohnmacht führen kann.
Elfchen war damit einverstanden und so fuhren wir dreimal die Woche einträchtig nach Puerto de la Cruz und ließen uns verwöhnen. Wir waren entzückt und auch unsere Kinder zeigten sich begeistert, dass sie in dieser Zeit tun und lassen konnten was sie wollten. So hat jedes Unglück auch seine guten Seiten!

Da Dr. Metzger aus dem Badischen stammt, mussten wir unsere kümmerlichen Spanischkenntnisse nicht bemühen. Er war sehr nett, und Elfchen unterhielt sich bereits am ersten Tag mit ihm und Luisa, der Dame an der Rezeption, recht intensiv über köstliche Rezepte aus aller Welt, bevor sie sich in ihre gewaltige Sonderration Fango legte, die immer mühsam aus allen Teilen der Insel zusammen gekarrt wurde. Es konnte ja vorher niemand ahnen, dass der Verbrauch dieses heilkräftigen Mineralschlamms für Elfchens breiten Rücken derart ansteigen würde. Anschließend nahm sie der Masseur Frank Becker in Empfang und stellte einfach zwei Massagebänke zusammen. Da er selbst auch sehr gerne kocht, hatten die beiden ebenfalls ein ausgiebiges Gesprächsthema.

Als ich einmal ausnahmsweise früher fertig war, hörte ich den Masseur von einem leckeren Paella-Rezept erzählen, da fragt ihn doch mein ganzer Stolz allen Ernstes, ob sie denn anstatt Reis auch Spätzle und als Ersatz für den teuren Weißwein auch vergorenen Apfelmost nehmen könne, weil wir den in unserem Keller selber ausbauen. Was Frank Becker sagte, als er aufgehört hatte zu lachen, bekam ich nicht mehr mit, weil eine ebenfalls wartende Patientin in diesem Augenblick begonnen hatte, mir ein bedeutendes Friseurgespräch aufs Ohr zu drücken.

Ansonsten war Elfchen immer lange vor mir fertig. Doch sie versicherte mir mit weihevollem Gesichtsausdruck, dass sie sehr gerne auf einer Bank in dieser weit verzweigten, angenehm ruhigen, traumhaft schön bepflanzten und dreißigtausend Quadratmeter großen tropischen Gartenanlage des Hotels auf mich warte, Hauptsache ich wäre glücklich!

So viel Uneigennützigkeit hätte mich eigentlich stutzig machen müssen. Aber weil ich den Glauben an das Gute im Menschen Zeit meines bisherigen Lebens jedenfalls nie verloren habe, verzichtete ich gleich am nächsten Tag aus lauter Liebe zu ihr auf mein an-

schließendes Saunabad und wollte mein Liebchen im Garten überraschen, um sie von ihrem geduldigen Warten zu erlösen. Da sah ich sie in der Gartenwirtschaft mit glücklichem Blick vor einem gewaltigen Stück Torte und einem Kännchen Kaffee sitzen. Leise und ungesehen zog ich mich wieder zurück und genoss ab da in aller Ruhe, nach der schweißtreibenden Gymnastik, dem nicht minder anstrengenden Gerätetraining und nach einer ausgiebigen Dusche, ein gepflegtes Saunabad. Einziger Wermutstropfen war, dass die Damen eine eigene Saunaanlage hatten. Nicht wegen der mir entgangenen Optik, nein, das darf niemand denken, sondern wegen der entspannenden Gespräche die mir doch sehr fehlten. Entweder war ich alleine oder ein Spanier saß in der Sauna mit einem Handspiegel, Rasierpinsel und Nassrasierer und schabte sich den Dreitagebart von der unteren Gesichtshälfte. Nicht, dass mich das gestört hätte, es war nur ungewohnt für mich. Außerdem fiel mir das spanische Wort für unhygienisch nicht ein. Genauer gesagt kannte ich es überhaupt nicht. Was mir im Umkleideraum zu diesem Thema noch auffiel, war, dass viele Spanier keine Unterwäsche trugen. Die zogen einfach ihre Jeans aus und rums! standen sie so da. Vielleicht waschen die ihre Hosen einfach öfter als wir?
Wie dem auch sei, ich freute mich jedesmal auf das Rückentraining mit Christine, einer bemerkenswerten Frau von gutem Aussehen, einer tollen Figur und der Geschmeidigkeit eines Schlangenmenschen. Ihrer Arbeit als Fitnesstrainerin und Körpertherapeutin geht sie offensichtlich aus Berufung nach. Ihr ungeheures Wissen und die verblüffende Vielfalt an verschiedenen Übungen, gerade auch in den Bereichen Rückengymnastik, Atemtherapie und Energiearbeit, machten die Kursstunden zu einem vielfältigen und zugleich ungemein lehrreichen Vergnügen. Am Ende des Urlaubs waren meine Probleme an den Bandscheiben wie weggeblasen. Ich war wieder fit und beweglich wie in jungen Jahren!

Außer Agustin, der für das Gerätetraining zuständig war, solange Christine verzweifelt versuchte unsere Gelenke beweglicher zu machen, war ich oft der einzige Mann in der Fitnessabteilung. Was mir nichts weiter ausmachte, denn wer mit Elfchen verheiratet ist, hat vor nichts und niemandem mehr Angst.
Einmal brachte Angelika, eine liebenswerte junge Frau aus Bayern, die nun ebenfalls ganz auf Teneriffa lebt, ihren Mann Matthias mit, der sich aber in dieser Gymnastikrunde sichtlich unwohl fühlte und sich bald wieder verabschiedete. Manchmal wurde sie auch von ihrem kleinen Sohn Christian begleitet, einem netten und sensiblen Jungen, der einen so treuherzig anschauen konnte, dass es fast unmöglich erschien, ihm einen Wunsch abzuschlagen.
Einmal stieß ein Tourist aus dem Hotel zu unserer Gruppe. Kein sportlicher Typ wie Boris Becker, sondern eher zurückhaltend und fast schüchtern, mit den feingliedrigen Händen eines Kaufmanns. Ich nahm ihn etwas unter die Fittiche. Da wir uns auch in der Gruppe duzten, machte ich ihn gleich mit unseren Gepflogenheiten bekannt. Konstantin war einverstanden, und wir kamen auch gut miteinander zurecht. Als er uns wieder verließ, fragte ich ihn bei der Verabschiedung noch beiläufig nach seinem Beruf. Er gab mir seine Karte und sagte Lebewohl. Meine Pupillen begannen sich einzutrüben, da stand Professor Doktor, Wissenschaftler an einem Forschungslabor! Ich hatte diesen Mann einfach geduzt und mit dem von Christine angelernten Wissen belehrt. Das geschah ausgerechnet mir, der ich immer als einer der Schüchternsten galt. Als ich Elfchen und den Jungs davon erzählte, fuhr ich natürlich wieder einmal einen meiner Heiterkeitserfolge ein.

Im Haus der Balkone in La Orotava

Nachdem Elfchens Kreuzschmerzen etwas abgeklungen waren, unternahmen wir eine für meinen zarten und noch sehr empfindlichen Schatz leicht zu bewältigende Fahrt. Auf intensive Empfehlung des Reiseführers und unserer momentanen Noch-Freunde, den Schuldirektors, fuhren wir vollzählig in das fruchtbarste Tal Teneriffas nach La Orotava, um diese altehrwürdige Patrizierstadt mit ihren prachtvollen Gärten zu besichtigen.

Als Erstes führte uns Schnecker zu der barocken Fassade der Kathedrale Nuestra Señora de la Concepción, die von einer hohen Kuppel und zwei Türmen gekrönt wird. Im Innern der Kirche nahm uns der Hauptaltar, ein Meisterwerk aus Marmor und Alabaster, gefangen. Klassische Musik wurde leise durch Lautsprecher übertragen. Für uns war es zwar ungewohnt, aber sehr angenehm und erhebend.

Als wir blinzelnd wieder in das grelle Sonnenlicht hinaus traten, war uns, als kämen wir aus einer anderen Welt. Andreas, der vor dem Gotteshaus auf uns gewartet hatte, beendete sein Gespräch mit vier blutjungen, hübschen Touristinnen, und wir gingen gemeinsam zum Haus der Balkone. Dieses 1632 erbaute riesige Gebäude, mit seinen typischen, aus Bäumen des Esperanzawaldes gefertigten Balkonen und dem äußerst geschmackvoll und ansprechend gestalteten Innenhof, ist wohl eines der schönsten Beispiele kanarischer Baukunst. Es wird dort traditionelles, einheimisches Kunsthandwerk vorgeführt und auch sehr preisgünstig verkauft. Wie zum Beispiel die geschmackvollen Caladostickereien, die Elfchen so ausnehmend gut gefielen, oder handgefertigte Modelle der typischen Holzbalkone in allen Größen. Im Ladengeschäft saß ein Tinerfeño am Tisch und rollte mit großer Fingerfertigkeit Tabakbolzen straff in Deckblätter, schnitt sie mit einem breiten Spezialmesser zurecht, drehte geschickt

das Mundstück zusammen und fertig war die Zigarre. Dabei sang er, stimmlich gekonnt, Opernarien zu einer Musik aus dem Kassettenrecorder. Im Innenhof führte ein Holzschnitzer vor wie man aus Astgabeln Steinschleudern fertigt. Er wurde dann etwas später von einem Schau-Korbflechter abgelöst.
Gegenüber, auf der Terrasse des Hauses der Touristen, streuten einheimische Künstler unter einer, vor Sonne und Wind schützenden Zeltplane, nach religiösen und historischen Bildvorlagen gestochen scharfe Bilder mit faszinierender Tiefenwirkung, wie es auch traditionell an Fronleichnam auf dem Rathausplatz geschieht. Dazu verwenden sie buntes, fein gemahlenes Vulkangestein in über hundert Farbschattierungen aus der Umgebung des Teide. Schon lange vor diesem Feiertag wird das Kunstwerk begonnen. Diese Streutechnik beherrschen nur noch ganz wenige Familien. Die Meisterschaft und Qualifikation wird immer wieder an die nachfolgenden Generationen weitergegeben. Schon sehr früh am Morgen des Fronleichnam, das Fest wird in La Orotava eine Woche nach unserem Datum gefeiert, fangen die Einheimischen an zusätzlich ganze Straßenzüge mit Bilderteppichen aus Blüten und Sand zu überziehen.
Da Elfchen etwa eineinhalb Stunden lang in zigtausend Tischdecken wühlte, schlenderte ich zu Schnecker, der gerade zu meiner größten Beunruhigung bei dem Holzschnitzer im Innenhof eine neue leistungsfähige Steinschleuder erstand. Wir stiegen gemeinsam über den Wendeltreppenturm hinauf in den zu einem Museum ausgestalteten ersten Stock und betrachteten interessiert wie die Vorfahren der Canarios vor langer Zeit hier wohnten. Nach dem mit edlen Möbeln und Delfter Porzellan ausgestatteten Wohnraum und dem Schlafzimmer reckten wir gerade neugierig unsere Hälse in die Küche mit den praktischen Mückengitterkästen, als Elfchen im Innenhof gellend meinen Namen rief. Nach kurzer Überlegung ob ich schnell über den Balkon flanken sollte, rannte ich dann doch, mein

Alter berücksichtigend, im Schweinsgalopp über die Treppe nach unten, in der schrecklichen Vorstellung, meine treue Gattin bereits in ihrem Blute liegend vorzufinden. Aber ich musste nur meine Geldbörse abliefern. Da mich die Anwesenheit bei der Plünderung meines mühsam Ersparten seelisch zu sehr belastet hätte, stieg ich wieder nach oben zu Schnecker, der mir vom Balkon aus, während meiner überstürzten Rettungsaktion, mit seiner Steinschleuder Feuerschutz gegeben hatte.
Erst als die vielen Tischdecken schon lange in zahllosen Plastiktüten verschwunden waren und sich ein gewaltiger Stapel Weihnachtssterne aus rotem Stoff als Untersetzer und mit dem gleichen Motiv als Tischsets eben anschickte in den Besitz Elfchens überzugehen, trafen wir wieder in den Verkaufsräumen ein.
Andreas brach wegen angeblicher Sprachschwierigkeiten seinen vergeblichen Versuch, eine junge, blonde und sehr attraktive Schwedin anzubaggern, ab und ging mit uns einige Meter weiter zu dem von Ordensschwestern geleiteten Hospital, wo man von der Terrasse aus einen herrlichen Blick über das üppige Grün des Orotava-Tales genießen konnte.
In der hölzernen Krankenhauspforte existiert und funktioniert noch immer eine runde Drehwiege, in die ungeplante und ungewollte Überraschungsbabys gelegt wurden, dann drehte man sie nach innen und klingelte. Die Nonnen nahmen das arme, kleine, ungeliebte Würmchen heraus und zogen es auf. Ob diese Wiege heute noch in Anspruch genommen wird, ist mir nicht bekannt.
Mein Ältester betrachtete diese Einrichtung zwar sehr tiefsinnig, aber solange das möglicherweise zukünftige und sicherlich sehr hübsche Enkelkind Oma Elfchen und den noch sehr jugendlich wirkenden Opa Eugen hat, der fast noch als größerer Bruder des Kindsvaters durchgehen könnte, brauchen wir keine teneriffanische Drehwiege!

Im ehemaligen Kloster Mesón El Monasterio

Am frühen Abend fuhren wir dann mit Werner nach Los Realejos in eine ehemalige Klosteranlage auf dem prägnanten Hügel, der von diesem Ort fast liebevoll umschlungen wird. Ein Deutscher, dem auch das ausgezeichnete Restaurant Rancho Grande, das gut florierende Columbus Plaza und das beliebte Café de Paris gehört, hat ein Gelände von etwa einhunderttausend Quadratmetern gekauft, auf dem sich ein verlassenes Kloster mit vielen Nebengebäuden befand. Er ließ einen ausgedehnten Parkplatz anlegen, dekorierte ihn mit einer alten Weinpresse und anderen zu dieser Anlage passenden Attributen. Ebenso wurden Stallungen für Zwergpferde, Ziegen, Hasen, Pfauen, Tauben, Enten und seltene Hühner errichtet, sowie Bachläufe, Teiche mit Seerosen, Fischen und Wasserschildkröten angelegt. Dann schaffte er alles herbei was in der Pflanzenwelt Rang und Namen hat, Bananenstauden, Rebengänge mit saftigen Weintrauben, Palmen, einige tausend Kakteen, unzählige Pflanzen, fantastische Blumen und schuf damit einen Erlebnispark besonderer Güte. Aber trotz dieser ungeheueren Größe der Anlage wird alles sehr gut gepflegt und behaglich sauber gehalten!
Einmalig ist auch der faszinierende Blick über das fruchtbare Orotavatal und auf den Atlantik. Immer wieder bedankte sich Elfchen mit herzhaften Küssen bei Werner für den Hinweis auf dieses wunderbare und eindrucksvolle Lokal. Eigentlich müsste ich von Lokalen sprechen, denn das Gelände beherbergt mehrere Räumlichkeiten, wie zum Beispiel ein Café, eine spezielle Gaststätte, in der es nur Fondues gibt, bis hin zur gehobenen Gastronomie und einem riesigen Konventsaalgewölbe mit Wandmalereien und geschnitzten Heiligenfiguren, in dem rauschende Feste gefeiert werden.
Zudem gibt es dort auch dieses fantastische, knusprige und innen so saftige Brot, das wir auch schon im Rancho Grande in Puerto de la

Cruz eingekauft hatten. Trotz unseres nagenden Hungers mussten wir zuerst ein wenig bei den Attraktionen verweilen. Als ein Pfau Elfchen herannahen sah, führte er sich auf, wie sich eben Männchen aufführen, wenn sie eine Traumfrau nahen sehen. Er schlug ein gewaltiges Rad und ließ es auch ordnungsgemäß kräftig vibrieren. Elfchen war zwar sehr begeistert, zeigte ihm aber ansonsten die kalte Schulter. Resigniert klappte Herr Pfau sein Rad zusammen und trollte sich des Weges. Aber man weiß ja auch nicht so genau, ob es wirklich die große Liebe war. Vielleicht wurde er auch nur als Animateur bezahlt, um den Damen ein wenig den Hof zu machen.

Während die Jungs gerade eines der Zwergpferde streichelten und ich am Seerosenteich entzückt den Wasserschildkröten zusah, erlebte Elfchen eine Begegnung der dritten Art. Eine Geschlechtsgenossin in Form einer Gans näherte sich ihr, und beide hielten schnatternd Zwiesprache. Ein Glück, dass unser Schnecker rechtzeitig die Einmaligkeit dieser Situation erkannte und mit seinem Fotoapparat festhielt. Heute hängt das vergrößerte Bild in meinem Arbeitszimmer. Ich habe den Titel „Gänseliesel" darunter geschrieben. Mir wären zwar noch andere Bezeichnungen eingefallen, aber ich wollte nicht jedes Mal, wenn Elfchen mich besuchen kommt, kolossalen Ärger riskieren.

In einem höhlenartigen Weinkeller, in dem auch geflochtene Knoblauchzöpfe und herrlich duftende geräucherte Schinkenkeulen hingen, verkosteten wir einige Weinsorten. Da bot mir Andreas sogar freiwillig an, uns nach Hause zu kutschieren. Normalerweise kostet mich das immer eine von ihm gnadenlos erpresste, völlig überzogene Gegenleistung, und nun macht er plötzlich dieses Angebot, ohne jegliche innere oder äußere Not. Ich begann schon an eine wundersame Wandlung meines Ältesten zu glauben, was sicherlich auch auf diese heilige Stätte zurückzuführen gewesen wäre. Doch gerade noch rechtzeitig, bevor ich mich dankbar auf die Knie wer-

fen konnte, flüsterte mir mein vorgeschobener Horchposten Schnecker zu, dass Werner seinem großen Bruder für diesen Dienst bereits eine Bootsfahrt angeboten hatte, damit er Wasserski fahren könne.
Trotz dieser erneuten menschlichen Enttäuschung über meinen Ältesten war das Essen in dem urigen Kreuzgewölbe gegenüber einem mit Weinflaschen gefüllten Beichtstuhl ein unvergessliches kulinarisches Erlebnis. Die dienstbeflissenen Ober sprachen deutsch und waren von ausgesuchter Freundlichkeit. Wenn mein angesäuseltes Elfchen nicht versehentlich ein Glas Rotwein umgestoßen hätte, als sie sich wieder einmal völlig grundlos Werner an die Brust werfen wollte, wäre es ein Abend ohne Fehl und Tadel geworden.
Die Jungs waren längst wieder bei den Tieren, da liefen wir vor unseren Weinkelchen in Hochform auf. Auch die Rückfahrt gestaltete sich sehr laut und beschwingt. Andreas setzte sich demonstrativ seinen Walkman auf, um unseren mehrstimmigen Gesang nicht mehr ertragen zu müssen, sagte aber klugerweise keinen Pieps, um seine Bootsfahrt nicht unnötig zu gefährden.

Wir überqueren das Anaga-Massiv

Mitten in der schwierigen Entscheidungsphase, ob wir wohl eine Hand voll Kopfschmerztabletten einnehmen sollten, oder ob sich die Nebelschwaden im Kopf vielleicht auch so wieder verziehen würden, trabte unser Jüngster, putzmunter nach einem längeren Aufenthalt im Fitnesscenter und im Schwimmbad, mit dem aufgeschlagenen Reiseführer in der Hand zu uns ins Schlafzimmer. Er riss erbarmungslos den Vorhang zur Seite und öffnete das Fenster. Wir pressten schmerzlich unsere Augen zu, bis sie sich an das grelle Sonnenlicht gewöhnt hatten, sogen aber gleichzeitig erquickt die fri-

sche Meeresluft ein, was unseren Nebelschwaden offensichtlich nicht so gut gefiel.
Schnecker krabbelte vorsichtig über meine Beine, legte sich zwischen uns und begann seine Mutter und mich mit dem unglaublichen Gedanken vertraut zu machen, dass wir heute noch das Anaga-Massiv überschreiten sollten, wie seinerzeit Hannibal die Alpen. Es bestand nur ein Unterschied, nämlich dass der karthagische Feldherr noch zahlreiche Elefanten dabei hatte und wir Jungs nur unser Elfchen.
Unsere Nebelschwaden hielten Schneckers frisch gepresstem Orangensaft und seinem aromatischen Kaffee nicht lange stand. Während wir zu Christines Rückengymnastik verschwanden und sich Elfchen unter die Hände ihres Masseurs begab, focht unser Jüngster mit Miguel ein Turnier mit dem anlageeigenen Gartenschach aus.
Wie Schnecker es schaffte, auch seinen Bruder bis zu unserer Rückkehr erstens wach zu bekommen, zweitens für diesen Plan zu erwärmen und drittens ihn gewaschen und bei relativ guter Laune – was nur so viel heißt, dass er niemanden direkt erschlagen wollte – in das Auto zu lotsen, wird wohl sein Geheimnis bleiben. So fuhren wir also, mit einer Ausnahme, bestens aufgelegt in den Nordosten der Insel. Hinter La Laguna beginnt das gewaltige, vor mehreren Millionen Jahren aus Lavaschmelze und Basalt gebildete Anaga-Massiv mit seinen subtropischen Bergmischwäldern. Durch die ständig hohe Luftfeuchtigkeit halten sich dort relativ gleich bleibende Temperaturen. Meterhohe Baumheide und weite Farnbestände ziehen sich wie ein dicker grüner Mantel über die Hänge. Nach der Fahrt durch den Mercedes-Wald mit seinen herrlich duftenden Lorbeerbäumen machten wir am Aussichtspunkt Cruz del Carmen Halt und genossen den beeindruckenden Panoramaausblick.
Elfchen vergaß sogar während der Fahrt nach Taganana, wegen der Höhe und der vielen Kurven, ihrem Hang zur Reisekrankheit und

Anfälligkeit für gepflegte Höhenkoller ordentlich nachzukommen, so atemberaubend war die faszinierende und zerklüftete Bergwelt und die Sicht über den Wolken. Andreas meinte zwar, dass es so etwas im Schwarzwald auch gäbe, doch war er sichtlich froh, diese extremen Steigungen und nachfolgenden Gefälle nicht selbst fahren zu müssen.
Hinter Taganana, in Almáciga an der Uferstraße angekommen, empfing uns eine seltsam düstere, ja fast gewittrig anmutende Wetterstimmung. Deshalb beschloss Elfchen, hier erst mal wieder zu Kräften zu kommen. Wir setzten uns in das Restaurant Casa Pepe und wurden vom Hausherrn und dessen vermutlicher Ehefrau auf das Freundlichste begrüßt. Er war vorwiegend für den Ausschank zuständig, während sie wie ein guter Geist im Wirtshaus herumschwebte und die Gäste, die sie allesamt als niños, also als Kinder, bezeichnete, mit Speisen und Getränken versorgte.
Wir bestellten frittierten Fisch mit kleinen ungeschälten und salzkrustigen Kartöffelchen und einer kräftig gewürzten Mocho-Tunke dazu. Die Wirtin tätschelte Elfchen im Vorbeilaufen immer den Kopf. Vielleicht wusste sie aus leidvoller Erfahrung, dass derart gestaltete Kunden ungern lange auf ihr Essen warten. Doch wir wurden unverzüglich mit wohlschmeckendem kühlem Landrotwein versorgt, und die Jungs bekamen ihre gewünschte Orangenlimonade. Dann servierte uns Señora Mama, wie wir sie familienintern wegen ihres Niño-Ticks nannten, jedem von uns einen frischen, beeindruckend großen und knusprig gebratenen Fisch, der uns allen vorzüglich mundete. Auch die Wirtin Señora Mama war zufrieden, dass ihre niños alles, außer den Gräten und dem Kopf natürlich, aufgegessen hatten.
Wir fuhren dann weiter, an prächtigen Stränden vorbei, bis Benijo, wo zwar die Straße, aber nicht die Welt endete. Der männliche, jedoch nicht bestimmende Teil unserer Familie hatte sich Badebeklei-

dung eingepackt, Elfchen war allerdings der unumstößlichen Ansicht, dass ich mich nicht in dieses kalte Wasser begeben sollte, weil ich ansonsten wieder die ganze Nacht husten würde. Obwohl ich mich nicht daran erinnern konnte, in den letzten zwanzig Jahren je einmal nachts gehustet zu haben und Elfchen auch nicht per Ferndiagnose die Temperatur des Wassers festlegen konnte, verzichtete ich dennoch, um stundenlangen Diskussionen aus dem Weg zu gehen, auf ein erquickendes Bad im Atlantik. Schnecker erklärte sich mit mir solidarisch, und Andreas verzichtete nach einem eingehenden und sehr aufmerksamen Studium der anwesenden weiblichen Badegäste ebenfalls auf diese Erfrischung. So fuhren wir also verschwitzt wieder zurück. Doch die herrliche Aussicht, diesmal aus der Gegenrichtung genossen, entschädigte uns völlig für die entgangenen Badefreuden.

Nie wieder Tintenfisch

Am Tag darauf beschlossen wir in das kleine, urige Fischerdörfchen El Pris, gleich neben Mesa del Mar gelegen, zum Schwimmen zu fahren. Nun ergab es sich aber leider, dass einige Leutchen an der Stelle standen und das Wellenspiel des Atlantischen Ozeans genossen, an der wir ins Wasser gehen wollten. Elfchen hatte aber sicherlich nachvollziehbare Hemmungen, sich vor all den Menschen in ihrem Mini-Tanga zu produzieren. Es war selbstverständlich ein ganz normaler Badeanzug, aber an unserer ausladenden Prachtausgabe eines Models für Mollige sah er eben aus wie ein Mini. Bei aller Liebe und auch Verständnis für ihr Problem konnte ich wegen unseres Vorhabens natürlich nicht das ganze Dorf evakuieren lassen.
Elfchen hat sich leichten Herzens entschieden, den Fischern zuzuschauen, wie sie die Netze flickten, damit sie den Männern vielleicht

einige Tipps geben könne, wie man es besser macht. Ob sie bei ihrem Bummel an all den Bars und Restaurants immer ungestreift vorbei kam, wird wohl ewig im Dunkel der Vergangenheit verborgen bleiben, weil ich mich ja zur selben Zeit mit meinen Jungs im Wasser tummelte, dass es nur so spritzte. Ich muss wohl nicht sonderlich erwähnen, dass ich im Innern meines Herzens wohl immer ein kleiner Junge bleiben werde, was Elfchen in ihrem, zwar äußerst strengen, aber jedoch ausgeprägt mütterlichen Wesen sehr entgegenkommt.

Nach einer fast zweistündigen Wasserschlacht erwartete uns Elfchen mit weit ausgebreiteten trockenen Handtüchern. Erschöpft, aber glücklich, ließen wir uns von ihr abfrottieren und zogen uns wieder trockene Kleidung über.

Beim anschließenden Mittagessen in einer Tapas-Bar an der Uferstraße erzählte sie uns dann von ihrem schrecklichen Erlebnis. Während wir plantschten stand sie an der Hafenmauer direkt über der breiten Rampe, auf der die Fischerboote an Land gezogen werden und blickte gedankenverloren in die undurchdringliche Düsternis des Meeres. Plötzlich bewegte sich etwas im Wasser. Ein schwarzer glänzender Kopf tauchte langsam auf. Zuerst vermutete sie, dass es der Kopf eines gewaltigen Tintenfisches sei. Doch nach einigen Sekunden zeigte sich auch noch der am Kopf hängende Taucher in einem schwarzen Gummianzug, einer Harpune in der einen Hand und einem großen, aufgespießten Tintenfisch mit mindestens ein Meter langen Fangarmen in der anderen. Er kam bedächtig schreitend den Meerzugang herauf, warf seinen Fang achtlos in ein kleines Ruderboot und verschwand, seine Gummikappe vom Kopf ziehend, in der nächsten Kneipe. Elfchen hielt sich ihre Hände vor die Augen und musste durch die gespreizten Finger voller Mitleid und Ekel mit ansehen, wie sich die Fangarme des sterbenden Tintenfisches im Todeskampf immer wieder ineinander verschlangen. Nachdem sie ihre Erzählung beendet hatte, verstieg sie sich in die Behauptung, dass sie nie mehr in ihrem Leben Tintenfisch essen könne und werde. Ich hielt es daher für unangebracht, Elfchen darauf aufmerksam zu machen, dass wir im Moment in Ringe geschnittene Teile eines Tintenfischarmes, in Teig ausgebacken, zu uns nahmen. Nur Andreas' zweite, dunkle und zugleich ziemlich fiese Seele, die auch, ach, in seiner eingefallenen, schmalen Hühnerbrust wohnt und keine Gelegenheit ungenutzt verstreichen lässt, uns etwas Charmantes zu sagen, gewann wieder einmal, wie so oft in letzter Zeit, die Oberhand. Er lutschte die Teighülle von einem seiner Tintenfischarmstücke und zeigte ihn genüsslich seiner Mutter mit dem sarkastischen Hinweis, dass sie den zuvor verstorbenen Tintenfisch soeben selbst in sich begrabe. Nun mussten wir Schneckers und Mutters Portion auch noch mit verzehren, weil beide heulend das Lokal verlassen hatten.

Das Blumenmädchen

Nach dem bereits obligatorisch gewordenen Mittagsschläfchen verkündete Elfchen, dass sie Bewegung brauchte und regte an, einen kleinen Bummel durch die Inselhauptstadt Santa Cruz de Tenerife zu machen. Da sich dieses Wort Bummel jedoch verdächtig nach Einkaufsbummel anhörte, zeigte ich mich zuerst nicht so sehr begeistert. Ich forschte gerade in meinen Gedanken nach einem geeigneten Platz im Park der Anlage, wo ich ungesehen meine Geldbörse nebst Kreditkarte bis zum Urlaubsende vergraben könnte, da wurde mein Veto auch schon von unserem Familienrat, in dem Elfchen die absolute Mehrheit hält, überstimmt, und zwar mit der brachialen Beschaffenheit eines Erdrutsches.

Einer wahrscheinlichen Vorahnung folgend, vereinbarte ich bereits zu Beginn mit meiner Familie, falls wir uns je aus den Augen verlieren sollten, dass wir uns um 18 Uhr an der Plaza de la Candelaria im Straßencafé Olympo wieder treffen.
Wir schlenderten die Fußgängerzone der Hauptgeschäftsstraße rechts hinauf, kauften uns Eis, lauschten den Straßenmusikanten, und kein Andenkengeschäft blieb von unserem Besuch verschont. Immer wieder flüsterte ich Elfchen beratend zu, dass wir jederzeit auch einen Laden verlassen könnten, ohne etwas gekauft zu haben, da uns hier doch niemand kenne. Aber ihr gutes Herz setzte sich immer wieder durch.
Andreas hatte sich prompt, gleich zu Bummelbeginn, trotz erheblicher und wiederholter Warnungen meinerseits, von uns abgesondert. Auf dem Rückweg, der uns an der linken Straßenseite hinunter führte, saß eine Bettlerin. Wir beschlossen, ihr durch Schnecker etwas Geld aushändigen zu lassen. Da leuchteten ihre Augen dankbar auf, und Elfchen wurde mit Blick auf unsere vielen, wohlgefüllten Plastiktaschen, die ich inzwischen wieder mit mir herumschleppte, etwas nachdenklicher, was sie jedoch nicht davon abhielt, bereits im nächsten Geschäft noch einen golden glänzenden Rucksack als Reiseandenken für ihre Schwester zu erstehen. Der Gedanke, dass ich den immens hohen Posten der Aufwendungen für Mitbringsel in meinem Reisebudget nicht einkalkuliert hatte, erzeugte eine gewaltige Blutleere in meinem Gehirn, und auch meine Geldtasche fühlte sich plötzlich richtig schlaff und hoffnungslos an.
Taschenbehängt erreichten wir den vereinbarten Treffpunkt. Wir bestellten uns etwas zum Trinken. Währenddessen wurden wir von zahlreichen Uhrenverkäufern und Frauen, die Tischdecken zum Kauf anboten, heimgesucht. Ich untersuchte die Uhren und Elfchen die Tischdecken fachmännisch, doch dann schickten wir die Damen oder Herren mit einem entschieden gelispelten „No, gracias!“ weiter.

Kaum war einer weg, stand schon der Nächste wieder ziemlich aufdringlich da und zeigte uns etwas anderes. So verging die Zeit des Wartens wie im Flug, aber als Andreas eine halbe Stunde nach dem vereinbarten Termin immer noch nicht da war, ergriff uns alle eine erklärbare Unruhe. Schnecker bot an, seinen großen Bruder zu suchen. Aber ich wollte nicht noch ein weiteres Kind verlieren und ließ ihn deshalb unter Elfchens Obhut zurück.

Bevor mich der Trubel der Großstadt verschlang, wie zuvor schon unseren ältesten Sohn, blickte ich noch ein letztes Mal zurück, um von meiner Familie visuell Abschied zu nehmen. Aber es winkte mir nur Schnecker nach. Elfchen winkte bereits dem Ober, um noch ein großes Tablett mit purer Nervennahrung, wie sie es stets bezeichnet, aus der Konditorei zu ordern.

Plötzlich sah ich meinen Ältesten weinend vor einem Hamburger-Lokal sitzen. Er hörte aber sofort auf, als er mich kommen sah. Dann erklärte er, dass er auf ein bestimmtes Mädchen warte, das in dieser Gaststätte verschwunden sei. Na, so verliebt war er ja noch nie! Denn bisher brannten bei ihm nur tagtäglich einige tausend Strohfeuer ab, allerdings ohne gefühlsmäßige Spuren zu hinterlassen. Doch dann berichtete er mir wütend, dass er diesem Mädchen eine Rose abkaufen wollte. Angeblich für Elfchen, was absolut lachhaft und unglaubwürdig war, da er noch nie einen Pfennig für seine Mutter ausgegeben hat. Alle Geschenke zum Geburtstag, Weihnachten oder zum Muttertag kaufe ich für ihn, und er meckert trotzdem noch daran herum.

Fakt war, dass er das Mädchen einfach nur anmachen und durch diesen Rosenkauf Kontakt aufnehmen wollte. Aus finanzieller Sicht war dieses Verhalten, Geld zu investieren ohne das geringste Maß an Sicherheit, zu einem Abschluss zu kommen, völlig unverständlich. Sein Pech war zum einen, dass die Schöne nur spanisch sprach und zum anderen, dass er bei diesem kleinen Biest an eine hauptbe-

rufliche Taschendiebin geraten war. Sie wollte ihm anscheinend behilflich sein und suchte mit ihren Fingern in seiner Geldbörse die richtige Münze heraus. Er bemerkte jedoch nicht gleich, dass sie dabei äußerst geschickt mit den freien Fingern seine sämtlichen Geldscheine in ihrer Handfläche verschwinden ließ. Insofern konnte ich die Tränen der Wut, auch wegen seiner Unachtsamkeit, verstehen. Verluste treiben auch mir das Wasser in die Augen!
Ich ersetzte ihm diesen Geldbetrag und bot absolutes Stillschweigen gegenüber dem Rest der Familie an, um ihm ähnliche Demütigungen zu ersparen, wie ich sie tagtäglich ertragen muss. Er nahm mich dankbar in die Arme, und ich versuchte, mir dieses Datum zu merken, weil es seit seinem neunten Geburtstag, als er ein neues Fahrrad erhielt, das erste Mal war, dass er mich wieder einmal mit solch überschwänglichen Zärtlichkeiten bedachte. Nur schade eigentlich, dass so etwas immer mit Geld oder Geschenken zusammenhängt.
Als wir auf dem weitläufigen Parkplatz neben der Hauptstraße in unseren Wagen stiegen, hing die rechte vordere Seite, wo Elfchen saß, mehr als gewöhnlich nach unten. Misstrauisch stieg ich aus und entdeckte einen Plattfuß. (Nicht bei Elfchen, sondern am rechten Vorderrad.) Wenn es mit ihr nichts zu tun hatte, könnte ich möglicherweise in einen spitzen Gegenstand gefahren sein oder, wie Andreas hoffte, jemand könnte den Reifen aufgeschlitzt haben. Eine Vorstellung, die ihm sichtlich Freude bereitet hätte, weil dann endlich etwas Aufregendes passiert wäre. Mir hat ja sein Blumenmädchen schon gereicht. Aber als ich ihm zusicherte, dass dieser Schaden wahrscheinlich von einer Mörderbande verursacht worden sei, die uns nun, ohne motorisierte Fluchtmöglichkeit, überfallen, ausrauben und einzeln auf qualvolle Weise aus dem Leben befördern werde, half er mit einem wohligen Schauer der Erwartung, immer wieder verstohlen über die Schulter blickend, fleißig beim Radwechsel mit.

Bei Giulio und Pizza

Um Andreas zerknautschtes Gesicht ein bisschen aufzumuntern, bot ich ihm, über Elfchens unübersehbaren Kopf hinweg an, dass er sich auf dem Rückweg eine Gaststätte für das Abendessen aussuchen dürfe. Als wir in Los Naranjeros die Autobahn verließen und die parallel verlaufende alte Straße befuhren, kamen wir nach dem Ortseingang von Tacoronte an der Pizzeria Ristorante Giulio vorbei. Da rief unser Schnecker plötzlich, dass er auf dem Parkplatz Werners Wagen entdeckt habe. Im Bruchteil einer Sekunde hatte sich Andreas entschieden, dass er heute in diesem Lokal essen wolle. Selbst unser Elfchen, die von solchen bestimmenden Anregungen, wenn sie nicht gerade, wie gewohnt, von ihr ausgehen, überhaupt nichts hält, war merkwürdigerweise sofort Feuer und Flamme. Was hat dieser Werner, was ich nicht habe?
Nach der Vollbremsung und einem anschließenden riskanten Einparkmanöver standen wir grinsend vor Werner an der Bar. Weshalb er sich ebenfalls freute, weiß ich nicht, aber er stellte uns Giulio, den Chef des Hauses vor. Dieser begrüßte uns in deutscher Sprache, da er einige Zeit in der Nähe von Frankfurt ein Lokal betrieben hatte, und dann ging es wieder einmal los mit der Schlemmerei. Zuerst gab es ein paar delikate Tapas an der Bar, darunter geräuchten Schinken, kalten Braten, Ziegenkäse, eingelegte Oliven und gemischten Salat mit erfrischend kühlem Cerveza Dorada Bier. Dann setzten wir uns in das Lokal, und fast jeder bestellte sich eine andere knusprige, ungewöhnlich dick belegte und dazu noch vorzüglich mundende Pizza aus Giulios Riesenauswahl. Nur Schnecker aß Macarrones vegetarianos, das sind Makkaroni mit verschiedenem Gemüse und drei Käsesorten überbacken.
Zum Nachtisch gab es ein traumhaftes Tiramisu, Brombeer-Frischkäse-Torte und eine Biskuit-Schokocreme-Bombe mit volumi-

nöser, überbackener Eiweißhaube. Später setzte sich dann Giulio, mit dem wir natürlich auch gleich per Du waren, noch ein Weilchen zu uns und gab Schwänke aus seinem ereignisreichen Leben zu Gehör. Wir waren ausnahmslos begeistert von ihm und seinen Kochkünsten, und das nicht nur, weil er für uns zum Schluss noch einen Liquore Galliano mit Eiswürfeln spendierte außer für Schnecker natürlich, der bekam ein großes Eis von ihm.

Dem Tode entronnen

Helmut Weber, Chef der Autovermietung besorgte uns klaglos zwei neue Vorderreifen, damit diese nicht ungleich abgefahren würden. Als Dank luden wir ihn und seine Frau Elfi zu uns ein, um ihnen mit Elfchens brillanten Kochkünste eine Freude zu bereiten. Später wurden wir dafür von ihnen zum Spießbraten eingeladen.
Als wir vom Reifenwechsel und unseren regenerierenden Verpflichtungen im La Chiripa Hotel zurückgekehrt waren und keiner unserer Familienmitglieder andere Termine hatte, nahmen wir uns vor, einmal den im Wochenspiegel beschriebenen, vor Puerto de la Cruz gelegenen textilfreien Strand mit dem klangvollen Namen Santa Ana aufzusuchen. Er war nicht direkt mit dem Auto erreichbar, was den unleugbaren Vorteil hatte, dass er nicht so sehr überlaufen war. Nach einer Fußwanderung stiegen wir durch einen steilen, jedoch gut angelegten Felsweg nach unten zum Strand. Ein kleines Hindernis stellte eigentlich nur die letzte Stufe dar. In der Winterzeit wurde durch kräftige, ständig anrollende Wellen der sie umgebende Sand weggespült. Für uns war das kein Problem, doch Elfchen weigerte sich standhaft, diese letzte kleine, etwa achtzig Zentimeter hohe Felsbank hinunterzuhüpfen. Schließlich setzte sie sich auf den Tritt und ließ sich langsam nach unten gleiten. Wir reckten ihr zwar

unsere dünnen Ärmchen entgegen, doch die Wucht ihres Aufpralls warf uns alle, mitsamt Elfchen in den Sand. Keiner von uns dachte in diesem Augenblick daran, dass uns dieses Felsstück den fluchtartig anzutretenden Rückweg wesentlich erschweren würde.
Wir zogen uns aus, während Elfchen, wegen der Anwesenheit ihrer Söhne, in Badebekleidung gewandet blieb. Dann aßen wir, tranken, sonnten uns und schwammen. Anschließend stiegen meine Jungs und ich in der linksseitigen Felswand einen schmalen Pfad hoch, der uns bis zu dem, auf einer Felsnase liegenden, gepflegten Anwesen eines Residenten führte. Wir umkletterten den Felsvorsprung und sahen, von oben aus, den nur auf halsbrecherischem Wege zu erreichenden Strand Los Patos unter uns liegen. Doch ein nicht zu überbrückender Abgrund verhinderte auch von hier aus den Zugang zu diesem lang gezogenen, ebenfalls hüllenlosen Sandstrand. Unverrichteter Dinge kehrten wir wieder zu unserer übergeordneten und alles entscheidenden Instanz zurück. Während Andreas seine Mutter vorsichtig davon in Kenntnis setzte, dass er am nächsten Tag gedenke, mit einigen Kumpels in den Süden zu entfleuchen, warf sich der Rest der Familie erneut in die wohl temperierten Fluten.
Niemand hatte uns vor hinterhältigen Strömungen, lebensgefährlichen Strudeln oder einem heimtückischen, meerwärts ziehenden Sog gewarnt! So tummelte ich mich gerade mit Schnecker am rechten Ende der Bucht, als uns plötzlich der gewaltige Sog eines Strudels erfasste. Wir wurden wie kleine Gliederpuppen regelrecht durch die Wassermassen gewirbelt. Ich bekam keine Luft mehr, schluckte vor Schreck Unmengen von scheußlich schmeckendem Salzwasser und gewann den beängstigenden Eindruck, dass davon auch einige Liter in meine Lungen flossen. Mir wurde auf dramatische Weise klar, dass ich nur noch wenige Sekunden unter Wasser zu leben hätte, wenn es mir nicht gelänge Frischluft zu schnappen. Dazu hätte ich jedoch zuerst meinen Mund und die Atemwege leeren müs-

sen. Ich hatte aber keinen inneren Gegendruck mehr zur Verfügung, die bereits in mich eingedrungene äußerst salzige Flüssigkeit unter Wasser auszuspeien. Zudem konnte ich auch gar nicht mehr einschätzen, wo die Oberfläche und wo der Meeresboden war. Dieser heftige Todeskampf und die aufkeimende Panik kosteten mich mehr Kraft, als ich zur Verfügung hatte.
Elfchen hätte mit ihrem gigantischen Resonanzkörper sicherlich mehrere Stunden unter Wasser leben können, aber diese Feststellung half mir im Moment auch nicht weiter. Immer wieder, wenn der Strudel meinen Kopf für Sekundenbruchteile über die Wellen wirbelte, sah ich Elfchen heftig gestikulierend in ein Gespräch mit Andreas vertieft. Ich wollte um Hilfe schreien, aber die gewaltige Menge Salzwasser in meinem Mund hinderte mich daran. Eine albtraumähnliche und zugleich groteske Situation, so unvermittelt, relativ jung und unvorbereitet sterben zu müssen.
Nach meiner Kapitulation und nachfolgenden Bereitschaft, mein Besteck für immer abzugeben und die Pupillen auf Null zu stellen, wie sich mein Ältester auszudrücken pflegt, begann ich, mir mein bisheriges Leben wie in einem ausführlichen Kurzfilm fast genüsslich zu betrachten. Plötzlich schlang Schnecker, in offensichtlicher Todesangst, von hinten seine Arme um meinen Hals. Blitzartig wurde ich daran erinnert, dass ich nicht alleine diesen Kampf ausfechten mußte. Da jetzt keine Zeit blieb, mich ob meines Rabenvaterdaseins zu schämen, weil ich mich nur mit meinen eigenen Problemen beschäftigt hatte, entschied ich heroisch, dass wenigstens der Junge überleben müsse. Ich unterbrach die Vorstellung mit dem Arbeitstitel: „Das war mein Leben!“ abrupt, fasste meinem Jüngsten mit einer Hand in die Achselhöhle und schob ihn unter Aufbietung all meiner zusehends versiegenden Energie nach oben. Durch dieses bewundernswert selbstlose Opfer drückte es mich logischerweise nach unten, wodurch ich plötzlich grobkörnigen Boden unter den Fuß-

sohlen zu spüren bekam. So wühlten wir uns, tatsächlich mit der sprichwörtlichen letzten Kraft, in Richtung Strand und fielen dort völlig entkräftet, weinend und unfähig zu sprechen, in den schwarzen, teilweise golden schimmernden Sand.

Die Feuerhölle

Elfchen unterbrach die moralisierenden Belehrungen für unseren Ältesten und begann ein mehrstündiges Referat über ihr Unverständnis gegenüber unseren emotionalen Anwandlungen. Plötzlich und ohne Vorwarnung schwebten Unmengen von Ascheflocken, so groß wie eine Streichholzschachtel vom Himmel. Es glich einem dichten Schneetreiben, allerdings mit schwarzen Flocken. Mir lief ein unheimlicher Schauder über den Rücken. Entsetzt standen wir auf. Sollten mein Sohn und ich nur für Minuten dem Tode entronnen sein, um nun im bevorstehenden Weltuntergang endgültig vernichtet zu werden? Da man aber als Familienvater immer die Nerven behalten und gelassen reagieren muss, ließ ich mir natürlich nichts von meiner Aufregung und Sorge anmerken.
Andreas vermutete, dass andere Urlauber oben auf den Felsen wohl ein Grillfeuer entzündet hatten, aber ich ließ mich hirnrissigerweise zu der Bemerkung verleiten, dass dieser dichte und ausgiebige Ascheregen niemals von einem kleinen Feuerchen kommen könne. Das war so ganz nach dem Geschmack unseres Ältesten. Mit geheuchelt panischem Blick zu Elfchen äußerte er die Vermutung, dass uns die Feuersbrunst bereits den Rückweg abgeschnitten hatte, und dass sich die glühenden Lavamassen jeden Augenblick über die schroffe Felskante schieben könnten, um uns dann elendiglich zu verbrennen.

Elfchens gellende Angstschreie waren sicherlich noch auf allen weit entfernten Nachbarinseln zu hören. Einen Augenblick lang war ich der Meinung, ein Krake in Fesselballongröße wolle sie mit ihren hundert Meter langen Fangarmen zu sich in den Atlantik ziehen. Unser Familienoberhaupt spielte doch tatsächlich mit dem Gedanken, sich ins offene Meer zu stürzen, um die über dreihundert Kilometer lange Strecke bis zur Westküste Afrikas hinüberzuschwimmen. Als ich ihr zu bedenken gab, dass wir uns hier auf der Inselrückseite befanden und sie dann folglich vorher noch um die gesamte Nordhälfte der Insel herum schwimmen müsse, erschien ihr das Vorhaben doch als etwas zu langwierig. Sie entschloss sich tapfer, wie es sich für eine anständige Mutter gehört, mit Mann und Kindern an Ort und Stelle zu verbrennen.
Fachmännisch untersuchte ich einige Ascheflocken und stellte fest, dass es sich um verkohlte Stücke von Baumrinden handelte. Da wurde mir klar, dass ganz in der Nähe ein fürchterlicher Waldbrand ausgebrochen sein musste. Wir warfen uns schnell in die Kleider, rafften unsere wenigen und Elfchen ihre vielen Habseligkeiten zusammen und wollten, so schnell es eben mit ihr ging, den Felsweg hinauf in Richtung Leihwagen steigen, um mit ihm noch einen Fluchtversuch zu unternehmen.
Da standen wir vor dieser hohen, für Übergewichtige äußerst schwer zu bewältigenden, recht halsstarrigen Felsstufe. Ziehen oder Schieben kam auf Grund langjähriger Erfahrung nicht mehr in Frage. Hilfe von oben war wegen der Feuersbrunst sicherlich auch nicht zu erwarten. Ich machte den etwas hilflos wirkenden Vorschlag, Elfchens Strandtasche als Zwischenstufe unterzulegen, erhielt aber erwartungsgemäß eine Absage, da dadurch der Inhalt auf Murmelgröße zusammengepresst würde.
Als ich dieses hinterhältige Grinsen in Andreas‘ Mundwinkeln bemerkte, war mir klar, dass die nun kommende Anregung sehr

schmerzhaft für jemanden unter uns werden würde. Dass es anstatt Elfchen wieder einmal mich treffen sollte, konnte ich diesmal nun wirklich nicht ahnen. So kniete ich also auf die Hände gestützt vor der Felsstufe und hoffte, dass mir Elfchen bei ihrer Besteigung nicht das Kreuz brechen würde.
Obwohl sie sich oben auf der Felskante abstützte, war es, als würde ein Elefant auf meinem Kreuz einen Handstand ausbalancieren. Zum zweiten Mal an diesem Tage brach ich jämmerlich zusammen. Erst einige Minuten später war ich in der Lage, meiner gewichtigen Familie hinterherzuhumpeln, wie Quasimodo, der Glöckner von Notre-Dame.
Als wir endlich oben ankamen, sahen wir drei gewaltige Rauchsäulen am Himmel stehen. Am Boden breiteten sich rot glühende, lodernde Flammenmeere aus. Die Brandherde lagen aber zum Glück weit hinter der vierspurigen Autobahn, die den Küstenteil vom Bergland trennt, in den Esperanzawäldern. Hubschrauber, an denen überdimensionale Wasserbehälter hingen, sowie mehrere Löschflugzeuge flogen tapfer in die dichten, schwarzgrauen Rauchwolken hinein und ließen tonnenweise Wasser über die lichterloh brennenden Waldgebiete stürzen. Elfchen und Schnecker starrten tränenüberströmt wie gebannt auf dieses schreckliche Naturschauspiel. Auch ich hatte mit einem gewaltigen Kloß im Hals zu kämpfen. Nur unser Andreas meinte, dass es sich nun wider Erwarten doch gelohnt habe, mit uns diesen Urlaub zu verbringen. Manchmal fragt man sich als Eltern doch, ob nicht vielleicht im Krankenhaus versehentlich zwei Babys vertauscht wurden und unser wahres, engelhaftes Kind bei irgendwelchen schrecklichen Eltern aufwächst, während wir deren ungebärdigen Spross ernähren müssen.
Als sich mein braver Schnecker, von dem ich Zeit seines Lebens nie, auch nur eine Sekunde lang, diesen abscheulichen Verdacht gehegt hätte, wieder einigermaßen beruhigt hatte, erklärte er uns, dass er

in dem fantastischen, bereits erwähnten Buch: „Pflanzen auf Teneriffa“ gelesen hätte, dass die oft dreißig Meter hohen Kanaren-Kiefern, auch Wolkenmelker genannt, mit ihren bis zu dreißig Zentimeter langen Kiefernnadeln das Wasser aus den vormittäglichen Passatwolken herauskämmen. Diese Abertausende von kleinen Wassertröpfchen lösen sich bald und fallen zu Boden. In Hohlräumen des porösen Vulkangesteins sichern sie den lebensnotwendigen Trinkwasserbestand sowie den Bewässerungshaushalt der Insel. Von Wasserspeichern im Gebirge, den so genannten galerías, das sind in den Fels getriebene Stollen, mit denen Sickerwasser führende Kammern angezapft werden, wird das kostbare Nass in betonierten Kanälen auf die Terrassenfelder gelenkt. Diese Baumbestände müssen daher ganz besonders geschützt werden. Auf unseren Inselrundfahrten sahen wir deshalb auch viele coches de bomberos, das sind die örtlichen Feuerwehrfahrzeuge mit Besatzung, die an den Miradors, den Aussichtspunkten, für die Alarmmeldungen der Waldbrandwachen bereitstehen.
Nachdem unsere Clubanlage so weit entfernt war, dass ihr keine Gefahr drohte, fuhren wir zwei Stunden später in die Inselhauptstadt nach Santa Cruz, um Krabben, Muscheln, Pulpos und Fische für das Abendbrot zu kaufen.
Gerade, als wir die Häuserschluchten in Richtung Hafen verlassen wollten, raste ein Löschflugzeug dicht über die Dächer hinweg, dass die Satellitenschüsseln wackelten. Unwillkürlich zogen wir den Kopf ein, als dieser breite Schatten über uns hinweghuschte. Da das offene Meer mit seinen ständigen Wellen für dieses Vorhaben ungeeignet war, steuerte der Pilot im Sturzflug, mit weit geöffneter Ladeluke, das während des Waldbrandes für Schiffe gesperrte Hafenbecken an. Er flog so dicht über die spiegelglatte Wasseroberfläche hinweg, bis sich die gewaltigen Wassertanks gefüllt hatten. Dann zog er kurz vor den dicken, grün gestrichenen Öltanks der Raffinerie sein Flug-

zeug wieder hoch und flog in einer weiten Rechtskurve zurück in Richtung Waldbrandgebiet.
Die Fische, die es durch dieses überraschende Eintauchen nicht geschafft hatten, mit in die Tanks zu kommen, sahen sicherlich ihren Kameraden neiderfüllt nach, weil sie so unerwartet einen Ausflug machen durften. Das muss man ja auch verstehen! Wann hat solch ein Fischchen schon einmal die Gelegenheit, lebend mit einem Flugzeug zu verreisen? – Sie konnten ja auch wirklich nicht ahnen, dass ihre Artgenossen so brüsk und unsanft wieder ausgeladen würden. Deshalb sollte man keinesfalls über etwas Versäumtes klagen, denn man weiß nie, was einen andernfalls erwartet hätte!
Werner zeigte uns später ein aus achthundertfünfzig Kilometer Höhe aufgenommenes Satellitenbild, das in der spanischen Zeitung El Día veröffentlicht wurde. Man konnte sehen, wie eine viele Kilometer hohe Rauchfahne in den Himmel steigt. Der für das betroffene Gebiet zuständige Förster hatte, so schrieb das Blatt, zusammen mit seinem Sohn aus Rache für seine Entlassung diese Waldbrände gelegt. Insgesamt fielen fast vierzig Hektar Kiefernwald den Flammen zum Opfer.
Allerdings ist die Kanarische Kiefer durch den hohen Harzgehalt und die dicke Rinde verblüffend feuerresistent und erholt sich nach den oft verheerenden Waldbränden wieder relativ schnell. Das konnten wir schon bei einer früheren Fahrt durch den Esperanza-Wald sehr gut beobachten. Aus den verkohlten Stämmen sprossen wieder Zweige mit saftig grünen Kiefernnadeln. Eine Hoffnung wurde Wirklichkeit, dass sich die Natur nicht von den Menschen unterkriegen lässt. Ich bin auch der festen Überzeugung, dass sich die Natur, wenn wir alle einmal nicht mehr sind, wieder ganz von uns erholen wird.

Portugiesische Galeeren-Quallen

Am nächsten Tag durfte Schnecker mit Werner nach Santa Cruz fahren. Dort wollten sie sich mit Diego treffen und mit Werners Boot Wasserski fahren. (So etwas geht leider mit Elfchen nicht, weil dann das Schiff keine Geschwindigkeit mehr aufnehmen kann.) Andreas war bereits, wie angedroht, mit einigen neuen Freunden, die er in einer Diskothek in Puerto de la Cruz kennen gelernt hatte, in den Süden gefahren, um zu sehen, was der Markt dort an holder Weiblichkeit so alles bietet.

Ich legte mir die kanarische Inselzeitung auf dem Tisch zurecht, dann zog ich mich um, in der Absicht, mir während eines Sonnenbades die neuesten Meldungen Teneriffas zu Gemüte zu führen. Doch Bruchteile von Sekunden, bevor ich das Blatt wieder in meinen Besitz bringen konnte, schnappte es mir Elfchen weg und breitete sich der Länge und Breite nach raumfüllend auf dem Sofa aus. Nachdem wir soeben das Mittagessen beendet hatten und sie sich auch bereits von überschüssigen Flüssigkeitsvorräten getrennt hatte, war mir klar, dass für mich auf absehbare Zeit keine Chance bestand, mir in ihrer eventuellen, kurzzeitigen Abwesenheit heimtückisch und hinterrücks den Wochenspiegel wieder unter den Nagel zu reißen.

Also rückte ich auf dem weitläufigen Balkon eine Liege zurecht, um mich in Andreas‘ neuem Posing-Badehöschen einem wohlverdienten Mittagsschläfchen hinzugeben. Schließlich ist Teneriffa unter spanischer Verwaltung und eine mittägliche Siesta damit zutiefst gerechtfertigt.

Ich schickte mich gerade an, mit einem äußerst zufriedenen leicht sabbernden Lächeln glückselig von der Einschlafphase in die wohltuende Entspannung der Tiefschlafphase hinüberzugleiten, da schrillte plötzlich eines jener markerschütternden "Eugeeen's!!!"

durch die Luft, von denen ich aus langjähriger, leidvoller und Magengeschwüre fördernder Erfahrung her wusste, dass damit zumindest der Weltuntergang unmittelbar bevorstand.
Solange ich mein Elfchen habe, brauchen weder die Krankenkasse noch ich Geld für meinen Kreislauf anregende Arzneimittel oder einen etwaigen Herzschrittmacher auszugeben. Zum Glück fiel ich so geschickt von der Liege, dass ich halb mit dem Kopf im Wohnzimmer lag und mich aus dieser, recht praktischen Position heraus unmittelbar nach dem Grund dieses Urschreies erkundigen konnte.
Am Las Vistas-Strand in Playa de las Américas seien handflächengroße Portugiesische Galeeren-Quallen mit bis zu neun Meter langen giftigen Tentakeln aufgetaucht. Etwa einhundert Menschen, die damit in Berührung kamen, mussten bereits notärztlich behandelt werden. An meiner zwar beeindruckten Miene, aber meinem noch schlaftrunkenen und deshalb wahrscheinlich verständnislos wirkenden Blick musste Elfchen bemerkt haben, dass ich die Dramatik ihrer Ausführungen nicht geschnallt hatte, wie sich Andreas immer auszudrücken pflegt.
„Andreas ist gerade in Playa de America!“, schrie sie mich an. „Gut“, nickte ich, „das wird die Quallen schon vertreiben!“ Nachdem ich den würdelosen Titel eines Rabenvaters verliehen bekommen hatte, richtete sich Elfchen ächzend vom Sofa auf und zwängte sich ständig lamentierend in eine ihrer zahllosen Ausgehkleiderhüllen. Immer noch auf dem Boden liegend, beobachtete ich verwundert ihr hektisches Treiben und fragte sie höflich nach dem Ziel ihres Weges. Wenigstens ein geistig erwachsener Mensch in der Familie müsse die Verantwortung für unsere Kinder übernehmen und sie beschützen!
Das Bewundernswerte an Elfchen ist, dass sie immer einen Punkt findet, der wehtut. Ich kann nämlich nicht leugnen, dass ich wegen eines Tentakelschlages auf das große Mundwerk meines Ältesten

nicht die Kraft für einen Weinkrampf aufbrächte, was ich natürlich Elfchen gegenüber niemals zugeben würde. Trotzdem hatte sie mir durch diesen verbalen Tentakelhieb eine seelentief brennende Wunde zugefügt, die es zu heilen galt. Also sprang ich eilfertig und damit Eindruck schindend auf, schnellte im Flickflack in unser Schlafzimmer, stürzte mich in meine nicht bereitliegende Shorts und in das Poloshirt und hechelte an Elfchen vorbei in Richtung Parkplatz.

Sie hinterließ für Werner und Schnecker an der Rezeption eine Nachricht, und ich wartete bereits mit laufendem Motor unten an der großen goldgelb überdachten Freitreppe, um ihr mein übermächtiges Interesse an dem Wohlergehen unseres Erstgeborenen eindrücklich zu dokumentieren.

Obwohl ich mich ständig über die penetranten Linksfahrer auf der Autobahn mokiere, wagte ich es während der gesamten Fahrt nicht ein einziges Mal, auf die rechte Spur zu wechseln, um nicht schon wieder den Eindruck der Gleichgültigkeit gegenüber einem unserer heiß geliebten Zöglinge zu erwecken. Vielleicht spornte mich auch an, dass sich Elfchen mit beiden Händen an den Haltegriff über dem Beifahrersitz klammerte und ihre Fußsohlen gegen das Handschuhfach stemmte.

Während sie ängstlich ihren ebenso rotzfrechen wie stinkfaulen Liebling in den ausgebreiteten Tentakeln einer Portugiesischen Galeeren-Qualle liegen wähnte, hatte ich eine andere Vorstellung von der Besitzerin dieser umschlingenden Arme. Da ich mich aber noch in der Wiedergutmachungsphase befand, musste ich meine sicherlich zutreffenden Vermutungen wieder einmal brutal unterdrücken. Hätte ich aber gewusst, wie weitläufig, unübersichtlich und vor allem heiß diese Playa de las Américas ist und dass Elfchen zudem überhaupt keine Ahnung hatte, wo sich ihr Liebling gerade befand, hätte ich sicherlich, unter still erduldeter Annahme aller drakonischen Konsequenzen, diese Fahrt verweigert. So aber stiefelten wir wie hilfloses, entwurzeltes, menschliches Treibgut über die gesamte Strandpromenade des Ortsteils San Eugenio, – ich fühlte mich auf Grund der Nennung meines Namens außerordentlich geehrt, – an allen möglichen Playas soundso vorbei bis zum letzten Zipfel, der hinter dem Ort Los Christianos lag.

Was Elfchen in dieser Zeit an, auf ihre bombastische Figur bezogenem, spöttischem Gelächter und höhnischen Bemerkungen der jugendlichen Schönen in den verschiedensten Sprachen erdulden musste, ließ mich alles verzeihen, was ich ihr bisher insgeheim noch immer nachgetragen hatte.

Nach einer ersten Wundversorgung der Blasen an Elfchens Füßen, kehrten wir wieder um und durchkämmten die Innenstadt nach unserem von Quallen bedrohten Sohn. Ich glaubte zwar nicht, dass die giftigen Tentakeln bis in die Discos und Häuserzeilen hineinreichten, da aber meine Note für Betragen und Mitarbeit inakzeptabel schlecht war, begleitete ich ergeben und in Demut mein selbst ernanntes Rettungsschutzengelchen, bis es völlig erschöpft und entkräftet auf einer Sitzbank niedersank. Aufatmend, dass diese Odyssee nun ein Ende hatte, ließ ich sie, weinend vor Entkräftung und Kummer über das ungewisse Schicksal ihres gefährdeten Sohnes, im Schatten einer kanarischen Dattelpalme zurück, rannte zum Auto und holte sie an dieser Bank ab.

Der Tannenzapfen-Igelfisch

Um wieder etwas zu Kräften zu kommen, fuhren wir nach Los Abrigos zum Essen. In einem netten Lokal an der Hauptstraße bestellte ich mir Muscheln und Elfchen begutachtete an der Theke die angebotenen Fische. Sie deutete auf den größten von ihnen, der sie mit prallen, klaren Augen, einem guten Zeichen für frischen Fisch, mit dem typisch panischen Wieso-gerade-ich-Blick verzweifelt anstarrte. Da sagte die Frau hinter dem Verkaufstisch deutlich und bestimmt: „Vieja!“ Ich schaute sofort in unserem Spanisch-Wörterbuch nach und fand darin nur die Übersetzung: alte Frau. Ich überlegte mir, ob ich dieser Dame den Fisch in den Mund stecken sollte. Aber dann hätte ich Elfchen mein Tun erklären müssen, und sie hätte daraufhin die Fischtheke herausgerissen und voller Zorn ins Lokal geworfen. Also schwieg ich lieber und nickte Elfchen aufmunternd zu. Sie sagte zu der Fischdame: „Frito!“, was so viel heißen sollte wie: „Könnten Sie mir bitte diesen Fisch frittieren?“ Die Fischdame schüttelte den Kopf. Meine Bedenken, dass man diesen Fisch vielleicht gar nicht frittieren könne, sondern kochen sollte, wies mein Sturköpfchen brüsk zurück, denn Kopfschütteln oder das Wörtchen „Nein!“ auf ihre erlassenen Anordnungen hin, so etwas hatte Elfchen noch nie leiden können. Ihre Zornesadern an Gesicht und Hals schwollen daumendick an, und Elfchen brüllte in Richtung Fischdame: „Ich will aber diesen Fisch frito! Und wenn Sie ihn nicht sofort frito machen, dann mache ich Sie frito!!! – Ist das klar?“

Der Koch stürzte entsetzt aus der Küche, die Fischdame palaverte, mühsam mit der Fassung ringend, etwa eine Viertelstunde mit ihm, plötzlich lächelte er, nahm den Fisch und verschwand in der Küche. Hinterher hörte ich von dort Gelächter. Das gefiel mir überhaupt nicht! Elfchen war jedoch zufrieden mit sich, weil sie wieder einmal damit dokumentierte, wer das Sagen hat.

Misstrauisch begutachtete ich meine Muscheln, fand aber weder rostige Nägel noch Glasscherben darin. Also würde sich die Rache der Fischdame und des Kochs nur auf unser Elfchen konzentrieren. Als die Bedienung dann mit Elfchens Fisch auf uns zu lief, sah ich, dass ihr Gesicht kurz davor stand, vor Freude zu zerbersten. Mit zusammengepressten Lippen stellte sie den Teller ab und es wäre sicherlich alles gut gegangen, wenn sie sich den absoluten Genuss verkniffen hätte, Elfchens entgleistes Gesicht zu betrachten. Das Antlitz der Bedienung explodierte in einem schrillen Lachen, das mich sehr stark an den markerschütternden Ton einer vorsintflutlichen Fabriksirene erinnerte. Dann erst betrachtete ich den Fisch. Durch seine braun frittierten, senkrecht vom Körper abstehenden Schuppen sah er aus wie eine Kreuzung zwischen Igel und zu groß geratenem Tannenzapfen.

Elfchen starrte immer noch völlig verdutzt und vor allem sprachlos, was praktisch seit unserer Eheschließung noch nie vorgekommen war, auf das Gebilde auf dem Teller vor ihr. Da drang auch schon vielstimmiges, brüllendes Gelächter an unser Ohr. Das gesamte Küchenpersonal hatte sich im Gastraum versammelt, um das Geschehen zu beobachten, und nun drängten sie in die Küche, um sich in Ruhe auslachen und ausschnattern zu können.

Elfchen stocherte widerwillig in ihrem Tannenzapfen-Igelfisch herum. Schließlich fiel ihr Blick auf meine Muscheln. Dummerweise hatte ich mich zu sehr von den Ereignissen ablenken lassen und nicht, das Kommende ahnend, hektisch meine Schalentiere verspeist. Elfchen schob mir vorsichtig ihren Teller zu und zog ebenso liebenswürdig wie bestimmt meinen Teller zu sich herüber. Bevor ich auch nur aufmucken konnte, gab sie mir einen Großteil der Schuld an diesem Vorfall, weil ich sie nicht vor dem Frittieren gewarnt hätte, obwohl ich ihr den Vorschlag gemacht hatte, den Fisch dann doch lieber dünsten zu lassen! Aber wenn sich mein Elfchen einmal etwas in ihren ziemlich eigensinnigen Kopf gesetzt hat, bringt sie keine Macht der Welt jemals wieder davon ab.

Als sie mir nach dem gemeinsamen Genuss eines Liters süffigen Weißweins mit ihren flachen Fingernägeln sanft über meinen Handrücken strich, sah ich mich sofort nach einem geeigneten Separee um, doch nicht das von mir Erhoffte war es, weshalb sie sich so an-

strengte, sondern ihr schon von Kindheit an übermächtiger Wunsch, nackt an einem Strand zu baden.
Errötend versuchte ich ihr dies der vielen jungen Leute wegen auszureden. Doch sie wusste bereits genau, wie alle Frauen, was und wohin sie wollte. Rechts der Düne von El Médano, unterhalb des einhunderteinundsiebzig Meter hohen Montaña Roja, erstreckt sich der wunderschöne, allerdings sehr windige, kilometerlange Sandstrand Playa de la Tejita. An dessen dem Berg zugewandten Ende liegt eine kleine wind- und sichtgeschützte FKK-Badebucht.

Die textilfreie Traumbucht

Wir stellten unseren Wagen auf dem kleinen Parkplatz kurz vor Ende des Hauptstrandes ab und gingen barfuß durch die verhältnismäßig flachen Sanddünen weiter. Bequeme Stufen führten uns über eine relativ niedrige, rundlich geformte Felsformation. Eine wunderbare, kleine, schnuckelige Badebucht lag vor uns, wie man sie eigentlich nur in irgendwelchen Schmachtschinken zu sehen bekommt. Aber das Beste daran für Elfchen war, dass sich außer uns kein Mensch dort aufhielt.
Sie riss sich wie im Fieber die Kleider vom Leib, drückte sie mir in die Arme und rannte los wie ein Fohlen, das zum ersten Mal auf die grüne Weide darf. Ich stapelte ihren Berg Kleider auf eine Liege, legte mein bisschen Stoff dazu und lief vor zum Wasser. Eigentlich kam es mir entgegen, wobei ich nicht sicher war, ob Elfchen dies verursacht hatte, indem sie sich in die Fluten gestürzt hatte, oder ob nicht sowieso in diesem Moment eine gigantische Welle angekommen wäre.
So schwammen wir also in diesem herrlichen, lauwarmen Wasser, wie der liebe Gott uns schuf. Das heißt, Elfchen hat natürlich schon

noch ein wenig an ihrer Figur gefeilt. Es war wie ein schöner Traum, von dem man tunlichst erwartet, dass er nie zu Ende gehen möge.

Plötzlich bemerkte ich, dass sich Elfchen immer mehr den rechtsseitigen Felsen näherte. Mindestens dreimal rief ich ihr zu, nicht zu nahe an die Felsen zu schwimmen, wegen gefährlicher Riffe, Quallen oder Seeigel. Mehr fiel mir im Moment nicht dazu ein, und von Haifischen wollte ich nicht sprechen, da ich selbst ja auch noch im Wasser war. – Schluck! – Ich meine, ohne Badehose wäre es schon ein bisschen gefährlich für mich geworden. Man weiß ja nie so richtig, ob die am Abend noch etwas zu sich nehmen. So ein bisschen was zum Knabbern geht ja allemal, auch ohne großen Hunger, sagt mein Elfchen immer! Jedenfalls schlug sie meine Warnungen in den Wind. Das heißt, eigentlich war es ja ganz windstill, und es war mir schleierhaft, wo sie diesen Wind nun wieder herbrachte, um die Warnungen hineinzuschlagen. Plötzlich erhob sich ein mörderisch hoher Wellenberg, ein kleiner hätte das ja auch nicht alleine geschafft, und spülte Elfchen auf einen scharfkantigen Felsenvorsprung. Danach zog er sich boshafterweise sofort wieder zurück. Mein kleiner Goldschatz balancierte nun heftig quiekend mit Händen und Knien auf diesen spitzen Felskanten und befahl mir, mit bebend kreischender Stimme, ihre sofortige Rettung einzuleiten. Dabei sah sie mich an, als ob ich sie persönlich auf diese Felsen gestoßen hätte und das, wo ich doch, hervorgerufen durch einen fürchterlichen Lachkrampf, selbst genug Arbeit hatte, nicht zu ertrinken.

Das Szenario, wie mein tropfnasses Familienschmuckstück auf den Felsspitzen wippte, wankte, jammerte und lamentierte, hätte bestimmt auch den größten Stinkstiefel in eine Lachorgie getrieben. Nur mir wird so etwas immer schändlichst angekreidet, denn selbstverständlich war mir zu diesem Zeitpunkt bereits klar, dass sie mir

diesen momentanen Verlust meiner Selbstbeherrschung wieder jahrhundertelang nachtragen würde.
Da ich selbst außer Stande war sie zu bergen und ich auch nicht wusste, woher ich an die hundert Mann bekommen sollte, die notwendig gewesen wären, um die Gestrandete von den Felsen zu heben, riet ich ihr, doch zu versuchen, mit der nächsten Welle herunterzukommen. Aber die war gerade unterwegs, um noch mehr Wasser zu holen. Also schwamm ich zur Unglücksstelle hinüber und besichtigte sie, wie es die großen Politiker ja auch immer tun, wenn wieder einmal etwas Schlimmes passiert ist.
Elfchen klagte über schreckliche Schmerzen in ihren Knien und ich bedauerte sie nun auch ehrlichen Herzens, aber mehr konnte ich in dieser Situation einfach nicht für sie tun. Mir tat die Sache zwar aufrichtig Leid, aber fast ebenso heftig bedauerte ich, dass unser Fotoapparat zu Hause auf dem Fernseher lag. Dieses Motiv hätte ihm sicherlich gefallen.
Endlich hatte die Welle genug Wasser beisammen und schwemmte Elfchen in einer monumentalen Kraftanstrengung wieder von ihrem scharfkantigen Felsenlager herunter. Sie machte mir zwar heftige Vorhaltungen, wieso ich sie nicht rechtzeitig vor diesen Gefahren gewarnt hätte, konnte sich aber in ihrer Aufregung nicht mehr an meine zahlreichen, wie gewohnt nutzlosen Ratschläge erinnern.
Eigentlich schade, dass sie mir unter wüstesten Drohungen verbot, dieses Erlebnis unseren Jungs zu erzählen, weil die beiden doch ebenso gerne lachen wie ich. Wir gingen noch ein wenig am Strand spazieren, dann zogen wir uns wieder an und fuhren, bis auf Elfchens Knie, glücklich und zufrieden nach Hause.
Schnecker hatte inzwischen für uns die Nachricht hinterlassen, dass er bei Werner bliebe, bis wir ihn dort abholen würden. Als wir unserem neuen Freund die Tannenzapfen-Igelfisch-Geschichte erzählten, legte er schnell alle marinierten Fleischstücke, die er eigentlich

für den nächsten Tag vorbereitet hatte, auf seinen großen Gasgrill, und Schnecker holte freundlicherweise aus unserer Küche in der Anlage noch eine gewaltige Schüssel Kartoffelsalat, die Elfchen bereits vorsorglich produziert hatte. Dank der integrierten Zapfanlage in Werners wundervoller Theke verlief der Abend sehr feuchtfröhlich, um das hässliche Wort „versumpfen" zu vermeiden. Schnecker und ich hatten allergrößte Mühe, den zwar unumstrittenen, jedoch meist sehr streitbaren Mittelpunkt unserer Familie, unter anteilnehmendem Hundegebell aus allen verfügbaren Vorgärten, die wenigen Meter den Berg hinaufzuschieben.

Ein fauler Tag

Wir waren mit dem Frühstück fertig, hingen aber noch müde und völlig lustlos auf unseren Stühlen herum. Elfchen wusste, wenn sie nun aufstand, müsste sie abspülen, die Betten machen, die Zimmer aufräumen, sich waschen und ankleiden. Das war einfach zu viel für so einen schmächtigen Menschen wie sie. Ich wog in Gedanken ab, ob meine Kraft bis zum Schwimmbad auf eine Liege reichte, ob ich mich einfach nur auf unseren Balkon legen sollte, oder ob ich schon kurz vor dem Sofa schlapp machen würde.

Schnecker hatte seinen Reiseführer aufgeschlagen und las uns, den Kopf in beide Hände gestützt, den Vorschlag für eine der schönsten Wanderungen auf Teneriffa, den Barranco-Hondo-Weg, vor. Er führt über die historische Brücke des Königs, Puente del Rey, an einem steilen Berghang entlang, durch eine tiefe Schlucht und mündet in einen kleinen Strand. Doch Elfchen hob nur kurz die Hand und winkte ab. Also war auch keine weitere Diskussion über das Für und Wider dieser Anregung erforderlich. Sie wäre sicherlich auch nicht weit gediehen, denn unser Großer trampelte, völlig verkatert und noch mürrischer als sonst, jedoch wohlbehalten und ohne Tentakelspuren auf den Lippen, zur Tür herein. Da erst fiel uns auf, dass er noch nicht nach Hause gekommen war. Schnecker hatte zum Schutz seines Bruders wohlweislich geschwiegen, er wurde von uns allerdings auch nicht nach ihm gefragt. Der Schlüssel zur Tür lag für den Spätheimkehrer immer hinter dem Fensterrahmen des Jugendschlafzimmers, damit er ihn von außen bequem erreichen konnte.

Die Berichte über die fehlgeschlagene Quallenwarnaktion blockte unser Goldkind mit der liebenswürdigen Bemerkung ab, dass wir uns doch gefälligst um unsere eigenen Probleme kümmern sollten und nicht um seine. Er sei Manns genug, selbst damit zurechtzukommen! Außerdem sei bei ihm immer alles im grünen Bereich. Das sollte sich allerdings binnen kurzem als Irrtum herausstellen.

Er setzte sich ohne die Hände zu waschen auf seinen Stuhl und begann, mit Kaffee und Frühstücksresten seinen Hunger und den Kater zu vertreiben. Wir saßen alle nur wortlos da und schauten ihm zu. Irgendwann bemerkte er es, schaute von seinem Treiben auf und fragte uns, ob wir denn einen Systemabsturz hätten, weil wir ihn so blöde anglotzten.

Da nahm Elfchen kurzerhand die große Scheibe Brot, die er dick mit Butter und köstlicher Orangenmarmelade bestrichen hatte und klatschte sie ihm ins Gesicht. Dann packte sie ihren Lieblingssohn im Genick wie einen Hasen, schleppte ihn ins Bad, wusch ihm Gesicht und Hände, zog ihn in sein Zimmer und warf ihn auf sein Bett. Dann schmetterte sie die Tür ins Schloss, dass die Bilder an der Wand wackelten. Aber das sahen Schnecker und ich nur noch aus den Augenwinkeln, weil wir bereits den Tisch abgeräumt und das Geschirr zusammengestellt hatten und mit den Geschirrtüchern in den Händen auf Elfchen warteten.

Wir sprachen während der gesamten Arbeit kein Wort, bis Elfchen im Spülbecken ein Glas zerbrach. Da warf sie sich in einen Sessel und heulte, dass ein Schlosshund hätte neidisch werden können. Wir setzten uns hüben und drüben auf die Armlehnen, streichelten und küssten unser kleines Sensibelchen. Während Schnecker die Scherben barg, das Geschirr vollends abspülte, trockenrieb und aufräumte, holte ich ihr eine Tüte Pralinen aus dem Kühlschrank, und damit verschwand sie im Schlafzimmer. Als das Rascheln in der Plastikpackung von einem gleichmäßigen Schnarchen abgelöst wurde, machte Schnecker für seinen Bruder ein wunderschön dekoriertes Frühstückstablett zurecht und presste frischen Orangensaft aus. Wir marschierten damit ins Jugendschlafzimmer, um unserem Jungerwachsenen die Tränen zu trocknen. Dann gaben wir ihm vor der Badezimmertür Feuerschutz, bis er geduscht hatte und in seiner neuen exquisiten Boxershorts wieder im Bett in Sicherheit war. Ich zog in seinem Zimmer die Übervorhänge zu und spülte auch sein Geschirr ab.
Den restlichen Tag verbrachten wir faul auf den Liegen am Schwimmbad, auf unserem Balkon und auf dem Sofa. Für den Abend planten wir, frei nach dem Motto: „Wer nicht arbeitet, soll wenigstens gut essen“, als Höhepunkt ein Nachtessen in der Bar Andres. Dieser Geheimtipp von Werner liegt in Jóver, einem winzigen Fischerdörfchen, unterhalb von Tejina. An der Schnaps- und Likörfabrik fanden wir die Abzweigung hinunter an die Küste. In der gemütlichen Gaststätte mit einer freundlichen, netten und Deutsch sprechenden jungen Bedienung, der Tochter des Hauses, saßen wir an einem großen Tisch, direkt am geöffneten Panoramafenster. Von dort aus genossen wir das Rauschen und den frischen Duft der Wellen, die bis wenige Meter vor unser Fenster anrollten. Nach vortrefflichen Tapas und knusprig gebratenen Muränenstücken sowie einem wohlschmeckenden Nachtisch wollten wir den

Heimweg antreten. Aber an diesem Abend fand ein großes Fest in dem kleinen Ort statt. Ein mit Girlanden und Lichterketten geschmückter Kioskwagen, in dem Getränke und Speisen angeboten wurden, stand auf dem Weg zum Parkplatz. Die gesamte Einwohnerschaft, also gut und gerne vierzehn Personen, war um diesen Wagen versammelt. Wir grüßten ein freundliches „buenas noches!“ hinüber, und schon wurden wir aufgefordert, mit ihnen zu trinken und zu essen. Wildfremde Menschen luden uns ein, überreichten uns kostenlos Fleischspieße und vino tinto und nahmen uns herzlich in den Arm. Ich musste an einem Kloß im Hals schlucken, als ich daran dachte, dass bei uns meist nicht einmal die Angehörigen des eigenen Volkes so behandelt werden, geschweige denn Ausländer.
Als die Sonne dazu noch einen ihrer gnadenlos schönen Untergänge zelebrierte, hätte ich am liebsten unter dem Überschwang meiner Gefühle losgeheult. Sogar Andreas, der übrigens auf ausgesucht freundlich machte, forderte unseren Reisedokumentator Schnecker auf, noch einmal ein Bild von diesem grandiosen Naturschauspiel zu machen.

Von Masca nach Los Gigantes

Schnecker, der den Reiseführer fast auswendig rezitieren konnte, hatte sich bei Werner erkundigt, ob er denn schon einmal die Masca-Schlucht hinabgestiegen sei, eine der schönsten, aber auch anstrengendsten Touren auf der Insel. Unser Freund bestätigte, schon mehrmals diese Strecke bewältigt zu haben und schwärmte ebenfalls von dieser Gegend. Spontan bot er ihm an, uns auf dieser Wanderung zu begleiten. Ein Schiff hole am unteren Ende der Schlucht die Wanderer ab und bringe sie in den Hafen von Los Gigantes. Doch, mit einem bedenklichen Seitenblick auf Elfchen, die eh nicht son-

derlich begeistert dreinschaute, riet er ihr sehr freundschaftlich von dieser Strecke ab. Erleichtert atmete sie auf, denn bergabwärts zu steigen war für ihre oft hörbar knirschenden Kniegelenke und das angeschlagene Kreuz keineswegs die reine Freude.
Obwohl ich liebend gerne auch diese Tour mitgemacht hätte, verzichtete ich freiwillig auf diesen herrlich entspannten Tag ohne mein familieneigenes Permanentkorrektiv und bot an, mit ihr zusammen die drei in Los Gigantes mit dem Wagen abzuholen. Da Werner Urlaub hatte und auch Elfchen unsere Zeit frei einteilen konnte, hatte sie im Eilverfahren diese Unternehmung gleich für den nächsten Tag genehmigt.
Schnecker war so aufgeregt, dass er schon vier Stunden vor der Abfahrt durch die Wohnung geisterte. Elfchen erschlief sich bis eine Stunde davor die Kraft für ihre schwere Aufgabe als Beifahrerin, und Andreas kam, wie immer fünf Minuten vor dem Aufbruch, für uns alle erfrischend und aufbauend, mit seiner allmorgendlichen Stinklaune aus dem Zimmer gekrochen und schleppte sich, über Schwachsinn und Nutzlosigkeit einer Wanderung räsonierend, wütend ins Bad, das von uns vorsichtshalber rechtzeitig geräumt und für andere Personen weiträumig abgesperrt wurde, um eventuelle Meuchelmorde nicht mutwillig zu provozieren.
Schnecker und ich standen, nach einer zweistündigen Wasserschlacht im Schwimmbad, gekämmt und mit geputzten Fingernägeln an der Eingangstür und warteten mit fröhlichem Gesicht auf den maßgeblichen Rest unserer Familie und auf Werner. Eine Viertelstunde nach der vereinbarten Abfahrtszeit saßen wir endlich im Leihwagen und warteten weitere dreißig Minuten auf unseren Freund. Andreas schlief schon wieder, und so war nur noch Elfchen zu besänftigen, die sich an die kanarische Auffassung, dass nichts weder Eile hat noch wirklich wichtig ist, noch nicht so richtig gewöhnt hatte.

Werner begrüßte uns unbekümmert und setzte sich dann zu den Jungs auf den Rücksitz, da Elfchen wie gewohnt den für sie reservierten und ob dieser ständigen Belastung bereits etwas mitgenommen wirkenden Beifahrersitz einnahm. Über die Autobahn fuhren wir nach Icod de los Vinos, um eines der ältesten Wahrzeichen der Insel, den Drachenbaum, zu besichtigen. Der mehrere hundert Jahre alte und zwanzig Meter hohe, wie ein Überbleibsel längst vergangener Zeiten wirkende Baum mit seiner wuchtigen, unbeweglichen Krone scheidet bei Verletzungen eine harzige Flüssigkeit aus, die sich an der Luft dunkelrot färbt wie eingetrocknetes Blut. Vor langer Zeit wurde dieser rote Baumsaft, das sogenannte kanarische Drachenblut, zur Mumifizierung der Verstorbenen und auch zur Herstellung von Heilsalben, zum Beispiel für Lepra, verwendet. Später stellte man damit Lacke und Polituren her. Dieser Drago hat einen (nicht einmal von Elfchen erreichten) Stammumfang von sechs Metern. Den eingeborenen Guanchen war dieser Baum früher heilig, und an seinen spätsommerlichen Blüten können erfahrene Bauern das Wetter des Winterhalbjahres voraussagen.
Direkt daneben im Schmetterlingspark hätte man hunderte farbenprächtige, exotische Falter aus aller Welt besichtigen können, aber das hätte erstens Eintritt gekostet, und zweitens drängte glücklicherweise die Zeit, denn die Wanderer wollten noch rechtzeitig in die Schlucht hinabsteigen.
Langsam schraubten wir uns Serpentine um Serpentine durch die dichten Wolkenschleier immer mehr in die Höhe. Elfchen grübelte bereits darüber nach, ob ihr wegen der Kurven schlecht werden sollte, oder ob ein Höhenkoller mehr hermachen würde, da sah sie rechts der Straße eine Herde Kamele stehen. Weil sie jedoch nicht sicher war, ob das bereits sauerstoffmangelbedingte Wahnvorstellungen waren oder Wirklichkeit, ordnete sie einen sofortigen Halt an. Durch meine quietschenden Reifen aufgeschreckt sahen uns die

bisher gelangweilt dreinschauenden Kamele nunmehr sehr interessiert an. Ihr etwas arrogant erscheinender Gesichtsausdruck verzerrte sich jedoch kollektiv in Angst und Entsetzen, als Elfchen in ihrer vollen Pracht aus unserem Fiat Punto quoll.
Die Kamele, streng genommen waren es eigentlich Dromedare, bewegten sich panikartig rückwärts und versuchten ihren Kameltreibern zu entkommen. Da sie links und rechts Sitzchen hängen hatten und den ganzen lieben langen Tag irgendwelche kamerabehängte, nach Knoblauch und Schweiß riechende Touristen durch die Landschaft schleppten, lag wohl nahe, dass sie vermuteten, nun auch unser zartes Elfchen in der Gegend umherschleifen zu müssen. Es war nicht leicht, die völlig verängstigten und verstörten Tiere zu beruhigen. Erst, als sich Elfchen wieder ins Auto setzte, bliesen sie erleichtert ihre behaarten Wangen auf und wischten sich mit dem Huf den Angstschweiß von der Stirn.
Unsere Jungs, die schon gerne eine kleine Safari gemacht hätten, stichelten ziemlich offen gegen das Volumen ihrer Mutter. Doch Werner verstand es meisterlich, eine beginnende Meuterei beider Parteien zu verhindern, indem er das Gesprächsthema behutsam auf das bevorstehende Essen in dem Lokal am Eingang der Masca-Schlucht lenkte.
Von Santiago del Teide aus ging es nach kurzem, finanziell erträglichem Halt an einem Verkaufswagen mit Getränken und Süßigkeiten über eine relativ schmale Straße hinunter nach Masca. Elfchen machte mich zwar immer wieder auf das grandiose Naturszenario aufmerksam, aber ich musste meine ganze Konzentration zusammenkratzen, die ich auftreiben konnte, denn hinter jeder Kurve lauerten irgendwelche, von scheinbar dem Wahnsinn verfallenen Touristen gelenkte, rasende Leihwagen auf mich, denen es unter wüstem Gehupe galt, auszuweichen. Gerade, als ich mich entschlossen hatte, meinen Autoschlüssel aus dem Fenster in den Abgrund zu wer-

fen und mich hinterherzustürzen, für den eher unwahrscheinlichen Fall, dass mir jetzt noch ein Omnibus entgegenkommen sollte, hörte ich auch schon den ebenso bärentief brüllenden wie hohntriefenden Ton einer Omnibushupe hinter der nächsten Kurve mein Schicksal besiegeln.
Doch ein Mann muss sich stets als Mann beweisen, auch wenn ihm längst schon die Attribute der uneingeschränkten Macht in der Familie von zarter Frauenhand entrissen wurden. Also versuchte ich, unter der verständnislosen Huporgie meines Hintermannes, rückwärts die letzte, Leben rettende Ausweichstelle zu erreichen. Der Fahrer hinter mir war ebenfalls ein deutscher Tourist. Das konnte ich mit absoluter Sicherheit feststellen, weil ich seine üblen Beschimpfungen ohne Übersetzung mühelos verstand. Er riss seinen Leihwagen nach links und überholte mich mit aufheulendem Motor und widerlich kreischenden Pneus. Dass er dabei seinen Zeigefinger auf die gebräunte Stirn tippte, mag ein Zufall gewesen sein. Ich lächelte ihm jedenfalls freundlich zu, als er rückwärts fahrend, mit etwa einem Millimeter Abstand vor der Stoßstange eines grünen TITSA-Linienbusses, wieder an mir vorbeifuhr.
Einige Stunden zuvor wäre vielleicht noch der eine oder andere Parkplatz in dem kleinen weit verzweigten, von Palmen, Agaven und Bäumen mit Zitrusfrüchten umgebenen malerischen Felsendorf zu haben gewesen, doch nun hätte schon ein Radfahrer Schwierigkeiten gehabt seinen Drahtesel unterzubringen. Elfchen, von meinen Parkplatzsorgen unberührt, stieg einfach aus und entfaltete sich in der warmen Sonne wie ein Schmetterling zu ihrer vollen Größe. Einige Greifvögel kreisten interessiert über ihr, doch sie zogen sich schnell, wegen des unlösbaren Transportproblems, wieder in ihre Felsen zurück.
Da nahm unser Andreas das mobile Halteverbotsschild und rückte es einige Meter nach hinten, sodass ein ebenso geräumiger wie

schattiger Parkplatz für mich entstand. Ich hielt während der Rückarbeiten die Augen geschlossen, um vor Gericht beeiden zu können, dass ich nichts gesehen hätte. Dann machten wir uns über die wohlverdiente Tortilla und den köstlichen Fruchtsaft nach Art des Hauses her. Während ich die Rechnung beglich, begleitete Elfchen Werner und die Jungs bis zum Einstieg in die Schlucht. Ich kam gerade noch rechtzeitig, um ihnen wehmütig nachzuwinken.
Auf der Rückfahrt berichtete mir meine große Liebe so nebenbei, dass Werner nicht genau wusste, ob sie das Schiff noch erreichen würden. Ob es überhaupt an diesem Tag fahre, sei auch noch ungewiss. Als ich Elfchen sagte, dass die drei dann eben wieder die Schlucht nach oben steigen müssten, gestand sie mir freimütig, dass sie ihm die Anweisung gegeben hätte, in diesem Fall unten am Ausgang der Schlucht zu warten, wir würden sie mit einem gecharterten Boot dort abholen. Medizinisch gesehen müssen solche Antworten der Auslöser für einen Herzstillstand sein. Trotzdem gelang es mir, den Wagen wieder unter meine Kontrolle zu bringen.
Ich parkte in Santiago del Teide und wollte meinem Augenstern in sengender Sonne einen einstündigen Vortrag über den Leichtsinn ihrer Zusage halten, doch die Frau stieg einfach aus und ließ mich redend sitzen! Sollte ich es jemals wagen, eine ihrer vielstündigen Gardinenpredigten ohne ausdrückliche Erlaubnis derart brüsk zu verlassen, käme ich keine zehn Zentimeter weit, dann hätte mich bereits ein Bügeleisen, eine Bratpfanne oder ein Nudelholz niedergestreckt.
Einander anschweigend gingen wir durch den Ort, der einer Westernstadt um zwölf Uhr mittags glich. Die Hitze lag flimmernd in den Straßen. Keine Menschenseele war zu sehen. Es fehlte nur noch ein trockener Dornbusch, der vom heißen Wüstenwind durch die Straße getrieben wird. Gespenstische Ruhe. Doch ich war mir sicher, dass uns tausend glühende Augenpaare hinter den geschlosse-

nen Fensterläden beobachteten. Elfchen wurde es zusehends unheimlicher, und sie suchte immer mehr meine Nähe. Ich wechselte provokativ mehrmals unvermittelt die Richtung, aber sie lief mir treu und brav nach, wohin es auch ging. Hätte ich meinen privaten Rachefeldzug nun gnädig abgebrochen und den Rückweg zum Auto angetreten, wären wir nicht an jener Bar vorbeigekommen, aus der Stimmen zu vernehmen waren. Denn da überholte mich Elfchen plötzlich und verschwand, ohne sich nach mir umzusehen, im schattigen Halbdunkel der Gaststätte.
Ich spielte kurz mit dem Gedanken, nach Los Gigantes weiterzufahren, aber als ich an die unvermeidbaren schrecklichen Folgen meines Handelns dachte, folgte ich ihr seufzend in diese Bar. Wir gedachten eigentlich unseren Kummer zu ersäufen, doch dieser Widerling konnte schwimmen und meldete sich immer wieder, in alter Frische, vom neuesten Pegelstand aus. Resigniert brachen wir diesen untauglichen Versuch für den alkoholbezogenen Teil der Straßenverkehrsordnung leider viel zu spät ab und kehrten zu unserem, inzwischen zum Backofen mutierten Wagen zurück. Ich bugsierte das Gefährt in den Schatten einer Palme, öffnete Fenster und Heckklappe, stellte unsere Sitze zurück, und dann schliefen wir uns den Weingeist von der Seele.
Das ohrenbetäubende Schnarchgeräusch, das Elfchen ausstieß, holte mich aus meinem mindestens fünftausend Meter tiefen Schlaf wieder an die Oberfläche meines immer noch etwas getrübten Bewusstseins zurück, und ich bemerkte, wie immer wieder in unserer Umgebung Fensterläden geöffnet und wütende Blicke auf uns geschleudert wurden. Also machte ich mich an die Abfahrt nach Los Gigantes, benannt nach den bis zu dreihundert Meter hohen Steilfelsen einer atemberaubend gewaltigen Naturkulisse.
Erst als ich dort eingeparkt hatte, entschloss sich Elfchen, ihrem Schönheitsschlaf zu entfleuchen und staunte nicht schlecht, dass wir

bereits am Ziel waren. Wir befragten nun etwa fünfhundert Personen, ob und wann denn ein Schiff von der Masca-Schlucht aus hier eintreffen würde. Wir erhielten etwa fünfhundert ausführliche Antworten in spanischer Sprache, von denen wir etwa fünfhundert überhaupt nicht verstanden. Endlich näherte sich der Anlegestelle eine Jacht mit dem trauten Namen Liebchen, deren Besitzer überraschend deutsch sprach. Er wusste auch nicht, ob an diesem Tag noch ein Schiff von Masca kommt, erklärte uns aber, dass kein anderes Schiff als das Masca-Boot wegen gefährlicher Untiefen die Anlegestelle der Masca-Schlucht befahren dürfe. Mich fror bei dem Gedanken, dass meine Söhne und Werner nun eventuell eine kalte Nacht lang ohne Essen und Getränke, in superleichter Sommerkleidung, ausharren müssten, nur wegen Elfchens leichtfertiger Zusage. Sie erkannte nun aber wenigstens den Ernst der Lage, obwohl sie es selbstverständlich nicht zugab, doch ich bemerkte an ihren Gesichtszügen, dass sie sich ihrer Sache nicht mehr so sicher war. Völlig verzweifelt umrundeten wir so weit es eben ging das Hafenbecken und fanden schließlich den gebrochen deutsch sprechenden Skipper eines tollen alten Holzsegelschiffes. Er funkte den Kapitän des Masca-Bootes an, ob er unter anderem einen Mann mit zwei Jungs an Bord habe. Dies wurde bejaht, nur stand nicht fest, ob es sich dabei auch um unsere drei Masca-Wanderer handelte. Wenigstens war das kleine Schiff unterwegs, und wir klammerten uns nun an die Hoffnung, dass sie es noch rechtzeitig erreicht hatten.
Während wir unter beredtem Schweigen trübsinnig in das genau so trübe Wasser des Hafenbeckens starrten, fesselte plötzlich ein großes dunkles Gebilde unsere Aufmerksamkeit. Ohne größere Hast an den Tag zu legen, tauchte eine riesige Wasserschildkröte auf, sog sich eine Badewanne voll Frischluft ein und verschwand ebenso langsam wieder in den Tiefen des grünlich schimmernden Wassers. Wir seufzten, nahmen uns an der Hand und schauten sehnsüchtig

über das Meer, wie einst Lili Marlen. Da hörten wir plötzlich die Stimme von Schnecker. Unbemerkt von uns hatte sich das Masca-Boot in den Hafen geschlichen. An der vorderen Reling stand heftig winkend unser Jüngster mit Werner, und Andreas saß weiter hinten im Boot, in einen heftigen Flirt mit zwei jungen, erstklassig aussehenden Damen verwickelt. Ich atmete ungefähr so tief auf wie zuvor die Wasserschildkröte, dann rannten wir, so gut es eben mit meinem treu sorgenden Ehegespons ging, vor zur Anlegestelle, um unsere Lieben in die glücklichen elterlichen Arme zu schließen. Dass Werner dabei von Elfchen am meisten abbekam, muss sie wohl in ihrem Mutterglück verwechselt haben.
Aufgeregt berichtete uns Schnecker von Delfinen, die das Boot umschwärmten, und von fliegenden Fischen. Nachdem Elfchen ihn als Märchenonkel abqualifiziert hatte, bestätigte Werner aber das Gesehene. Währenddessen tauschte Andreas mit diesen beiden außergewöhnlich hübschen und von mir unverzüglich als potenzielle Schwiegertöchter akzeptierten Mädchen unter meinen neiderfüllten Blicken Abschiedsküsse und Adressen aus. Ich forschte instinktiv in den Taschen nach meinen Visitenkarten, aber ich hatte sie dummerweise zu Hause gelassen. Außerdem fiel mein Blick gleichzeitig auf die Mutter meiner Kinder, worauf ich ruckartig die Suche unterbrach.

Andreas wird ausgeraubt

Unser Andreas war wieder einmal mit seinen Disco-Freunden, einigen jungen Deutschen, die mit ihren Eltern auf Teneriffa leben, in den Süden nach Playa de las Américas und Los Cristianos gefahren. Dort gebe es wenigstens noch „Äktschn“, im Gegensatz zum Norden, dem Urzeitpark-Freigehege für Kompostis, wie er sich äußerst feinfühlig und sensibel auszudrücken pflegte. Schnecker, der immer bereitwillig als Dolmetscher fungierte, wenn ich offensichtlich etwas nicht so schnell kapierte, erläuterte mir dann die auf mein Alter bezogene Einschätzung meines Erstgeborenen. Doch mit Andreas ließ ich mich schon lange nicht mehr auf Diskussionen über dieses Thema ein. Mir persönlich lag die relative Ruhe im Norden der Insel sehr am Herzen. Im Gegensatz zu meinem großen Sohn habe ich das ganze Jahr über im Büro und in der Familie meine „Äktschn". Wobei Andreas, nach seiner Mutter, maßgeblich zum familiären Stress beiträgt.

Zu seiner bevorstehenden Fahrt in den Süden mit dem Wagen seiner neuen Freunde gab ich selbstverständlich auch keinerlei Kommentar zu Gehör, weil er, seit seiner Volljährigkeit ständig betont, dass er uns nur informieren wolle und nicht mehr fragen müsse, wenn er etwas vor hat, was wir, aus seiner Sicht, einfach nicht hoch genug einschätzten. Er müsse uns ja eigentlich, im rechten Licht betrachtet, nicht einmal mehr informieren. Natürlich gab ich ihm keine Gelegenheit zu triumphieren, indem ich mich über seine unreifen Feststellungen aufgeregt hätte. Ganz im Gegenteil, ich setzte noch eins drauf und versicherte ihm, dass er selbstverständlich auch nicht mehr verpflichtet sei, uns zu informieren, wenn ihm etwas zustoßen sollte. Da kam er dann doch ein wenig ins Grübeln. Wie unvermutet aktuell meine Äußerungen waren und wie nahe die von mir bereits angekündigte Genugtuung für die Vorwürfe von Andreas, wegen eventueller, alkoholbedingter Auffälligkeiten seiner Eltern an Werners Geburtstagsfeier bevorstand, sollte sich schon am nächsten Tag herausstellen. Über die Hotelvermittlung erreichte uns aus der Polizeiwache der Guardia Civil von Playa de las Américas ein überaus kläglicher Anruf unseres ach so erwachsenen und völlig unabhängigen Sohnes, bei dem immer alles im grünen Bereich lag, mit der höflichen Bitte, ihn dort abzuholen und ihm doch eine gesamte Grundausstattung an Kleidungsstücken mitzubringen!

Wir hatten uns eigentlich für den Nachmittag etwas anderes vorgenommen, doch war es für uns selbstverständlich, unseren selbstständigen Filius aus dem Polizeigewahrsam zu befreien. Allerdings rätselten wir ergebnislos an der Frage herum, aus welchem Grund wohl unser Andreas etwas zum Anziehen verlangte. Elfchen vermutete, dass ihrem Goldstück von diesen falschen Freunden zu viel Alkohol eingeflößt worden war und er sich übergeben musste. Schnecker vermutete jedoch die Ursache der mutmaßlichen Verschmutzung etwas tieferliegend und schlug vor, seinem großen Bruder doch unterwegs ein Paket Windeln zu kaufen. Ich bekicherte pflichtbewusst diese Anregung, aber Andreas' familiäre Fürsprecherin warf uns nur einen missbilligenden Blick zu. Sie raffte geistesgegenwärtig eine Packung Kopfschmerztabletten und die komplette Ausrüstung der mehrfach vorhandenen sündhaft teuren Markenoberbekleidung, Markenunterwäsche, Markenstrümpfe und Markenschuhe aus dem Fundus unseres in Bedrängnis geratenen Sprösslings zusammen. Schnecker nahm seine Steinschleuder mit, und ich steckte die Geldbörse ein, das wichtigste Utensil eines Familienvaters, wenn es darum geht, seinen Kindern aus der Patsche zu helfen. Wir holten noch sämtliche Reisepässe aus dem Hoteltresor und fuhren dann, alle möglichen und unmöglichen Situationen durchdiskutierend, wieder einmal zur Rettung unseres Sohnemanns gen Süden.
Bis wir uns zur dortigen Polizeiwache durchgefragt hatten, waren etwa eineinhalb Stunden seit dem Notruf vergangen. Als wir vollzählig in den Vernehmungsraum geführt wurden, saß mein sonst so selbstsicherer Stammhalter in sich zusammengesunken da, völlig nackt, in eine polizeieigene Rettungsdecke gehüllt, mit gekonnt zerknirschtem Gesichtsausdruck und demütig zu Boden gerichtetem Blick.

Schnecker hatte, ohne mein Wissen, aber mit meiner nachträglichen vollsten Billigung, seinen Fotoapparat mitgenommen, um diesen unsäglich deprimierenden Anblick zur Abmilderung späterer Höhenflüge seines großen Bruders zu dokumentieren. Ich musste mich sehr zusammenreißen, um diesen für mich seltenen Augenblick, dass unser Großer einmal kleinlaut war, nicht zu auffällig zu genießen. Dann ging ich mit ihm und seinen Kleidern unter dem Arm in eine Arrestzelle, damit er sich anziehen konnte.

Auf der Heimfahrt berichtete er ziemlich selbstkritisch, sicherlich auch noch unter dem Eindruck der fürchterlich unter seiner Schädeldecke wütenden Kopfschmerzen, dass sie einige Flaschen Whisky gekauft hätten und am Schluss so unheimlich betrunken waren, dass sie am Strand liegen blieben, um ihren Rausch auszuschlafen. In der Nacht kamen Taschendiebe und entwendeten ihnen die Geldbörsen, Ohrringe, Kleider, Schuhe und Strümpfe. Da mein Sohn genau wie seine Mutter immer nur das Feinste vom Feinsten trägt, – Vater hat es ja!, – zogen sie ihm als Einzigem auch noch seine Calvin-Klein-Unterhose aus. Keiner der Helden hatte auch nur das Geringste davon bemerkt. Am wenigsten hat mich gestört, dass dieser feminine Ohrring endlich weg war, weil ich mich jedes Mal darüber geärgert habe, sobald er mir ins Blickfeld rückte.

So wurde es also eine lustige Rückfahrt für uns drei Kopfschmerzlose. Ich bin der festen Überzeugung, dass Andreas, auch wenn er es verständlicherweise nicht zugab, froh war, mit uns in das Urzeitpark-Freigehege zurückkehren zu können. Mein geläuterter Sohn bedankte sich nämlich bei allen an der Rettungsaktion Beteiligten mehrmals ausdrücklich für die Hilfe! Das war wirklich ungewöhnlich viel für einen Menschen, für den stets alles selbstverständlich ist, was andere für ihn tun!

Eine bemerkenswerte Familie

Dank meines unverzeihlichen taktischen Fehlers, Elfchen nicht mit hunderten unverfänglicher Frauen-, Back- und Kochzeitschriften einzudecken, blätterte sie während einer für sie langwierigen, nicht öffentlichen Sitzung wieder einmal im Wochenspiegel. Dort inserieren unter anderem auch viele Restaurants. Nach dem Händewaschen kam sie zeitungsschwenkend ins Wohnzimmer getrabt und verkündete unseren Entschluss, dass die Emberle-Küche heute kalt bleibe. Meiner Geldbörse und mir wurde es heiß. Denn sie wusste genauso gut wie ich, dass wir uns nun wieder von einem Großteil unseres gemeinsamen Barvermögens trennen mussten.
Aber nachdem Entscheidungen, die auf solch hoher Ebene getroffen werden, von einfachen Bürgern meiner Kompetenz nicht anfechtbar sind, unterdrückte ich die aufkeimende Tränenflüssigkeit und erkundigte mich höflich, auf welcher der sieben kanarischen Inseln sie zu speisen gedenke. Aber es ging nur in das etwa zehn Kilometer entfernte La Matanza de Acentejo und zwar nach der Autobahnausfahrt rechts, auf gut ausgeschilderter Straße zum Restaurante Casa Juan. Unseren spanischen Sprachführer konnten wir getrost über die Schulter werfen. Dieses Restaurant wird von der deutschen Familie Frind geführt, zu der auch die Fischräucherei in Santa Ursula gehört, in der wir schon einige Male mit großem Genuss Fischspezialitäten verzehrt hatten.
Nach dem obligatorischen Brötchen mit Butter aßen wir alle, zum ersten Mal in unserem vom Schicksal sehr bewegten Leben, außerhalb Mutters Küchenbereich ein und dieselben Menügänge! Meerfischsalat im Apfel, Lachsforelle in Sesammantelkruste mit herrlich knusprigen Bratkartoffeln und Salat. Ein köstlich erfrischendes Mangosorbet bildete den krönenden Abschluss. Dazu gab es für Elfchen und mich einen kühlen rassigen Roséwein. Auf Kosten des

Hauses bekamen wir noch einen schmackhaften Grapefruitschnaps spendiert.
Nachdem meine liebreizende Gattin in ihrer bescheidenen Art einen für uns vier viel zu großen Tisch ausgewählt hatte und sich das Lokal in Windeseile füllte, bat schon bei der Vorspeise ein gleichaltriges Ehepaar mit ihrer neunzehnjährigen Tochter und dem zehnjährigen Sohn, sich an unseren Tisch setzen zu dürfen. Unser Andreas, der ja sonst eigentlich nie auch nur den geringsten Anflug eventuell vorhandener Manieren erkennen ließ, sprang auf und rückte der Tochter den Stuhl neben sich zurecht. Um zu dokumentieren, von wem diese ausgezeichneten Manieren stammten, drückte ich die Mutter dieser süßen Tochter auf einen Stuhl neben mir. Vater und Sohn mussten sich alleine einen Platz aussuchen.
Nachdem sie sich mit Brigitte, Otto, Ramona und Nico vorgestellt hatten, stellte sich heraus, dass sie aus einem Vorort von Stuttgart stammten, aber schon seit zehn Jahren auf der Insel lebten und Nico bereits hier in Teneriffa zur Welt gekommen war. Andreas sprang sofort auf die hübsche, nur ein Jahr ältere Ramona mit ihrem schüchternen Prinzessin-Diana-Blick an, wie ein alter Traktor, der während all der langen Wintermonate in der Scheune nur auf diesen einen Frühlingstag gewartet hatte. Er legte das typische Balzgehabe eines liebestollen Pfaus an den Tag, in der absolut irrigen Ansicht, dass dies einem wenigstens halbwegs vernünftig denkenden Mädchen imponieren könne. In so einer peinlichen Situation weiß man als Vater nicht, ob man sich bei dem Mädchen oder gleich bei der ganzen Familie entschuldigen oder zuerst den Casanovaanwärter unter die nächste eiskalte Dusche zerren soll. Zum Glück band ihm das Essen wenigstens für geraume Zeit die Hände. Doch mit seinen Blicken ließ er nicht von ihr ab. Ich bin heute noch der festen Überzeugung, dass Andreas zu keiner Sekunde wusste, was er an diesem Abend aß und trank. Auch unser Schnecker verstand

sich auf Anhieb mit Nico, der mit seiner kurzen Bürstenfrisur das prototypische Aussehen eines liebenswerten Lausbuben hatte.
Nach kanarischer Sitte waren wir alle sofort per Du, und es entstand, gefördert auch durch das intensive Harmonieren unserer Jugend, ungewöhnlich schnell eine Freundschaft. Sie boten uns an, ihre Appartementanlage zu besichtigen, und da sie in der gleichen Straße wie das Restaurant wohnten, spazierten wir mit ihnen etwa hundert Meter die Calle Acentejo entlang, bis zur nächsten, etwas tiefer gelegenen Kreuzung, wo wir nach rechts zum Haus mit der Nummer 64 abbogen. Es war ein traumhaft schönes kleines Anwesen mit herrlichem Panoramablick über den Atlantik, die Küste und das Orotavatal, bis hin zum Pico del Teide.
Drei liebevoll und behaglich ausgestattete Appartements mit großem Wohnzimmer, komplett eingerichteter Kochecke und separatem Schlaf- und Badezimmer. Selbstwähltelefon, Bademänteln, Föhn, Fernseher, Radio, Kassettenrecorder, Gartenmöbeln und Sonnenschirmen, boten alles was Elfchens Herz begehrte. Das parkähnliche Gelände war liebevoll bepflanzt mit Papaya-, Bananen-, Zitronen-, Orangen- und Drachenbäumen, Dattelpalmen, Kiefern, stachellosen Agaven, echtem Feigenkaktus, Kandelaber-Wolfsmilch- und Säulenkakteen, prachtvollen Geranienbeeten, leuchtend orangefarbenen Bignonien- und pinkfarbenen Bougainvilleenhecken, spitzblättrigem Kupferblatt und Liebestränen, Wandelröschen und Strelitzien. Wir waren zutiefst beeindruckt von diesem gepflegten, herrlichen Ambiente. Am Ende des blitzsauberen Parks, oberhalb des mit Sonnenkollektoren beheizten, acht auf vier Meter großen Schwimmbads stand noch ein geräumiger Bungalow mit zwei Schlafzimmern, einem großen Wohnzimmer, Küche, Badezimmer und separatem WC. Geradezu ideal für die Emberle-Familie. Die Nähe zu Ramona ließ sogar, für mich und meine Geldbörse schockierend, unseren Andreas seinem Schwur, niemals mehr mit der

Familie zu verreisen, auf mich enttäuschendste Art und Weise untreu werden. Beeindruckt von der Stille und der Schönheit der Natur, beschlossen wir einstimmig, dieses reizvolle Fleckchen Erde nie mehr aus den Augen zu lassen.
Nico, ein wohlerzogener und netter Junge, führte Schnecker seine selbst gebastelte dreirädrige Seifenkiste vor. Ramona erklärte Andreas, der mit verzücktem und deshalb ziemlich blöde aussehendem Blick wie ein Traumwandler neben ihr her lief, die Bäume und Pflanzen im Park, während Otto einen gewaltigen Humpen vino tinto aus dem Keller holte, der Elfchen und mir so gut mundete, dass uns Andreas heimfahren musste.
Angetan von dem liebenswürdigen und menschenfreundlichen Wesen dieses Ehepaares brauchten wir allein für die Verabschiedung von der gemütlichen Sitzecke unten am Schwimmbad bis hoch zum großen Eingangstor etwa eine Stunde. Wir waren überglücklich, als Familie Schippert auch noch eine Einladung zu einem Grillfest für den nächsten Nachmittag aussprach. Elfchen freute sich, weil sie zu gerne gegrilltes Fleisch isst; ich, weil es nichts kostete; der frisch verliebte Andreas auf Ramona; Schnecker auf Nico und die beiden Hunde, mit denen er bereits im Zwinger gespielt hatte und wir alle natürlich auf das Schwimmbad, denn wir wurden extra dazu angehalten, auch unser Badezeug mitzubringen.

Grillfest mit Hechtsprung

So rückten wir also mit einer gewaltigen Kühltasche voll Bier und Geschenken, bereits nachmittags vollzählig an. Elfchen hatte sich schon zu Hause in die Sonderanfertigung ihres Badeanzuges gezwängt. Sie verschwand deshalb als Erste in der Duschanlage und stieg über die ächzende Leiter aus Leichtmetall in die glasklaren und

sauberen Fluten des Pools. Wir anderen warteten solange, bis unsere großflächige Badenixe das Becken wieder verlassen hatte, um durch eine weitere Überflutung des Gartens nicht noch mehr Wasser zu verlieren.
Ramona hatte sich wie ein scheues Reh zurückgezogen, und Andreas trug zu diesem Grillfest die knappste Badehose, die er in ganz Puerto de la Cruz auftreiben konnte. Damit stolzierte er vergebens mit geschwellter, sonnenverschmorter Keuchhustenbrust am Schwimmbadrand auf und ab in der törichten Hoffnung, Ramona würde vom Küchenfenster aus mit vor Aufregung geröteten Ohren und Wangen den seiner Einschätzung nach atemberaubenden Anblick verzückt beobachten: Dabei tönte sie gerade mit chemiefreier blauer Holzfarbe die Wände ihres Zimmers.
Nico jedoch, der im Gegensatz zu seiner Schwester von Andreas nichts zu befürchten hatte, spielte mit Schnecker, seinem Vater und mir in dem für mein Kreuz und meine beiden empfindsamen und vorwitzigen Ischiasnervausläufer idealen, dreißig Grad warmen Schwimmbad, foppen. Währenddessen gesellte sich die gerade mit ihrem Mann aus Deutschland zu Besuch weilende Frau Luise Kater mit einem breitrandigen Sonnenhut und leichtem Sommerkleid hinzu und setzte sich während unseres Wasserballspiels auf die steinerne Bank am Rande des Pools.
Nach dem Motto: „Was sich liebt, das neckt sich“, spritzte Otto immer wieder geschickt mit den Fingerspitzen und benetzte unaufhörlich das Kleid seiner Schwiegermutter. Brigittes Mutter, eine durch und durch gütige und auch sehr humorvolle Frau, warnte Otto immer wieder, er solle das doch bitte unterlassen, sonst werde sie ihn ganz gewaltig tunken. Doch der Schwiegersohn, gleich einem Kind, das seine Grenzen auszutesten versucht, spritzte trotz mehrfacher, zuerst liebevoller und dann immer ärgerlicher werdenden Abmahnungen munter weiter.

Plötzlich sah ich in den Augenwinkeln, dass die über achtzigjährige Frau wie ein Panter zum Sprung ansetzte und mit Hut, Kleid und Schuhen ins Wasser hechtete. Dabei riss sie Otto mit unter die Wasseroberfläche und drückte ihn eine ganze Weile nach unten. Da Nicos Vater völlig unvorbereitet von diesem unfreiwilligen Tauchgang überrascht wurde, prustete und keuchte er nach seinem Auftauchen wie ein Ertrinkender. Danach stieg Frau Kater über die Leiter wieder aus dem Wasser, schritt würdevoll zu ihrer Wohnung und zog sich dort um. Das war ihr dieser Spaß und die Disziplinierung ihres Schwiegersohnes wert!
Otto, der noch ein wenig unter Schock stand, zog sich nun auch um und entzündete die Holzkohlen für den Grill. Elfchen streichelte schon seit einer Stunde, außer den Kakteen, sämtliche Pflanzen, Blüten und Bäume des Parks. Brigitte war in der Küche, um verschiedene Salate, selbst gemachte Kräuterbutter für das Fleisch und eine spanische rote Mocho-Soße für die köstlichen, innen goldgelb leuchtenden kleinen papas arrugadas-Kartöffelchen vorzubereiten, die mit der salzverkrusteten Schale gegessen werden.
Nico, Schnecker und ich tollten im Schwimmbad herum, bis uns der köstliche, knoblauchverhangene Duft von frisch gegrilltem Schweinehals, Rostbraten und Lammkoteletts aus dem herrlich klaren und wohl temperierten Wasser lockte.
In einem kaminähnlichen Grill schaukelten über der sanften Glut vergnügt gar werdende Fleischstücke, die den Vorzug hatten, zwei Tage in einer Soja-Kräutersoße eingelegt worden zu sein. Auf der Theke davor standen Bierkrüge mit gierigem Blick zum großen, gänzlich gefüllten Getränkekühlschrank.
Elfchen hatte bereits eine ganze Stange Weißbrot dick mit würziger Knoblauchkräuterbutter bestrichen und gleich darauf verdrückt. Nun harrte sie ungeduldig der Aufwartung weiterer Köstlichkeiten. Nach einem Tischgebet fuhren zehn Gabeln gleichzeitig in die große

Fleischplatte, und Elfchen hatte das unbeschreibliche Glück, oder auch die begnadete Geschicklichkeit, gleich drei große Stücke aufzuspießen. Dafür mussten wir die Gabeln wieder zurückziehen und Elfchen teilte, je nach Stand unserer derzeitigen häuslichen Benotung, die entsprechenden Rationen zu. Dass sie dabei das größte Stück dieses Grillabends selbst abbekam, muss wirklich ein schrecklicher Zufall gewesen sein. Viermal war Otto gezwungen, seinen großen Grill neu zu beladen, bis sich das Geschirrgeklapper einigermaßen beruhigt hatte.
Nach dem Essen schlenderten wir plaudernd durch den Park und besichtigten auch das geräumige Blockhaus inmitten der Anlage. Da Brigitte den Beruf einer Kosmetikerin und Visagistin erlernt hatte, fragte Elfchen schamlos, ob sie ihr nicht eine Gesichtsbehandlung machen würde. Brigitte stimmte zu und wir drei nicht dekolletierten Emberles waren aus den verschiedensten Motiven heraus begeistert, wieder in diese Anlage kommen zu dürfen!

Elfchen wird noch schöner

Gleich am nächsten Tag, nach Sport und Massage sowie einem, von Schnecker und mir zubereiteten rein pflanzlichen kanarischen Tapas-Mittagessen und dem nachfolgenden Schläfchen, lieferten wir Elfchen bei Brigitte ab und warfen uns mit Otto, Nico und einem Ball wieder in die Fluten. Andreas, mit seinem neu erstandenen, stark duftenden Rasierwasser zog es vor, sich im Eingangsbereich des Hauses in seinem neuen Muskelshirt zu produzieren, denn er hatte inzwischen herausbekommen, wo Ramonas Zimmer lag. Zu seinem Pech war sie nun aber gerade in der Küche, um für uns ein ausgezeichnetes Bananengratin unter zarter Eiweißhaube, nach Art der Salzburger Nockerln, zuzubereiten.

In dem Augenblick, als wir feststellten, dass zumindest unsere Finger vom ständigen Wasseraufenthalt ziemlich runzelig geworden waren, stakste Elfchen erhobenen Hauptes daher, um ihr neues Gesicht zu präsentieren. Spaßeshalber sprach ich meine Frau mit Sie an und stellte mich vor. Da gab sie sich als Elfchen zu erkennen und glaubte doch tatsächlich, ich hätte sie an ihrem, fast wieder wie neu aussehenden Antlitz nicht mehr erkannt. Dabei könnte sie sich einen Sack über das Gesicht ziehen, diese Figur würde ich unter Millionen Menschen herausfinden!

San Cristóbal de la Laguna

Elfchen hatte bei einem ihrer tausend Gespräche, die sie bis jetzt auf der Insel mit deutschsprachigen Touristinnen und Residentinnen führte, erfahren, dass besonders in der Textilbranche die Ware manchmal fast um die Hälfte billiger ist als zu Hause.
Von allem dem nichts ahnend schlug ich Schafskopf auf der Heimfahrt vor, auch um unser nun rundum erneuertes Pfirsichgesicht auszuführen, doch einmal einen Rundgang durch die schachbrettartig angelegte frühere Hauptstadt von Teneriffa, San Cristóbal de la Laguna, mit Bischofssitz und Landesuniversität zu machen. Schnecker hatte mir nämlich die im Reiseführer vollmundig angepriesene und bewundernswerte Architektur der Catedral de Nuestra Señora de los Remedios, der herrschaftlichen Adelspaläste und der prächtigen Bürgerhäuser schon mehrfach anschaulich und bedeutungsvoll geschildert. Ich schöpfte auch noch keinen Verdacht, als Elfchen die harmlos wirkende Frage aufwarf, ob ich denn auch immer die Kreditkarte mit mir führte, nicht, dass die Ollas einmal lange Finger bekämen. Ollas nennen wir innerfamiliär die stets freundlichen Damen des Putzgeschwaders, weil sie uns immer mit diesem, in einer

hohen Frequenz ausgestoßenen „Hola!“ begrüßten, was unserem „Hallo!“ gleichkommt. Da ich nicht ahnen konnte, dass es sich hierbei nur um einen Vorwand für die Frage nach der Kreditkarte handelte, wies ich ehrlich entrüstet diesen schrecklichen Verdacht zurück. Für diese integren Damen würde ich wirklich jederzeit meine Hand ins erkaltete Feuer legen. Zudem trug ich vorsichtshalber die Kreditkarte ja immer bei mir.

Wir fanden wunderbarerweise in der Innenstadt einen herrlich freien Parkplatz, wiederum im barmherzigen Schatten liegend, obwohl bereits mehrere hundert Autofahrer vor mir, einen Parkplatz inbrünstig herbeisehnend, durch die Straßen La Lagunas geschnürt waren, wie Füchse auf der Suche nach einem wohl gefüllten Hühnerstall.

Anschließend marschierten wir schnurstracks in das Herren-Modehaus Borella, einer Empfehlung übrigens von Gesprächspartnerin 759 zufolge, wie mir im Nachhinein mitgeteilt wurde. Der Reiseführer erwähnte jedenfalls dieses Gebäude nicht als architektonisch relevant.

Dort schlug Elfchen dann gnadenlos zu! Badehosen, kurze Hosen, Shorts, Jogginganzüge, Sakkos, Krawatten, lange Hosen, Unterhosen, Polos, Hemden und Jeans. Señor Rubén, ein sympathischer und gewiefter Verkäufer, schleppte unverzagt stapelweise Kleidungsstücke herbei, und Elfchen traf die unumstößliche Vorauswahl. Die allesamt dem schwachen Geschlecht angehörigen, männlichen Mitglieder der Familie belegten gleichzeitig drei Umkleidekabinen. Wir zogen uns aus und wieder an, zeigten uns kurz dem prüfenden Blick der Jury und Elfchen nickte entweder anerkennend oder schüttelte ablehnend in bewundernswerter Entscheidungsfreudigkeit ihr oftmals sehr eigenwilliges Haupt.

Jedes Nicken, das ich mitbekam, versetzte mir und meiner Geldbörse einen Stich, sodass mir richtig schlecht wurde. Elfchen beruhigte

mich mit der scharfsinnigen Feststellung, dass das alles ja kein richtiges Geld kostete, sondern über die Plastikkreditkarte abgebucht würde. Da nahm ich mir insgeheim vor, meiner Familie einmal ein gründliches Seminar über Finanzbuchhaltung vorzutragen.
Als wir mit dutzenden überdimensionalen, prall gefüllten Plastiktragetaschen zum Auto zurückkehrten, steckte ein Schreiben der hiesigen Polizei unter meinem Scheibenwischer. Ich konnte es zwar nicht lesen, vermutete aber eine Belobigung wegen vorbildlichen und korrekten Parkens. Weil ich die vielen Taschen mit all den teuren Kleidungsstücken nicht mutterseelenallein im Mietwagen zurücklassen wollte, verzichtete ich auf den von mir angestrebten architektonischen Exkurs durch La Laguna und fuhr mit meiner engeren Verwandtschaft wieder nach Hause zurück. Die für uns finanziell folgenlos gebliebene Belobigung hängt heute unter Glas in meinem Arbeitszimmer. Sollte uns je ein Mensch besuchen, der des Spanischen mächtig ist, wäre ich sicherlich stolz darauf, die Übersetzung daneben zu hängen.

Die Wochenschlußandacht

Unsere neuen Freunde erzählten, dass sie mit einem Pfarrer, der seinen Ruhestand in Teneriffa verbringt, jeden Samstag um 17.30 Uhr in Puerto de la Cruz einen Treffpunkt für evangelische Christen leiteten. Dafür wurde ihnen die skandinavische Kirche beim Busbahnhof, links neben dem Postamt zur Verfügung gestellt. Also fanden wir uns am nächsten Samstag pünktlich zum Gottesdienst ein.
Andreas, der im Gegensatz zum Rest der Familie ansonsten weder Zeit noch Lust aufbringen mag, eine Kirche zu besuchen, hatte sich klaglos in seine besten Klamotten geworfen und strahlte wie ein

frisch polierter Putzeimer, als er Ramona mit Nico vor der Kirchentür stehen sah.
Von der trefflichen Wortverkündigung des Pastors Friedrich Schreiber, der in diesem Jahr die Urlaubsvertretung übernommen hatte, bekam er sicherlich nichts mit, weil er durch einen schieren Zufall direkt hinter Ramona saß und seinen Blick keine Sekunde von ihr wendete. Dafür unterhielt er sich aber während des gemütlichen Zusammenseins mit allen Gottesdienstbesuchern in einem Nebenraum der Kirche bei Kaffee, Tee und Gebäck dermaßen angeregt mit Ramona, dass ich ihn mehrmals zur Ordnung rufen musste, sonst kommt dieses brave Mädchen nicht einmal mehr zum Gottesdienst, solange dieser wollüstige Emberle-Spross noch auf der Insel lauert.
Für den darauffolgenden Montag wurde noch ein weiterer Besuch vereinbart, bei dem uns Otto einige Aussichtspunkte entlang der Küste zeigen wollte.

Mit Werner auf dem Boot

Am frühen Morgen des nächsten Tages rumorte Elfchen entgegen ihrer sonstigen Urlaubsgewohnheiten schon in aller Frühe in der Küche und füllte etliche Taschen mit Köstlichkeiten für das Bootsfrühstück. Da ich für die Flüssigkeiten verantwortlich gemacht wurde, weihte ich Werners Geschenk, eine weiß-rote Cerveza-Dorada-Kühltasche, stilwidrig mit einer Flasche Sekt aus unserem Kühlschrank ein. Da die Kühltasche einen etwas unglücklichen Eindruck machte, füllte ich sie vollends mit unserem restlichen Vorrat an Dorada-Bierflaschen auf. Nun strahlte sie doch noch zufrieden. In die Zwischenräume steckte ich zwei Tiefkühlelemente aus unserem Gefrierfach.

Da Andreas von der Disco erst nach Hause kam, als wir gerade aus den Betten krabbelten und unser Schnecker bei seinem Freund Diego schlafen durfte, mussten wir diese Fahrt alleine antreten.
Werner hatte noch Wasser aus Vilaflor, das ebenfalls von seiner Firma gefördert wird, Geschirr, Besteck und einen Staubsauger bereitgestellt, um das Boot für Elfchens Anwesenheit noch etwas zu verschönern. Da zu dieser Zeit kaum Autoverkehr herrschte, erreichten wir bald den Bootshafen am Ortsausgang von Santa Cruz. Hier wartete auch schon sehnsüchtig Werners Sportboot mit Namen „Lisele“, aus der Gleiter-Bootsfamilie „Sea Ray“, auf seinen Kapitän. Als es allerdings Elfchen in Werners Kielwasser auf sich zu rauschen sah, zerrte es mächtig an seinen Tauen. Doch die hatte der Bootseigner vorsichtshalber mehrfach gesichert und festgezurrt.
Während ich die Taschen vom Auto zum Hauptbootssteg vor dem Schiff transportierte, tastete sich Elfchen vorsichtig den, bis zur Wasseroberfläche eingetauchten, entsetzlich knarrenden, schmalen Steg zwischen den vertäuten Booten entlang und schwang gekonnt ein Bein ins Schiff. Das „Lisele“ wurde dadurch gegen sein Nachbarboot gedrückt und Elfchen bereitete kreischend einen Spagat vor. Werner gelang es aber, das Boot zu beruhigen und wieder auf die Stegseite zu ziehen, bis Elfchen eingestiegen war. Dort nahm sie ihm den Staubsauger aus der Hand und machte klar Schiff. Die heiße Sonne leuchtete ihr jeden Winkel aus, damit auch das letzte, etwa vorhandene ferkelige Schmutzpartikelchen bloßgestellt und gnadenlos eingesaugt werden konnte. Je nachdem, ob sich Bug oder Heck, die linke oder die rechte Bootsseite, bedrohlich dem Meeresspiegel zuneigte, konnte man erkennen, in welchem Teil des Gleiters Elfchen gerade arbeitete.
Patschnass geschwitzt, aber glücklich, etwas geleistet zu haben, tauchte sie auf und hievte erst den Staubsauger, dann sich selbst mit einem Kraftakt auf die hölzernen Planken. Das Boot, sichtlich er-

leichtert, war nun wieder mit dem Deck auf Höhe des Stegs und schaukelte vergnügt im sachten Wellengang.
Werner zeigte Elfchen einen Waschraum, wo sie sich duschen und umziehen konnte. Dort zwängte sie sich auch gleich in ihren neuen, in Europas größtem Konfektionshaus für zu breit oder zu lang geratene Menschen extra für diesen Urlaub erstandenen Badeanzug. Es war nicht gerade der letzte Schrei, eher ein Urschrei, aber als die junge Verkäuferin dort Elfchen fragte, was denn so ihr Stil sei, antwortete sie wahrheitsgemäß: „Liebes Kind, alles, was mir passt, ist mein Stil!"
Wir sparten nicht mit Applaus. Sogar die Wellen klatschen etwas verhalten an die Bootswände und so luden wir Elfchen und das Gepäck ein. Ich durfte noch die Leinen losbinden, flankte sportlich über die Reling und trat dabei in eine frisch gebackene Tortilla, was mir Elfchens harsche Kritik eintrug. Normalerweise stehen Speisen nicht auf dem Boden, und zudem war diese Stelle von außen auch gar nicht einzusehen. Elfchens Hobby ist nun mal die Kritik. Zum Ausgleich dafür geht sie aber mit Lob äußerst sparsam, ja eher sogar geizig um.
Das Meer war, zum Glück für uns, an diesem Tag nicht allzu sehr bewegt, doch das Boot krachte dennoch beängstigend von den Wellenbergen in die entstandenen Wellentäler. Elfchen saß vorne links. Rechts stand Werner am Steuerrad, das gesamte Gepäck und ich krallten uns hinter ihm in die Polster, als teilweiser, jedoch unwesentlicher Gewichtsausgleich.
Vor der uns bereits bestens bekannten Playa de las Gaviotas warf Werner den Anker. Ich entkorkte eine Sektflasche semi seco und Elfchen drapierte ihre appetitlich angerichteten Speisen auf dem Tisch so geschickt zwischen Geschirr und Besteck, dass der Eindruck entstand, wir würden direkt am kalt/warmen Büfett speisen. Obwohl die etwas betreten wirkende Tortilla von Elfchen, aus wär-

mespezifischen Gründen, in sieben Bahnen Aluminiumfolie eingewickelt worden war, hatte sie zugegebenermaßen nicht mehr diese schöne Form wie am frühen Morgen, als sie wohlgestaltet aus Elfchens Pfanne rutschte. Doch mit Werners Suppenlöffel konnten wir sie recht gut zusammenkratzen.

Während Elfchen die Reste der verschiedenen Speisen in ihren Magen wegräumte, legten wir Männer uns zu einem, wie ich fand, wohlverdienten Frühstücksmittagsschlaf nieder. Das sanfte Schaukeln des Bootes hatte die gleiche einschläfernde Wirkung wie die Wiege, die meine Mutter beim Stricken immer sachte in Bewegung hielt.

Ein gepflegtes Dreiviertelstündchen später lehnte Elfchen mit dem Fernglas über die stabile Motorabdeckung gebeugt und suchte interessiert den textilfreien Strand unter der braun-roten Felswand nach eventuell knackigeren Alternativen zu mir ab. Kaum machte ich Werner betont leise auf einige tolle Frauen aufmerksam, da richtete sich Elfchens Fernblick auch schon hektisch auf mögliche Rivalinnen, um ihnen unter Umständen den Garaus machen zu können.

Rechter Hand von dem weit entfernt liegenden Dörfchen Igueste entdeckte sie wenig später ein von weiß getünchten Mauern umgebenes, völlig freistehendes Anwesen, aus dessen weitläufigem Innenhof hoch gewachsene Zedern und kleinere Sträucher ragten. In einem kilometerhoch aufflammenden Strohfeuer entschied sie, in der ihr eigenen demokratischen Art, dass diese Gebäudeanlage künftiger Sommersitz der Familie Emberle werden solle. Meine Geldbörse und ich wurden von Krämpfen geschüttelt und nur die Hoffnung, dass dieses Haus überhaupt nicht zum Verkauf bereitstünde, ließ uns von einer Kurzschlusshandlung absehen. Doch Elfchen beschloss, nach der Rückkehr in den Hafen zu diesem Haus zu fahren.

Wir beiden Männer köpften unter Zurücklassung unserer Badehosen vom Bug aus ins Meer, tauchten prustend wieder auf und schwammen, Elfchen immer wieder freundlich zuwinkend, in Richtung Strand. Ich stellte kurz darauf beruhigt fest, dass meine scheue Gattin, ihrem Lieblingswunsch entsprechend, vorsichtig den Badeanzug abstreifte, um sich ohne ihn den wärmenden Strahlen der Sonne hinzugeben. Nun konnten wir uns am Strand in aller Ruhe unter der holden, einheimischen und touristischen Weiblichkeit umsehen. Es entsponnen sich einige nette Gespräche, aber Elfchens Kopf tauchte immer wieder ruckartig an der Reling auf, um sicherzustellen, dass wir uns in angemessenen Grenzen bewegten und um vor Werners Rückkehr wieder rechtzeitig gewandet zu sein. Dies klappte allerdings nicht, weil unser kleiner Naseweis heimlich hinter allen Türen und Öffnungen des Bootes stöberte und dabei unausweichlich auf Werners Kühlbox stieß. Darin befanden sich unter anderem auch einige Flaschen eines neuen, von Werners Firma kreierten Bieres mit dem interessanten Namen 4° C, denn es hat nur vier Prozent Alkohol und soll auch bei einer Temperatur von vier Grad genossen werden. Der Forscherdrang erwachte unversehens in ihr, und sie probierte und probierte von diesem gar köstlichen Getränk, bis sie schließlich erschöpft einschlief, ohne vorher die Spuren ihrer rein empirischen, wissenschaftlichen Experimentiertätigkeit zu beseitigen.

Als wir an Bord kamen und uns das Salzwasser vom Körper wuschen, lag Elfchen friedlich grunzend, in ihrer ganzen, textilfreien Pracht, die Fäustchen auf dem Kissen, in erquickendem Tiefschlaf. Ihrem zufriedenen Lächeln nach befand sie sich im Schlaraffenland auf einer grünen Wiese unter einem Apfelbaum mit köstlich duftenden Früchten, und knusprige Brathähnchen flogen ihr in den freudig geöffneten Mund.

Da auf der zarten Haut bereits Verbrennungen ersten Grades unschwer zu erkennen waren, breitete ich ihr außergewöhnlich großes Handtuch über sie aus, damit wenigstens ein kleiner Teil ihres Kör-

pers vor der Sonne geschützt ist. Um sie nicht zu sehr zu brüskieren, verzichteten auch wir darauf, unsere Badehosen wieder anzuziehen. Werner ließ den über 200 PS starken Motor an, ich durfte den Anker lichten, und dann fuhren wir auf das offene Meer hinaus.
In angemessenem Abstand vom Hafen entfernt lagen große Öltanker und Frachtschiffe vor Anker. Werner umrundete einen der Öltanker, der im Heckteil einen sechsgeschossigen Gebäudeaufbau hatte. Plötzlich bemerkte ich, wie zwei Männer von der Schiffsbrücke aus auf eine kleine Plattform liefen und zu uns herunter sahen. Fröhlich winkte ich empor, da fiel mir aber auf, dass ihre interessierten Blicke gar nicht mir, sondern mehr dem hinteren Teil unseres Gleiters galten. Als ich mich umdrehte, sah ich, dass der Fahrtwind mein Elfchen entblößt hatte und das Handtuch nur noch mit dem Aufhänger, der sich am großen Zeh verheddert hatte, festhing. Der Rest flatterte im Fahrtwind. Da wurde mir erst bewusst, dass ich nicht einmal ein Stück Handtuch am großen Zeh hatte. Doch Werners Boot war zu diesem Zeitpunkt schon wieder außerhalb der schamhaften Sichtweite der Bordbesatzung, und so musste ich eigentlich nur noch das Handtuch bergen.
Obwohl ich vorsichtig versuchte, den Aufhänger zu lösen, wachte sie auf. Erschrocken sah sie sich um, überlegte einige Sekunden lang, ob sie lieber in Ohnmacht fallen oder einen hysterischen Anfall bekommen sollte, aber dann siegte doch die Vernunft, und Elfchen beschimpfte mich auf das Heftigste, dass ich sie nicht rechtzeitig geweckt oder zumindest zugedeckt hätte. Ich entschuldigte mich in aller Form, bot ihr sogar an, mich aus Verzweiflung ins Meer zu stürzen, doch sie schenkte mir huldvoll mein Leben. Anschließend machte ich mich daran, Elfchen mit einigen Tuben Sonnencreme einzureiben, die speziell für die Haut nach dem Sonnenbad zusammengebraut waren, was bei ihr sichtliches Wohlbehagen auslöste.

Nachdem sich die Hemmschwelle Werner gegenüber nun im Schlaf gelöst hatte, packte sie ihren Badeanzug in die Tasche und stellte sich jauchzend auf ihren Platz vorne neben dem Kapitän, um sich die herrliche Luft des Fahrtwindes um den Körper wehen zu lassen. Dass das Boot durch dieses plötzlich sich aufbauende Hindernis merkbar an Fahrt verlor, soll hier nicht beklagt, sondern nur zur Kenntnis gebracht werden. Kurz vor dem Hafenbecken zogen wir uns an, und Elfchen küsste Werner mehrmals dankbar ab, sodass mir bis heute nicht klar ist, ob er uns jemals wieder auf sein Boot mitnehmen wird.

Elfchens Traumvilla

Elfchen, immer noch vom Kaufwunsch beseelt, drängte heftig darauf, einen kurzen Abstecher nach Igueste zu machen. Gleich am Ortsanfang mussten wir das Auto zurücklassen und zu Fuß durch das Dörfchen gehen, da keine Straßen vorhanden waren. Ich hatte so etwas noch nie zuvor gesehen. Ob Baumaterial, Möbel, Lebensmittel und Gebrauchsartikel des täglichen Bedarfs, alles musste von den Bewohnern treppauf, treppab durch die verwinkelten Pfade und engen Gässchen geschleppt werden.

Sollte Elfchen je nicht davon abzubringen sein, diese Anlage zu erstehen, würde uns das sicherlich an den Bettelstab bringen. Zudem müssten all die Unmengen von Nahrungsmitteln und Getränken, die bei uns tagtäglich in lustvoller Pflichterfüllung zur Erhaltung unserer jeweiligen Proportionen verschlungen werden, kilometerlang durch diesen Teil der Ortschaft geschleppt werden und dann noch weiter über einen schmalen Fußweg bis hin zu dieser ominösen Gebäudeformation.

Mir zitterten die Knie vor Angst, als wir den schneeweißen, frisch gestrichenen und traumhaft schön gelegenen Komplex nach Verlassen der kleinen Ortschaft in noch weiter Entfernung vor uns liegen sahen. Werner, dem ich meine Not anvertraut hatte, lachte plötzlich hell auf und zwinkerte mir beruhigend zu. Als wir um die Ecke unseres mutmaßlichen zukünftigen Eigenheims bogen, lag der kleine Friedhof des Ortes vor uns. Elfchen brach vor grenzenloser Enttäuschung und ich vor unbändiger Freude in Tränen aus.
Ehrfürchtig traten wir näher und betrachteten stumm die hohen Wände mit den großen Nischen, in die waagerecht die Särge geschoben, zugemauert und mit einer Grabplatte verschlossen werden. Immer wieder waren dazwischen auch Wände mit kleineren Nischen für die Urnenbestattung zu sehen. Begehbare Bodengräber mit jeweils links und rechts mehreren offenen Sargnischen gibt es wegen des felsigen Bodens auf der Insel eher selten.
Auf einer Leiter stand eine alte, gramgebeugte Frau und stellte eine Blumenvase vor die Steinplatte eines Grabes, in die Name und Lebensdaten des Toten eingemeißelt waren. Still zogen wir uns zurück, und Elfchen verlor nie wieder einen Ton darüber, sich hier einkaufen zu wollen.
Auf dem Rückweg fuhren wir bei Marioli in Santa Cruz vorbei, um sie von unserem Jüngsten zu befreien. Diego wartete schon am Fenster und winkte uns, dass wir heraufkommen sollten. Mir war es peinlich, dass ich nun mit leeren Händen einen Besuch abstatten musste. Natürlich hatte ich Elfchen dabei, aber ein kleines Gastgeschenk hätte sich einfach gehört. Verzweifelt wandte ich mich mit meiner Sorge an Werner. Doch der zauberte nur grinsend eine Flasche Sekt und eine Packung Pralinen aus seiner kleinen Zweitkühltasche. Das ist wohl ein Teil der Faszination, die diesen Mann zweifellos umgibt!

Diegos ältere Geschwister Rafael, der etwas deutsch spricht und Olivia begrüßten uns bereits an der Tür. Auch von Marioli, die den Tisch liebevoll gedeckt hatte, wurden wir herzlich umarmt. Im Anschluss an einen erfrischenden Aperitif bewirtete sie uns überreich nach allen Regeln kanarischer Gastfreundschaft. Das Mahl begann mit einem überaus delikaten almogrote einem unserem Kräuterkäse sehr ähnlichen Aufstrich aus geriebenem Hartkäse, Tomaten, Knoblauch, Peperoni, Olivenöl und Salz, der zu einem noch leicht warmen, knusprigen Weißbrot gegessen wurde. Danach gab es garbanzas, das sind Kichererbsen mit Fleisch und zerkleinerten Schweinsfüßen. Dieses Gericht verursachte bei uns Begeisterung wie kaum eine andere Mahlzeit. Besonders Elfchen konnte sich kaum mehr beruhigen, und Werner kam nur selten zum Essen, weil er alle von ihr ausgestoßenen Lobeshymnen übersetzen musste. Marioli, deren herzliches Lachen mich immer wieder zutiefst begeisterte, wurde direkt verlegen über so viel Lob aus wirklich berufenem, wenn auch meist vollem Munde.

Auch Diegos Geschwister plauderten während des Essens, zum großen Teil mit Hilfe von Werners Übersetzung, mit uns, als wären wir bereits langjährige Freunde des Hauses. Die Selbstverständlichkeit der Gastfreundschaft, die Umgangsformen mit Fremden und diese wohlerzogene, anständige, gesittete, Älteren gegenüber höflich interessierte Jugend war wohl die größte positive Urlaubsüberraschung! Dann servierte uns Diego ein von ihm kreiertes Zitronensorbet. Es haute mich fast vom Polsterstuhl, mit welch exzellenten Manieren auch dieser sympathische Junge seine Gäste verwöhnte. Selbst Elfchen war für wenige Sekunden sprachlos, als dann noch ein vorzügliches Zwiebelfleisch mit Kartöffelchen in der Schale serviert wurde. Da Werner mit seinem Wagen gefahren war, konnte ich dem vino tinto in aller Ruhe meine zudringliche Aufwartung machen. Selbstverständlich sprach Elfchen eine Gegeneinladung für

unser Abschiedsfest aus. So konnten wir auch mit gutem Gewissen die verschiedenen Nachtische, das waren bienmesabe aus Mandeln, Zucker, Wasser, Eigelb, Zimt und grüner Zitronenschale und leche asada, eine gebackene, mit Palmhonig bestrichene Milch-Eier-Creme sowie ein spezielles Schokoladenmus nach Art des Hauses genießen. Elfchen küsste die Hausfrau und auch Diego, der nicht mehr rechtzeitig fliehen konnte dankbar ab. Dass sie sich bei Werner in gleicher Weise noch ausführlicher bedankte, störte mich nicht mehr so sehr, denn er gehörte ja nun gewissermaßen zur Familie. Dafür drückte ich Marioli dankbar an mich und versicherte ihr meine Hochachtung vor ihrer Kochkunst und Erziehung. Werner, von dem Elfchen gerade abgelassen hatte, übersetzte, nach Luft ringend, meine lobenden Worte. Nach weiteren Umarmungen der gesamten Familie fuhren wir satt und glücklich nach Hause, und unser Schnecker erzählte unterwegs, während seine Mutter schon zu schnarchen begann, von seinen vielen Erlebnissen bei Diego.
Dass sich Andreas aus Wut über unser viel zu langes Wegbleiben von seinem Taschengeld in dem ausgezeichneten Restaurant der Anlage mit Meeresfrüchten den Magen voll geschlagen hatte, soll hier nur kurz erwähnt werden. Ebenso, dass ich meinem Erstgeborenen diesen Betrag heimlich ersetzt habe, weil ihm unsere hauseigene Ordnungsmacht wegen dieses Lokalbesuchs verärgert den Kopf in den voll gepfropften Kühlschrank gesteckt hatte.

Der letzte Guanchenkönig

Wie am Samstag zuvor versprochen standen wir am Montag, nach unserer Rückengymnastik und Massage, wieder vollzählig bei Familie Schippert auf der Matte. Otto fuhr mit seinem geräumigen Wagen. Elfchen saß daneben, Nico, Andreas, Schnecker und ich hin-

ten. Meinem Großen stand die Enttäuschung darüber, dass Ramona keine Zeit hatte, wie eine grelle, abstoßende Lichtreklame ins Gesicht geschrieben. Aber er klammerte sich an die Hoffnung, sie wenigstens nach der Rückkehr kurz sehen zu können.
Wir brausten auf der neuen Autobahn nach Los Realejos, dann oberhalb der Küstenstraße weiter über Icod el Alto und La Guancha in Richtung Icod de los Vinos. Es war eine unwahrscheinlich abwechslungsreiche und sehenswerte Fahrt, für die wir Otto sehr dankbar waren. Schon am Mirador El Lance machten wir den ersten Halt, um den wunderbaren und unvergleichlichen Ausblick über die Küstenregion zu genießen. An dieser Stelle hatte sich Bentor, der letzte Guanchenkönig, in den Abgrund gestürzt, um der Gefangenschaft durch die Eroberer der Insel zu entrinnen. Ihm zu Ehren wurde eine überlebensgroße Skulptur geschaffen, die echte Verzweiflung und Hoffnungslosigkeit ausdrückend, die Fäuste über dem Kopf geballt, zum Sprung ansetzt. Ich weiß zwar nicht, ob ihm die Verfolger bereits den Lendenschurz von den Hüften gerissen hatten, jedenfalls trug diese Figur nichts am Leib. Elfchen begutachtete fachfrauisch die knackigen Proportionen und ging dann um die Statue herum, damit sie sich auch von vorne eine Meinung bilden konnte. Ich hatte dieses starke Stück schon beim Einparken registriert und gehofft, Elfchen würde es nicht bemerken und zwangsläufig ihre Vergleiche anstellen. Aber nachdem Andreas und Schnecker auch noch ihre überqualifizierten Äußerungen abließen, war Elfchen doch sehr empört über diese unnatürliche Dimension. Ich atmete erleichtert auf und war froh, als es ohne Themenvertiefung wieder weiter ging.
Unterwegs hielten wir bei Antonio und tranken den besten barraquito unseres Lebens. Das ist eine Weiterentwicklung des Milchkaffees mit Zimt, einem kleinen Stückchen Zitronenschale und Aprikosenlikör. Weil Otto dort gut bekannt war, wurde die Li-

körflasche auf den Tisch gestellt, aus der sich jeder, je nach Gusto, seinen Kaffee aufpeppen konnte. Es muss wohl nicht extra erwähnt werden, dass sich mein Elfchen wieder einmal durch besonders viele Aufpeppungen hervortat.
Wir wollten eigentlich an dem wunderbaren Strand von San Marcos baden, aber nachdem mehrere hundert andere Touristen auch diesen Einfall hatten, blockte Elfchen aus Gründen der Genierlichkeit unser Vorhaben ab. Otto trug es, entgegen unseren Jungs, mit Fassung und fuhr nach La Matanza zurück.

Die Felsenspringer

Wegen der anhaltenden Opposition im hinteren, badewilligen Wagenteil bog Otto auf dem Weg zu seinem Anwesen nach rechts in Richtung El Caleton ab. Das ist eine Bucht unterhalb von La Matanza. In engen und unübersichtlichen Serpentinen ging es hinab. Immer wieder öffnete sich die Sicht zur Steilküste und zum stahlblauen und momentan sehr friedlich daliegenden, fast wellenlosen Atlantik.
Am Ende der Straße klammerte sich eine kleine Häuseransammlung, das Dörflein El Caleton, ins felsige Gestein. Zuerst gingen wir nach rechts durch enge Gassen zwischen den Häusern hindurch zu einer kleinen Badebucht. In der Höhlenbar genossen wir wohlschmeckenden, aromatischen weißen Ziegenkäse, zarten geräucherten Schinken und kühlen vino tinto. Der freundliche Wirt unterhielt sich mit Otto und auch mit uns, was sich allerdings als sehr einseitig erwies.
Für Elfchen waren es auch hier zu viele Menschen, aber Otto zwinkerte unseren Jungs zu, die im Begriff waren, nun eine offene Meuterei gegen ihre Mutter anzuzetteln. Ein Junge in grünen Bade-

shorts, der etwa in Andreas' Alter war und von einem Hund begleitet wurde, fiel uns durch einige waghalsige Sprünge von der rechten Seite der Felswand auf. Wir trotteten wieder zurück und stiegen auf der anderen Seite der Straße wieder hinunter in Richtung Atlantik an den offenen Türen und Fenstern der Häuser vorbei, in denen Einheimische und Fischer während der Sommermonate leben, ansonsten aber oben in La Matanza ihre Häuser oder Wohnungen haben.

Wenig später gelangten wir an die malerische, tief in Felswände eingeschnittene Bucht Caleta. Der Einstieg und Ausstieg war nur über hohe Eisenleitern möglich. Wir balancierten vorsichtig über die Felsen nach vorne und blickten ehrfürchtig in die Tiefe. Elfchen wollte gerade ihre Ablehnung auch dieses Badeortes verkünden, da erschien wieder der Junge mit seinem Hund und stellte sich auf die Felsenklippe. Von einem gellenden Aufschrei Elfchens begleitet stürzte er sich mit ausgestreckten Armen kopfüber in elegantem Sprung in die Tiefe.

Da rannte ein Mann aus dem Haus, um nach Elfchen zu sehen. Otto, der ihn kannte, schilderte die Situation und stellte uns gleichzeitig vor. Miguel, so hieß er, nahm Elfchen am Arm und führte sie vorsichtig zur Felskante. Fröhlich winkte der Schwimmer nach oben. Es war Miguels Sohn, der schon Zeit seines jungen Lebens im Sommer hier jeden Tag dutzendfach von diesen Felsen springt. Das erklärte auch, wieso der Hund ungerührt das Verschwinden seines Herrn mit angesehen hatte. Miguel lud uns in seine Wohnung ein, kredenzte Sekt und später vino tinto. Carmen, seine Frau, brachte zuerst eine Fischsuppe mit etwas Gemüse, dann goss Miguel noch einen Schuss Essig und Öl in unsere Teller. Elfchen staunte Bauklötzer, aber die Suppe schmeckte ausgezeichnet. Danach gab es frisch gebratenes Kaninchenfleisch in delikater dunkler Soße, mit Kartoffeln und Brot.

Otto dolmetschte die Unterhaltung, bis Felix, Miguels Freund und Nachbar hereinschaute. Er hatte einige Jahre bei uns in Baden-Württemberg gearbeitet und war nun in der Lage, Otto bei der Übersetzung ein wenig zu entlasten. Zum Abschluss wurden von Carmen frisch gepflückte und gekühlte Feigen, die man mit Schale essen konnte, auf Blättern angerichtet und in einer tiefen Platte serviert. Elfchen verdrehte verzückt die Augen und verkündete, demnächst mit zwei Backblechen voll Zwiebelkuchen und einigen Flaschen Rosé aus unserem Kühlschrank zurückzukommen.
Während ich noch zustimmend und kauend nickte, fiel mir plötzlich auf, dass unsere Jungs nicht mehr am Tisch saßen. Einer dumpfen Ahnung folgend stürzten wir besorgten Eltern ins Freie und sahen gerade noch, wie unsere beiden einzigen Kinder gleichzeitig von der Felsenklippe in die Tiefe sprangen. Ich dachte, mein Herz bliebe vor Schreck stehen. Elfchen sank in einer Mischung von Schwächeanfall und Ohnmacht auf die Türstufe vor Miguels Wohnung.
Um der Wahrheit in ihr oft so grausames Gesicht zu blicken, musste ich mich richtig zwingen, nach vorne zu gehen. Aber da stiegen meine beiden Sprösslinge schon wieder lachend nach oben. Sie ahnten zu diesem Zeitpunkt wahrscheinlich noch nicht, dass das ihr letzter Sprung unter unseren Augen war!

Die schwarze Madonna und das Muschelhorn

Schnecker lag uns schon seit Tagen in den Ohren, dass im Wallfahrtsort Candelaria ein bedeutendes christliches Volksfest stattfinde. Vielleicht gebe es wieder einmal eine Wunderheilung, vermutete er salbungsvoll. Mit nach rechts geneigtem Kopf strich er dabei fürsorglich über Elfchens oft von schrecklichen Schmerzen geplagtes Kreuz. – Wahnsinn! – Das hat er von seiner Mutter geerbt!

Ich wollte etwas dazu sagen, aber meine Traumfrau war bereits im Bad verschwunden. Zuvor hatte sie aber noch eine kurze, sehr lautstarke Nachricht vor dem Bett unseres Ältesten gebrüllt, dass er in zehn Minuten gewaschen, gekämmt, die Nägel gebürstet und fertig angezogen unter der Eingangstür zu stehen habe. So etwas fördert natürlich nicht gerade die positive Grundeinstellung zum Besuch einer religiösen Feier.
Andreas stürmte mit blutunterlaufenen Augen und unzähligen Abdrücken von Kissenfalten im Gesicht aus dem Zimmer, um innerlich mit einem Stuhl die Einrichtungsgegenstände nebst uns zu zertrümmern. Da flüsterte ich ihm ins Ohr, dass ich mich entschlossen hätte, nach der Rückkehr aus dem Urlaub einen neuen Wagen zu kaufen und ihm meinen jetzigen zu schenken. Ich wolle dies heute in einem günstigen Augenblick seiner Mutter schonend beibringen. Nur müsse er sich eben vorher sehr korrekt verhalten, sonst werde sie wohl nie zustimmen. Da entfaltete er seine schauerliche, schiere Mordlust signalisierende Miene zu einem völlig ungewohnt gütigen Lächeln und begab sich auf den Weg ins Bad, um den obersten Entscheidungsträger unserer Familie ohne jeglichen Anlass zu küssen. Doch ein gellender Aufschrei unserer gerade völlig entkleideten und genierlichen Zimperliese ließ ihn die Badezimmertür unverrichteter Dinge ruckartig wieder schließen.
Natürlich drängte mich Elfchen schon sehr lange dazu, einen neuen Wagen zu kaufen und den bisherigen unserem großen Sohn zu überlassen. Das Wörtchen „alt“ bringe ich leider im Zusammenhang mit meinem, ebenfalls zur Familie gehörenden Auto, nicht über die vom Abschiedsschmerz bebenden Lippen. Aber der Zweck heiligt ja bekanntlich die Mittel!
Schnecker bot uns an, den sechseinhalbstündigen Pilgerpfad von Aguamansa nach Candelaria zu wandern. Elfchen bevorzugte jedoch, nach einem sehr unschönen Hinweis auf eine mögliche Beein-

trächtigung seines Geisteszustands durch ein sich in seinem Kopf befindliches geflügeltes Tier, die Fahrt mit dem Leihwagen. Unterwegs sahen wir zahlreiche Menschen, die neben und zum Teil sogar auf der Autobahn in Richtung der Marienwallfahrtskirche Nuestra Señora de la Candelaria pilgerten.
Der Überlieferung und Schnecker zufolge sollen im Jahre 1390 zwei Ziegen hütende, heidnische Guanchen am Meeresufer eine angeschwemmte Marienstatue mit dunkler Hautfarbe gefunden haben. Diese sei in der Folgezeit von der hiesigen Bevölkerung als wundertätig verehrt worden, und zwar lange bevor das Christentum auf dieser Insel gewalttätig verbreitet wurde. Man nimmt an, dass die Figur von einem in Seenot geratenen und dann gesunkenen Schiff stammte. Man brachte sie in einem Dominikanerkloster unter. Die Originalstatue holte sich das Meer während der Sturmflut im Jahre 1826 wieder zurück, indem es Teile des Klosters mit sich fortriss. Mit ihnen verschwand auch die Marienstatue wieder im Atlantik. Elfchen begann, wegen der entgangenen Wunderheilung zu weinen. 1830 vollendete der Bildhauer Fernando Estévez eine Nachbildung, die jetzt die Stelle der früheren Figur einnimmt. Auch ihr werden weitere Wunder zugeschrieben. Da schöpfte Elfchen wieder Hoffnung.
Obwohl abgesperrt war, durften wir in die Ortschaft einfahren, denn ich hatte, als der Polizist mich fragend ansah, einfach auf Elfchen gedeutet. Wir fanden einen wunderbaren Parkplatz. Leider bemerkte ich zu dieser Zeit nicht, dass ich damit die einzige Möglichkeit der Ausfahrt aus dieser sicherlich inoffiziellen, da nicht markierten Parkfläche versperrt hatte.
Wir kamen an unzähligen, jahrmarktähnlichen Verkaufsständen mit Andenken, afrikanischer Kunst, Getränken, Süßigkeiten und anderen Esswaren vorbei. Das heißt, wir kamen natürlich nicht daran vorbei, sondern Elfchen hielt an und verordnete sich und uns

eine erste Zwischenmahlzeit. Ich muss zugeben, dass ich noch nie zuvor einen so guten, zarten und saftigen Fleischspieß gegessen hatte. Als ich mir allerdings die Hände des Canarios anschaute, der das Fleisch mit Zwiebeln, Paprikastücken und Speck flugs auf die Metallspieße steckte, war ich froh, dass diese Delikatesse über dem offenen Feuer gebraten wurde. Aber der Geschmack war unvergleichlich! – Vielleicht gerade wegen der Hände?

Die gewaltige Basilika war beeindruckend. An der linken Seite standen, mit dem Rücken zum Atlantik, grandios gestaltete, überlebensgroße Bronzestatuen von neun legendären Guanchenkönigen. Eine ausgezeichnete Arbeit des berühmten Bildhauers José Abad aus La Laguna. Elfchen beäugte wohlwollend die makellosen Körper, während ich daneben einige Posingübungen vorführte, die ich in einem Bodybuilding-Wettbewerb für Damen kürzlich, rein zufällig, im Fernsehen gesehen hatte. Aber Elfchen beachtete mich nicht einmal!

Danach versuchten wir in den Gottesdienst zu kommen, aber es war nicht möglich, auch nur durch die Eingangstür zu treten. Mehrere Übertragungswagen des spanischen Fernsehens ließen auf eine größere Sache schließen. Andreas wies mit mürrischem Gesicht darauf hin, dass wir es auf dem Sofa vor dem Fernseher sicherlich bequemer und besser gesehen hätten. Jedoch ein vernichtender Blick seiner Mutter, von der Kraft eines ganzen Produktionstages zweier Elektrizitätswerke, ließ ihn jäh enden mit dem Satz: „Aber dabei sein ist alles!"

Gerade als die schwarze Madonna mit dem Jesuskind im Arm auf ihrem blumengeschmückten, mit Silber und Gold verzierten Thron mit großer silberner Mondsichel davor, in einer feierlichen Prozession zum Kirchenportal hinaus getragen werden sollte, erhob sich ein gewaltiger Sturm. Wir alle, außer Elfchen, hatten Angst, weggerissen zu werden. Aus der flachen, weitläufigen Brunnenanlage rechts vom großen Portal, blies der Wind eine gewaltige Wasserfontäne heraus und begoss damit die Umstehenden, darunter auch unser Elfchen. Andreas, der in einen nicht enden wollenden Lachanfall ausbrach, klatschte der Sturm mit voller Wucht eine nasse Einkaufstüte ins Gesicht. Mit einer Videokamera aufgenommen hätte mir diese Szene eine gute Stange Geld eingebracht. Amüsanter als jede Tortenschlacht! Sogar die Einheimischen freuten sich über die Einlage des windhosenartigen Luftwirbels. Unser Kleiner, der es geschafft hatte, in die Basilika zu schlüpfen, berichtete, dass unzählige Blumen vor der Marienfigur abgelegt worden waren.

Als sich der Wind wieder gelegt hatte, wurde die Madonna ins Freie gebracht, und eine weitere Zeremonie begann. Es wurde nachgestellt, wie die zwei Guanchen die Statue am Strand gefunden hatten. Einem davon, der ängstlich einen Stein nach der Figur werfen wollte, wurde, der Überlieferung zufolge, der Arm gelähmt.

Einem Guanchennachfahren, dem diese etwas tollpatschige Darstellung seiner Ahnen offensichtlich nicht passte, protestierte mit einem von ihm unablässig geblasenen Muschelhorn, mit dem Klang und leider auch mit der Lautstärke des Signalhorns eines Ozeanriesen. Mir fielen beinahe die Ohren ab. Ich flüchtete mit meinem Jüngsten an der Hand, so schnell es die tausend Menschen hinter mir eben zuließen. Auch Elfchen nützte die allgemeine Fluchtbewegung aus und zog ihren Ältesten am Ärmel hinter sich her. Wir trafen uns vor einer Bar, von dem Wunsche beseelt, auszutreten. Also betraten wir diese Gaststätte unauffällig, wie normale Kunden, hechteten aber, in einem vom Wirt unbeobachteten Augenblick, auf die Toilettenanlage. So etwas hatten wir Männer noch nie zuvor gesehen. Schätzungsweise zehntausend Männer, von denen nur einer auf Anhieb das Ziel voll getroffen haben konnte, waren vor uns auch schon diesem dringenden Bedürfnis nachgekommen. Es war uns nicht möglich, auch nur einen Schritt weiter zu waten. Blitzar-

tig verließen wir die Stätte des Grauens. Dabei trafen wir auf Elfchen, die kreidebleich aus der anderen Geschlechtertür stürzte. So missbrauchten wir eben ausnahmsweise einen völlig überfüllten Parkplatz, um hier kurzzeitig unterzutauchen.
Nach einem weiteren Stapel Fleischspieße trafen wir wieder an unserem Auto ein. Doch da palaverten inzwischen einige Polizisten mit mehreren hundert Autofahrern herum, welcher Blödmann wohl sein Fahrzeug zuletzt falsch abgestellt hatte. Feige wartete ich mit meiner Familie an einem Verkaufsstand, Fruchteis leckend, ab, bis sich ein Autofahrer aus der vorderen Reihe einfand und unter üblen Beschimpfungen der anderen Erzürnten weg fuhr. Der Zufall wollte es, dass wir erst mit unserem Eis fertig waren, als sich die Polizisten und alle, im Innern des Parkplatzes gefangen gehaltenen Pkw-Lenker kopfschüttelnd mit ihrem fahrbaren Untersatz entfernt hatten.
Übrigens muss noch erwähnt werden, dass tatsächlich eine gewisse Heilung stattfand, denn Elfchen hatte während der ganzen Erlebnisse in Candelaria nichts von ihrem Rückenleiden verspürt!

Die Wasserbombe von der Playa de las Teresitas

Da unsere beiden Kinder am nächsten Morgen terminlich anderweitig gebunden waren, – der Große lag im Bett, und der Kleine hatte sich mit einem gleichaltrigen Mädchen zum Tennisturnier verabredet, – wurde Elfchen wieder einmal übermütig und ordnete die Fahrt an die Playa de las Gaviotas an.
Leider hatte dort eine Filmgesellschaft, dem Feiertag zum Trotz, ihre tausend Utensilien aufgebaut und drehte gerade mit den ersten Sonnenstrahlen Szenen für einen Liebesfilm. Bei Elfchen hatte sich die Enttäuschung metertief ins Gesicht gegraben. Ich schlug ihr vor, sich als Komparsin zu bewerben, aber da die Leute am Strand nicht

so sonderlich viel anhatten, verzichtete sie auf eine Karriere als repräsentatives Topmodel der Molligen.
Also fuhren wir mit hängenden Ohren an die Playa de las Teresitas zurück. Obwohl ich sie bekniete, in ihren Großraum-Badeanzug zu steigen, blieb sie in kurzen Hosen, hatte aber dafür noch den BH und ein Polo-Shirt an, sowie eine dünne Weste, um ihre ziemlich konvexen Seiten wenigstens etwas zu verschleiern. Dagegen hatte ich nur meine Badehose und ein Polohemd als Windschutz an.
Wir gingen barfuß im knöcheltiefen Wasser den Strand bis zu den vielen, ankernd vor sich hin dümpelnden Booten hinunter und spritzten wie die kleinen Kinder mit dem Fußrücken das Wasser vor uns her. Elfchen und ich waren so in diese physisch und psychisch höchst anspruchsvolle Tätigkeit vertieft, dass wir auf dem Rückmarsch gar nicht bemerkt hatten, wie sich uns ein großes Motorboot langsam näherte. Plötzlich wurden wir aus nächster Nähe angesprochen. Werner stand grinsend in seinem Gleiter und forderte uns zum Einsteigen auf. Elfchen wetzte als Erste los und kam bis auf zwei nasse Hosenränder tatsächlich unbeschadet an Bord. Das Schiff wurde jedoch dadurch nach unten gedrückt und saß nun am Sandstrand fest. Zum Glück hatte Werner noch zwei befreundete Ehepaare an Bord, die wir von seiner Geburtstagsfeier her bereits kannten. Das waren Suni und David, sowie Sandra und José, der gut aussehende Tennislehrer und Banker mit seiner Frau, den Elfchen erneut derart offensichtlich anhimmelte, dass es mir schon richtig peinlich war. Wir vier Männer in Badehosen und die Tragkraft des Wassers schoben das Boot mit vereintem Bemühen wieder in tiefere Bodenfreiheit zurück, und dann kletterten wir auch an Bord.
Als Dank für die Einladung halfen wir mit, Werners selbst gemachten, saftigen Erdbeerkuchen, knusprige Kartoffelchips und die Getränke der Kühltasche restlos zu dezimieren. Gerade als sich Elfchen den letzten Krümel vom Mund gewischt hatte, setzte ein kräftiger

Sturm ein. Werner musste rasch versuchen, sein Kabinenschiff in tieferes Gewässer zu bringen und drängte uns, so schnell wie irgend möglich auszusteigen. Dazu bugsierte er seinen Gleiter noch einmal nahe an den Strand. Da er dafür aber die hintere Leiter und den Motor samt Schiffsschraube nach oben klappen musste, äußerte er Bedenken, dass sein Schiff bei diesen starken Böen abtreiben könne, wenn wir nicht schnell genug aussteigen würden. Getreu ihrem Lebensmotto: „Frauen und Kinder zuerst!“, schubste mich Elfchen zur Seite, schwang sich über Bord und kniete außen auf der unteren Plattform. Von dort aus stieß sie sich ab und sprang rückwärts auf den vermeintlichen Sandboden. Von Werners Position aus konnte er jedoch nicht sehen, dass der Strand erst zwei Meter hinter dem Boot begann und zudem ausgerechnet an dieser Stelle ein Felssteilabfall die Möglichkeit bot, tief auf den Meeresgrund abzutauchen.
Das tat Elfchen dann auch. Wie eine überdimensionale Wasserbombe sauste sie ausgestreckt, in voller Kleidung, mit Sonnenbrille auf der Nase, senkrecht nach unten. Ohne allerdings dort, wie es sich für eine ordentliche Wasserbombe gehört, zu explodieren. Die Fische stieben mit klopfenden Herzchen in wilder Panik nach fast allen Himmelsrichtungen auseinander, diejenigen, die zu Elfchen und der Felswand führten, natürlich ausgenommen.
Als ich besorgt über den Bootsrand schaute, sah ich schemenhaft mein Elfchen etwas ratlos unter Wasser auf dem Boden dieser künstlichen Bucht stehen. Ihre Wangen waren aufgeblasen wie der Bauch eines Kugelfisches. Es entstand für mich der Eindruck, dass sie sich überlegte, ob sie den Fels hinaufklettern oder lieber zu einer flacheren Stelle gehen sollte. Sie rückte sich ihre etwas verrutschte Sonnenbrille zurecht und schien eine Entscheidung gefällt zu haben. Zeitgleich hatten sich auch die im Wasser schlummernden Gesetze des Auftriebs von ihrem Schock erholt und begannen nun, unter Aufbietung all ihrer verfügbaren Kräfte, unsere Tiefseetaucherin wie

eine gewaltige Trägerrakete nach oben zu transportieren. Sie schoss wie ein zu groß geratener Weinkorken aus dem Wasser. Hinter den dunklen Gläsern der schon wieder etwas schief hängenden Sonnenbrille spürte ich den vorwurfsvollen Blick meiner wassertriefenden Meeresgöttin. Obwohl ich absolut wieder einmal nichts dafür konnte, denn sie wollte sich ja, in der ihr angeborenen Bescheidenheit, zuerst retten. Sonst hätte ich selbstverständlich, stellvertretend für sie, diese Wasserbombennummer veranstaltet. Wortlos schwamm sie mit zwei, drei Zügen an die Oberkante der Untiefe und schleppte sich leidend zum Strand hinaus.
Werner hatte diesen Vorfall mitbekommen und steuerte mit mir zu einem anderen Anlegeplatz, an dem ich aussteigen konnte, ohne dass meine Badehose nass wurde. Ich kam gerade noch rechtzeitig, um den Leuten von Greenpeace, die mein erschöpft am Strand liegendes Elfchen ständig mit Wasser übergossen und vergeblich versuchten, wieder ins Meer zu ziehen, klar zu machen, dass Walfische im Allgemeinen keine Kleider tragen.

Ein Sturz kommt selten allein

Am nächsten Tag wünschte sich Elfchen, dass wir doch einen Ausflug mit dem Wagen unternehmen könnten. Weil aber zu dem Zeitpunkt gerade dicke Wolken über uns hingen, fuhren wir singend durch die Esperanzawälder in Richtung Teide. Unser Großer sang natürlich nicht mit, er findet unsere Lieder megaätzend und dröhnte sich lieber mit seinem Walkman die Ohren voll und kaputt, wenn ich mir diese besorgte zusätzliche Bemerkung erlauben darf.
Auf halber Strecke bog ich, einer verhängnisvollen Eingebung folgend, links nach Arafo in Richtung Südautobahn ab. Immer wieder hielten wir an prägnanten Aussichtspunkten und genossen mit viel

Begeisterung und offenen Sinnen diese unvergleichlich schöne Landschaft mit ihren vielen Terrassenfeldern, auf denen unter anderem auch Tomaten und Wein angebaut werden. Keine dunklen Wolken, kein Sturm und keine Vorahnung deuteten darauf hin, dass nun bald Elfchen irgendetwas zustoßen könnte!
Auf der alten Hauptstraße fuhren wir wieder Richtung Norden. Plötzlich und gewissermaßen aus heiterem Himmel bekam Elfchen eine für sie absolut ungewöhnliche Anwandlung, indem sie, trotz der Anstrengungen des vorherigen Tages, von sich aus noch einen Spaziergang wünschte. Ich war restlos begeistert, nur unser Großer begann wieder zu meckern, denn für ihn ist das Spazierengehen mit den Eltern ungefähr so erfreulich, wie in der ersten Tanzstunde siebzehn Pickel im Gesicht zu haben.
Wir kamen bis zu einer tiefen Schlucht, und weil es mit Elfchens Kletterei etwas schwierig war, beschlossen wir, zum Auto zurückzukehren. Kurz davor hatte sie ihren schicksalhaften Einfall. Ich danke heute noch meinem Schöpfer auf den Knien, dass es nicht meine Idee war, sonst hätte ich noch am selben Tag meine Papiere und die Entlassungsurkunde von ihr ausgehändigt bekommen!
Da lag völlig unscheinbar und friedlich ein mehrere Kilometer langer Bewässerungskanal vor uns, der oben mit Betondeckeln verschlossen war. Elfchen liebt schöne ebene Strecken und entschied, dass man da jetzt noch ein Stück entlang zu wandern hatte. Meine Einwendung, dass diese Kanaldeckel sicherlich nicht als Wanderwege geeignet seien, wurde von Elfchen mit einer sehr verächtlichen Handbewegung vom nicht vorhandenen Tisch gewischt. Sie lief einfach los, und wir im Gänsemarsch hinterher. (Diese Bezeichnung hat aber nichts mit Elfchen zu tun, man sagt das eben so, wenn man hintereinander hergeht.)
Wir waren noch keine zehn Meter unterwegs, da war so ein vor sich hin dösender Betondeckel auf die plötzlich eintretende Dreizentner-

Belastung nicht gefasst. Er brach völlig entkräftet unter ihr zusammen, und unsere Wanderführerin verschwand ruckartig, in eine gewaltige Staubwolke gehüllt, nach unten.
Obwohl ich in David Copperfields Zaubershow etwas Ähnliches schon gesehen hatte, blieb mir doch vor Schreck fast das Herz stehen. Elfchen steckte bis zu ihren breiten Schultern in diesem Bewässerungskanal. Ein wenig erinnerte mich diese Situation an jene Fernsehwerbung, wo jemand zu schwere Speisen gegessen hat und dann einfach in das darunter liegende Stockwerk durchbricht. So blickten wir drei auch interessiert und voller Mitleid in dieses Loch.
Elfchen schaute uns an wie ein Kalb, das ins Schlachthaus geführt wird. Sie blutete zwar heftig an Armen und Beinen, aber wenigstens hatte sie sich nichts gebrochen. Auch vom Kreuz her meldete sie keine größeren Schädigungen. Die Trümmerteile der Betonplatte hätten ihr leicht beide Beine zerschmettern können. Aber anscheinend wollten sie ihr das nicht antun, was ich auch lobenswert und anständig von ihnen fand.
Wir zogen zu dritt an ihr, aber sie bewegte sich keinen Millimeter nach oben. Ich war drauf und dran, einen Lasten-Hubschrauber zu bestellen, um Elfchen hochziehen zu lassen, da hatte unser Andreas einen seiner bestialisch-genialen Einfälle! Er erwähnte so beiläufig im Gespräch mit uns, dass es zu lange dauern würde, bis Rettungsmannschaften bei uns eingetroffen wären. Bis dahin hätten die Ratten, die in diesem ausgetrockneten Kanalsystem lebten, Elfchen sicherlich schon lange abgenagt.
Wie bei einem Vulkan, wo viele tausend Tonnen Gesteinsmassen während einer Eruption in die Luft geschleudert werden, schoss Elfchen aus diesem Schacht heraus. Wir waren sprachlos erstarrt ob dieser artistischen Meisterleistung unseres olympiaverdächtigen Familienmitglieds. Wahrscheinlich konnten wir sie aus diesem Grund auch nicht mehr rechtzeitig warnen, als sie sich völlig erschöpft und

entkräftet auf einen gewaltigen Kaktus niederplumpsen ließ. Zirkusreif, wie von einem Trampolin zurückgefedert, stand unsere Akrobatin Sekundenbruchteile später wieder aufrecht vor uns.

Mit einem warnenden Blick, anlässlich dessen mir beinahe meine Augäpfel aus den Höhlungen fielen, versuchte ich größere Lachanfälle meiner Jungs zu verhindern. Obwohl sich Elfchen sonst immer ausschüttet vor Lachen, wenn anderen, ich möchte mich hier als größtes Beispiel anführen, eine Ungeschicklichkeit passiert, so kann sie es doch nicht im Mindesten ertragen, wenn über sie gelacht wird. Sollte meine Angetraute in solchen Situationen etwa auch noch Schmerzen empfinden, und davon konnten wir in dem vorliegenden Fall mit gnadenloser Sicherheit ausgehen, zermatscht sie physisch und psychisch unbarmherzig jeden, der dem niederen Instinkt der Freude an ihren Schmerzen, und mögen sie noch so gering sein, nachhängt.

Wir versicherten ihr geschlossen, mit ernstestmöglicher Miene unser Mitleiden und schleppten die Leidtragende etwa einhundert Meter weiter bergab in die verfallenen Gemäuer einer alten Fabrik. Während Elfchen ihren Allerwertesten entblößte, sicherten unsere Jungs, zum Teil mit einer Steinschleuder bewaffnet, das Außengelände gegen eventuell herannahende, sensationslüsterne Eindringlinge ab.

Insgesamt 2.473 Stacheln entfernte ich vorerst einmal unter Elfchens spitzen Schreien aus dem weiträumigen Gebiet ihrer Sitzfläche. Dann tupfte ich ihr das Blut von Armen und Beinen, rüstete unseren Leihwagen zu einer Ambulanz um und fuhr vorsichtig nach Puerto de la Cruz in die Praxisräume des uns schon bekannten, freundlichen und kompetenten Notarztes Dr. Pötsch. Unterwegs stieß Elfchen immer wieder Schmerzenslaute aus, wenn sich durch eine Bewegung im Autositz ein von mir übersehener Stachel in Erinnerung zurückrief.

Der Mediziner freute sich, als er unsere Familie geschlossen anrücken sah. Doch dann gaben wir den Blick auf unser Elfchen frei. Er wurde augenblicklich ernst und dienstlich und kündigte seiner Patientin an, dass es jetzt etwas wehtun könnte. Mit Jod desinfizierte er alle Schürfwunden. Sie ist ja, im Gegensatz zu mir, bestimmt hart im Nehmen, aber da musste sie doch erheblich mit den Zähnen knirschen, und zeitweise sah es sehr danach aus, als würde sie dem behandelnden Arzt den Oberkörper abbeißen, bis diese Prozedur überstanden war. Nachdem die Heilung mit einem Salbenverband eingeleitet worden war, bekam Elfchen noch eine Spritze gegen Wundstarrkrampf. Danach machten wir uns wieder auf den Heimweg ins Parque Mesa del Mar. Während der Rückfahrt ließ uns Andreas wissen, dass wir als Eltern eine grauenhafte Katastrophe seien und dass er sich frage, wie er es trotz dieser beiderseitigen erblichen Vorbelastung geschafft hätte, sich zu solch einem patenten Prachtkerl zu entwickeln.
Ich hatte das zwar bis jetzt immer genau umgekehrt gesehen, aber wenigstens unser Kleiner richtete uns seelisch wieder etwas auf, indem er versicherte, dass er froh sei, dabei gewesen zu sein. Es sei doch etwas anderes, wenn man so etwas miterlebe, als wenn man es nur erzählt bekomme. – So gesehen hatte er natürlich Recht.
Die erste Nacht nach dem Unfall war grausam. Mein sonst immer so tapferes Elfchen stöhnte und jammerte wegen ihrer schmerzenden und pulsierenden Wunden derart, dass wir beide nicht viel Schlaf fanden. Es ist mir ein fortwährendes Rätsel, wieso sie so leiden musste. Gewünscht habe ich mir das jedenfalls ehrlich nicht!

Elfchen und der Kuss des Seelöwen

Nach einem Tag der Regenerierung nahmen wir uns noch einen touristischen Leckerbissen besonderer Art vor. Denn, dass der 1972 gegründete Loro Parque in Puerto de la Cruz mit der größten, absolut sehenswertesten Papageiensammlung der Welt, seinen beachtlichen Freiluftgehegen, tropischen und subtropischen Pflanzen und vielen anderen tollen Attraktionen zum Pflichtprogramm eines jeden Teneriffaurlaubs gehört, steht außer Frage. Für Familien mit Kindern wäre es zudem noch böswillige Hinterziehung glückseliger Erinnerungen, ihn nicht zu besichtigen.
Um am Lebensglück unserer Kinder nicht schuldig zu werden, fuhren wir wieder einmal vollzählig zu diesem Tier-, Natur- und Erlebnispark. Ich wunderte mich nicht wenig, dass unser Andreas, ohne stundenlanges Gezeter und Gemecker am frühen Morgen, pünktlich und fein säuberlich herausgeputzt mit dem Fahrzeugschlüssel in der Hand an der Wohnungstür stand. Ich wunderte mich auch nicht wenig, dass unser Andreas freiwillig und eigenhändig durch das Gedränge der Großstadt fahren wollte. Ich wunderte mich überhaupt nicht mehr, als er uns am Eingang aussteigen ließ und mit der Ankündigung überrumpelte, pünktlich um 18 Uhr wieder hier zu sein. Diese linke Bazille! Um mit seinen eigenen, hier sicherlich angebrachten Worten zu reden! Mein Ärger kühlte jedoch sehr schnell ab, als mir einfiel, dass mich dies einen Eintritt, ein Mittagessen, viele Getränke und jede Menge Eis und Nascherei weniger kosten würde. Doch mein aufkeimendes Glück zerschmolz ebenso hurtig wieder, als er diesen Betrag für seine Tagesbelange bei mir einforderte.
Schnecker riss mich aus meinen schwermütigen Gedanken und zeigte mir eine große Hecke, die drei hervorragend stilisierte, mächtige Elefanten darstellte. Einen weiteren Anfall von Schwermut, den ich

nach dem Bezahlen des Eintrittspreises erlitt, versuchte er an dem See nach der Eingangsanlage etwas zu lindern, indem er mir die Goldfische im Wasser zeigte. Leider erinnerte mich dieses Gold wieder an den soeben erlittenen Kapitalverlust, und erst als sich unter die intensiv goldorangefarbenen Fische auch fast weiße Goldfische mischten, die vermutlich schon länger in Diensten des Loro Parque standen und deren Haut unter der heißen Sonne Teneriffas abgeschossen war, wurde mir die Vergänglichkeit von Geld und Gut wieder bewusst.

Elfchen drückte für eine ganze Weile ihr ausgeprägtes Näschen an der Scheibe des Gorillageheges platt und verhinderte somit in dieser Zeit, dass hunderte von liebenswürdig lärmenden Kindern visuellen Zugriff auf die düster dreinschauende Urverwandtschaft erhielten. Dafür atmete sie auf, als die Fledermaushöhle wegen irgendwelcher Baumaßnahmen vorübergehend geschlossen war. Die Fledermäuse waren bestimmt auch froh, dass ihre überempfindlichen Öhrchen nicht Elfchens angewiderte „Igitt Mäuse!!!"-Schreie ertragen mussten.

Danach verliefen wir uns irgendwie schrecklich, denn wir kamen unvermittelt zu einem bazarähnlichen Markt, auf dem unter vielem anderem unglücklicherweise auch jede Menge Süßigkeiten angeboten wurden. Die sympathische Verkäuferin hatte eine Nase für gute Kunden, denn sie ließ Elfchen schon vor dem Ladengeschäft aus einer Plastikschaufel verschiedene Trockenfrüchte wie Bananen und Papayas probieren und lockte sie so unversehens in die unendlichen Tiefen ihres Süßigkeitenparadieses.

Ich sah noch, wie sie und Schnecker mit Spezialzangen Unmengen von Schokoladenkugeln und Geleefrüchten in Form von Schlangen, Herzen und Flossen und sogar Geleehaifischchen in Plastikbeutel hineinschaufelten. Sie behauptete zwar später, dass Fisch ja bekanntlich gesund sei, aber ich wandte mich vor Grausen.

Fröhlich mampfend erschienen die beiden wieder. An Elfchens rechter Hand baumelte eine schwere, prall gefüllte, durchsichtige Plastiktüte.
Wir gingen den Weg wieder zurück zum eigentlichen Rundgang, da stellte sich uns als nächste Attraktion die Seelöwen-Show in den Weg. Gegen den Willen meines malträtierten Selbstbewusstseins setzten wir uns in die Mitte der ersten Reihe, frei nach Elfchens Devise: „Wo ich bin ist vorn!“ Mein kleines Pummelchen ist immer vorn, wenn es etwas zu sehen gibt oder wenn es sich, und sei es auch nur im Entferntesten, um den Bereich der Nahrungs- und Flüssigkeitsaufnahme handelt.
Faszinierend, was diese gelehrigen Tiere an Geschicklichkeit und humorvollen Einlagen zeigten. Ob sie über Stöcke sprangen, die von ausgewählten Zuschauern vom Beckenrand aus über das Wasser gehalten wurden, oder mit einem Ball auf der Nasenspitze durch Ringe hüpften, der alte Seelöwenvater mit seinem beifallsüchtigen Nachwuchs war eine echte Attraktion.
Immer wieder wurden Zuschauer für einzelne Showteile ausgesucht. Da es zugegebenermaßen sehr schwer ist, an Elfchen vorbeizusehen, wenn sie vor einem sitzt, wurde sie auch prompt von einem weiß gekleideten Bediensteten des Loro Parque an den Beckenrand gebeten. Geschmeichelt übergab sie mir die nur noch halb gefüllte Riesentüte mit in Gelee eingearbeiteten Kalorien, weil sie wusste, dass dem Inhalt von mir am wenigsten Gefahr drohte, und trat nach allen Seiten huldvoll winkend, wie ein Lokalmatador, in das Rampen-, oder präziser gesagt, Sonnenlicht der Seelöwen-Showbühne.
Schnecker dokumentierte mit einem soeben frisch eingelegten Film die folgenden Geschehnisse. Vater Seelöwe wurde ins Wasser geschickt und Elfchen musste einen weißen Ball in die Mitte des Beckens werfen. Er balancierte den Ball auf der Spitze seiner Schnauze und brachte ihn wieder zu Elfchen zurück. Nach dreimaliger Wie-

derholung musste sich Elfchen bei dem gewaltigen Seelöwen bedanken. Sie tätschelte ihm vorsichtig die Nase, doch Vater Seelöwe rührte sich nicht von der Stelle. Der Bedienstete forderte Elfchen auf, den Wasserakrobaten zu küssen, doch sie verzog angewidert das Gesicht. Bei mir kann sie sich ja so etwas leisten, aber bei einem Seelöwen hätte sie das besser nicht tun sollen!
Die tausendköpfige Volksmeinung zwang Elfchen schließlich durch eine immer bedrohlicher werdende Lautstärke zum Kuss. In Bruchteilen einer Sekunde, nachdem dies vollzogen war, warf der Seelöwe seinen Kopf in den Nacken, brüllte schrecklich röhrend auf und schaufelte, heftig spritzend, mit seiner rechten Vorderflosse dreimal einen kräftigen Schwall Wasser über unser Elfchen, die wie ein begossener Riesenpudel mit patschnassen Haarsträhnen, Kleidern und Verbänden, den Tränen nahe, am Beckenrand stand. Noch nie hatte ich aus mehr als tausend internationalen Kehlen solch ein brüllendes Lachen vernommen.
Ich bin mir bis heute noch nicht darüber im Klaren, ob dies zum Showprogramm gehörte, oder ob es sich um die private Meinungsäußerung von Vater Seelöwe handelte.
Unter anhaltend schadenfrohem Gelächter der Zuschauer zogen wir drei Gladiatoren aus der Arena. Während Schnecker vom obersten Rang aus noch den Rest der Show mit verfolgen durfte, half ich Elfchen bei ihren umfangreichen Restaurierungsmaßnahmen, wobei zwar ihre Kleider, Verbände und Haare durch die warmen Sonnenstrahlen relativ schnell wieder trockneten, ein leichter Hauch von Fischgeschmack aber auch nach dem Ende der Trockenzeit hartnäckig zurückblieb.
Bis alles wieder soweit in Ordnung war, nahm uns die angenehme Dunkelheit des Aquarienhauses auf. In beleuchteten Unterwasserlandschaften tummelten sich beeindruckende Fischarten aller Couleurs, sowie faszinierende Korallen in atemberaubender Schönheit,

Ausprägung und Farbe. Wir standen mit offenem Mund vor den jeweiligen Scheiben und bestaunten, was die Schöpfung alles an beeindruckender Vielfalt hervorgebracht hat.
Plötzlich standen wir im Haifischtunnel, einer Attraktion, auf die sich besonders unser Schnecker sehr gefreut hatte. Zwei etwa eineinhalb Meter breite Rochen glitten wie riesige schwäbische Pfannkuchen über die halbrunde Tunneldecke und ließen sich vor uns im Sand des Haifischbeckens nieder. Elfchen war beeindruckt und überlegte gerade, ob es denn auch so große Pfannen gebe, um diese kreisrunden flachen Tiere am Stück zubereiten zu können, da näherten sich uns die ersten Haifische. Sie waren zwar nicht so wahnsinnig groß, aber Elfchen wurde sichtlich unruhig. Wir gingen etwas weiter, da kamen auch schon einige größere Exemplare neugierig näher geschwommen. Elfchens Anwesenheit im Tunnel hatte sich schnell in diesem Riesenbecken unter den Haien herumgesprochen.
Plötzlich kam alles auf einmal. Ein Hai, von der Größe eines erwachsenen Menschen, mit ausgesprochen großen Reißzähnen, kam eilends daher geschossen, um Elfchen und uns zu besichtigen. Eigentlich hätte sie ja gar keine Angst zu haben brauchen, denn jeder anständige Hai hätte bei ihr Maulsperre bekommen. Aber dieser böse und gemeine Blick des Tieres, die scharfen Zähne, die nur scheinbare Zerbrechlichkeit des völlig gläsernen Tunnels und die blitzartige Vorstellung, dass diese Wassermassen über sie hereinbrechen könnten, obwohl dies sicherlich von bautechnischer Seite auszuschließen war, genügten Elfchen, um einen hysterischen Anfall zu produzieren.
Schnecker und ich, geübt in solchen Notfallsituationen, rannten mit unserem, am laufenden Band Aufregungen produzierenden Familienoberhaupt schnell ins Freie. Dort setzten wir sie auf eine der zahllosen, recht stabil aussehenden Gartenbänke und verschwanden wieder im Tunnel, um die enttäuschten Haifische wegen des ent-

gangenen Leckerbissens zu trösten. Als sich alle wieder beruhigt hatten, sahen wir uns auf der leicht gebogenen Großbildleinwand in dem neuen Kinobau Natura Visión einmalige und fesselnde Natur-, Tier-, Flug- und Unterwasseraufnahmen an.
Die Delfin-Show, eine der größten Attraktionen des Parks, musste für mich ausfallen, weil sich Elfchen standhaft weigerte, noch einmal eine Wassershow zu besuchen. Ich ließ also Schnecker schweren Herzens alleine gehen und bestaunte in der Zwischenzeit mit Elfchen die über dreihundert verschiedenen Papageienarten in ihren jeweiligen Behausungen. Wir waren perplex, was sich uns hier für eine üppige Farbenpracht präsentierte. Ein hoch interessanter Blick durch das Fenster der Handaufzuchtstation ließ uns erkennen, welch große Mühe hinter all dem steckte.
Überhaupt hatte sich der gute Ruf dieser Anlage eindrucksvoll bestätigt. Zeit meines Lebens habe ich noch nie einen so gepflegten und sauberen Tierpark gesehen. Ständig waren weiß gekleidete Männer unterwegs und lasen Bonbonpapiere, Zigarettenschachteln und andere Hinterlassenschaften moderner Zivilisation, wie zum Beispiel festgeklebten Kaugummi, vom Boden auf. Sie leerten die zahllosen Papierkörbe und Sandaschenbecher, berieselten Käfige, gossen Pflanzen, fütterten Tiere und tauchten auch in Aquarien, um dort Ordnung zu schaffen.
Als wir unseren total begeisterten Schnecker von der Delfin-Show wieder abgeholt hatten, flanierten wir an schwarzen und gefleckten Jaguaren vorbei und bestaunten Alligatoren vom Mississippi. Im Orchideenhaus bewunderten wir mit Elfchen die etwa tausend prächtigen exotischen Blüten, die einen wunderbaren Duft verströmten.
Dass so etwas Hunger macht, mag niemand so richtig bestreiten. Also bestellten wir im Casa Pepe, einem kanarischen Tapas-Restaurant, verschiedene Vorspeisen. Als da wären Tintenfisch „a la

gallega", also auf galicische Art, meinem kanarischen Lieblingsessen, garbanzas, diese köstlichen Kichererbsen mit Schweinefüßchen, überbackene Miesmuscheln und eine große Tortilla española. Die Tapas wurden anteilsmäßig von allen probiert und je nach Gusto auch verzehrt. („Anteilsmäßig" heißt bei uns so viel wie „gewichtsmäßig", wobei unbestrittenermaßen Elfchen einen für uns alle uneinholbaren Vorsprung hatte.)
Gut gelaunt stürmten wir unter den Ersten in die große Loro-Show-Halle und ergatterten großartige Plätze in der ersten Reihe. Im Nu hatte sich die Halle gefüllt und die Menschen setzten sich sogar noch auf die Treppenstufen. Elfchen, die Außenplätze in solchen Bankreihen bevorzugt, hatte ihre geschundenen Füße aus den Sandalen genommen und lüftete sie nun komplett aus. Trotz des vermutlich geruchsintensiven Ausdampfens setzte sich ein etwas älteres Mädchen auf Elfchens Fuß. Allerdings nicht lange, denn nach einer verbalen Explosion flüchtete sie in die oberste Reihe der Treppenstufen.
Herrlich farbige Papageien machten nun Rundflüge in der Halle und sausten auch im Sturzflug über die Köpfe der Zuschauer hinweg, was Elfchen wieder einmal schamlos dazu nutzte, ihre kreischende Sirene einzusetzen, obwohl sie etliche Meter von dem Geschehen entfernt war.
Ein Papagei hisste mit dem Schnabel die Fahne des Loro Parque, andere fuhren Rollschuh und Rad, sortierten Ringe, lösten Rechenaufgaben, glitten eine Rutsche hinunter und setzten Puzzles zusammen. Danach wurde ein Automat aufgestellt mit fünf Sorten Limonade und einem Fach mit kanarischem Bier. Die Showmasterin las dem Papagei alle Sorten vor und fragte ihn, was er davon haben wollte. Er entschied sich für Cola. Die Dame versicherte sich noch einmal, aber er beharrte hartnäckig auf Cola. Der Vogel bekam eine Münze. Er nahm diese mit dem Schnabel auf und warf sie hastig in

den Automaten. Dann zog er gezielt eine Flasche Cerveza Dorada heraus und rannte schnell mit dieser Bierflasche weg. Der Papagei hatte meinen Geschmack, denn das hiesige Bier war wirklich große Klasse!
Nun wurde ein Baufahrzeug aufgestellt. Ein Papagei fuhr wenige Zentimeter damit und blieb dann unvermittelt stehen. Er ging um das Gefährt herum, öffnete die Motorhaube und schaute hinein. Dann ging er zielstrebig zu einer Tankstelle, brachte einen Eimer voll Benzin mit und fuhr dann weiter.
Den Abschluss des Rundganges bildete ein Museum mit Porzellanpapageien und einer angeschnittenen großen Bootshälfte, die einen hervorragenden und interessanten Einblick in die Räume unter Deck gestattete.
Als sich Elfchen und Schnecker auf den gegenüberliegenden Andenkenladen zu bewegten, verließ ich den Park mit der fadenscheinigen Begründung, dass sonst Andreas zu lange auf uns warten müsse. Ich tat es aber nur, um meine Geldbörse in Sicherheit zu bringen und zum anderen, um die beiden mitzuziehen. Da sie aber unglücklicherweise auch noch von mir selbst aufgetankte eigene Geldtaschen mit sich führten, war meine Vorbildaktion ein Schuss in den Ofen. Denn Andreas ließ uns, wegen angeblicher Verkehrsprobleme, noch über eine Dreiviertelstunde warten.

Festzug in Garachico

Wir hatten ja auf Werners Geburtstagsfest Bruni, eine Reiki- und Yogalehrerin, und Jürgen, den Immobilienmakler und früheren Chefkoch, kennengelernt. Sie schwärmten damals ausgiebig von der Romería de San Roque, dem Erntedankfest zu Ehren des Schutzheiligen San Roque de Garachico. Dieser malerische Ort besaß früher

einmal einen beachtlichen Fischerhafen, der jedoch bei dem Vulkanausbruch des Pico Viejo im Jahre 1706 unter den Lavamassen begraben wurde. Der Hafen konnte nicht wiederhergestellt werden, und so versank der wieder aufgebaute Ort, wirtschaftlich gesehen, in die Bedeutungslosigkeit.
Ich war peinlich berührt, als Elfchen ihre Hilfloses-Mütterchen-das-nie-aus-dem-Haus-kommt-Masche auflegte und sich damit die Gute-Tat-der-Woche-Zusage von Jürgen erschlich, uns an diesem Romeríatag mitzunehmen. Nun saßen wir also in dem für Schwertransporte geeigneten, über 200 PS starken BMW von Jürgen und brausten Richtung Garachico. Elfchen saß aus platztechnischen Gründen wieder vorne auf dem Beifahrersitz und ich, wie es sich für einen gestandenen Mann gehört, hinten bei Bruni und Schnecker.
Andreas findet Erntedankfeste megaout und zog es vor, mit unserem Mietwagen, für den er unüberlegterweise auch als Fahrer eingetragen war, etwas die Insel zu erforschen, womit er genauer gesagt natürlich die derzeitigen jüngeren Inselbewohnerinnen meinte.
Es war gut, dass mich Elfchens zarte, hochfrequente Stimmlage von meinen Überlegungen, wie man „Alimente“ wohl auf Spanisch ausspricht, ablenkte. Ich hörte ihr ein Weilchen desinteressiert zu. Bekanntes und Unbekanntes zog an meinen Ohren vorbei, bis mich plötzlich ein Thema wie elektrisiert in das klare Bewusstsein zerrte. Elfchen hatte eben beschlossen, mit Jürgen einige Häuser zu besichtigen, die zum Verkauf anstanden. Eine gnädige Ohnmacht beendete den kurzen, schockähnlichen Zustand und so bekam ich auch von dem etwa eineinhalbstündigen, mehrere Kilometer langen Stau nichts mit, den einige tausend Einheimische und ebenso viele festzugsüchtige Touris auslösten.
Kurz vor dem Ort wurde ich durch das berstende Knuspern von Chips geweckt, die Schnecker direkt neben meinen empfindsamen Ohren verzehrte. Ich konstatierte einen Kartoffel-Knoblauchgeruch

vermischt mit dem feinen Karamell-Schokoladenduft eines fast geschmolzenen Mars-Riegels, den Elfchen, ihre Bluse unter spitzen Schreien bekleckernd, verzehrte.
Meine Überlegungen, ob sich eine weitere kleine Ohnmacht lohnen würde, wurden jäh unterbrochen, als sich die vorderen Staufahrer in kanarischer Trachtenkleidung aus einem Lederbeutel, ohne dabei zu schlucken, einen dünnen Strahl vino tinto in den ausgedörrten Hals rinnen ließen.
Das Schicksal wollte es, dass ein Mann auf dem Rücksitz meinen gierigen Blick entdeckte. Er stieg aus und bot mir durchs Fenster diesen Lederbeutel zum Trunk an. Grabsch, schon hatte ihn Elfchen ergriffen und wollte sich selbst an diesem Weinstrahl laben. Doch leider hatte sie keine Übung darin und die Schokoladenflecken waren begeistert über die Gesellschaft dunkelroter Kameraden, die es sich neben ihnen in den Fasern bequem machten.
Schließlich durfte ich trinken, fleckenfrei übrigens, allerdings unter dem strengen Verweis von Elfchen, sie doch in Zukunft mit solch primitiven Gefäßen zu verschonen. Ich gelobte Besserung und gab dem Herrn der Trachtengruppe mit dem Ausdruck meines Dankes das lebensrettende Behältnis zurück.
Elfchen, die auf Grund jahrzehntelanger Kleckerpraxis immer einen Stapel Ersatz-Poloshirts mit sich führt, zog sich unter entsetzlichem Gehabe im Auto um, und so erreichten wir ziemlich kurzweilig den von Menschenmassen völlig überfüllten Ortskern. Jürgen ließ uns aussteigen und suchte sich fünf Kilometer hinter dem Ort einen Parkplatz. Kaum hatten wir gegenüber einer der vielen Fernsehkameras, die den Festzug übertrugen, ein noch freies Plätzchen gefunden, ging es auch schon los. Prächtig gekleidete Reiter trabten vorneweg, damit auch bestimmt alle Festzugteilnehmer in den erhebenden Genuss kämen, Pferdeäpfel zertreten zu dürfen. Herden von frisch gebürsteten Ziegen mit bunten Schleifen an den Hörnern und

angeberisch prall gefüllten Eutern steuerten hinterrücks ihren Teil dazu bei, den harten Pflastersteinbelag der Straße weicher zu machen. Allerdings wurde dieser dabei auch etwas glitschiger, was eine ältere, tanzende Teilnehmerin des Festzuges direkt vor der Kamera unfreiwillig dokumentierte. Zuschauer halfen ihr, peinlich darauf achtend, sie nur an noch sauberen Stellen anzufassen, wieder auf die Beine.

Dann kamen, durchsetzt von Gesangs- und Musikgruppen in ihrer jeweiligen heimatlichen Tracht, an die vierzig Festwagen mit den verschiedensten Themen, gezogen von athletischen Bullen und stämmigen Kühen, die aus allen Teilen der Insel mit Lastwagen zu ihrem Einsatzort gefahren worden waren. Beim Anblick dieser massigen Tiere hatte ich Angst um meinen kleinen Schnecker, der beim geringsten Halt des Zuges selbst die gewaltigsten Bullen streichelte, die dann nicht nur einmal ihren mächtigen Schädel zutraulich an seine schmalen Schultern schmiegten. Nur ein kleiner Ziegenbock schubste ihn einmal eifersüchtig mit seinen Hörnern sanft in die Seite, weil er sich zu sehr mit der gut aussehenden Ziege vor ihm beschäftigt hatte.

Jürgen, der von einem liebenswürdigen Autofahrer mit zurückgenommen wurde, verteilte Plastikbecher und erklärte uns, dass die wohlhabenderen Familien des Ortes von ihren Festwagen herunter Essen und Getränke verteilten, um somit der Bevölkerung als Dank für die reiche Ernte etwas Gutes zu tun.

Verteilt wurden hauptsächlich vino tinto, sangría, manchmal auch Bierdosen, Birnen, Melonenschnitze, hart gekochte Eier und gegarte Kartoffeln, in gofio gehüllte Grieben, mit Mett bestrichene Brötchen. Fast alle Wagen hatten hinten einen Grill angebracht, von dem überreichlich Fleischspieße, Koteletts, Hühnerschenkel, Wurstschnecken und Fleischstücke aller Art verteilt wurden.

Elfchen war wie im Fieber. Von Bruni bekam sie eine kleine Plastiktüte in die Hand gedrückt. So ging sie auf Nahrungssuche. Immer wieder kam unsere, ihrer Meinung nach, ständig unterernährte Krone der Schöpfung zurück, schüttete uns Essen in die Hände, tauschte die leer getrunkenen Becher gegen gefüllte aus und verschwand wieder zwischen den Festwagen. Dass sie dabei selbst nicht zu kurz kam, konnte ich beruhigt an neuerlichen Flecken erkennen. Mir war das Verhalten von Elfchen überaus peinlich, aber Bruni und Jürgen erklärten uns, dass hier der Brauch besage, wer an der Romería satt werde, würde auch das ganze Jahr über satt werden. Da warf auch ich mich in das Getümmel, um für meine Lieben und mich zu sorgen.

An der Playa de las Arenas

Erschöpft und satt ließen wir diesen anmutigen, aber zurzeit ziemlich turbulenten Ort hinter uns und fuhren weiter, über Buenavista del Norte, an die Playa de las Arenas, einen wunderschönen schwarzen Sandstrand, der flach abfallend relativ weit in den Atlantik hineinreicht.
Elfchen setzte sich im dritten Polo-Shirt dieses Tages auf Brunis Flauschteppich und schickte sich an, sehr ausführlich ihr bisheriges Leben an meiner Seite zu schildern. Als Zeitzeugen, die wir die Wahrheit und die von ihr geschilderten Übertreibungen aus vielen tausend zwangsläufigen Anhörungen zur Genüge kannten, flüchteten Schnecker und ich in die Brandung und ließen die arme Bruni und den mit geheucheltem Interesse höflich zuhörenden Jürgen schmählich zurück. Wir riefen ihn aber etwas später zu uns, damit er von dieser Strapaze erlöst wurde. Dankbar hechelte er zu uns ins Wasser, wurde aber von einer Elfchen getreuen Welle wieder zu-

rückgeworfen. Er gab nicht auf und erreichte uns schließlich doch. So kämpften wir drei Jungs vergnügt kreischend und jauchzend gegen die anrollenden Wellenberge mit ihren wegen der vielen Touristen vor Wut weiß schäumenden Kronen. Immer wieder einmal winkten wir den Ehefrauen am Strand fröhlich zu, die uns stets mit einem oder oft auch beiden Augen im Blickfeld, also somit ständig unter Kontrolle hatten.

Nach einem mehrstündigen Aufenthalt im Ozean, den wir ab und zu unterbrachen, um Sandburgen zu bauen, herumzualbern und uns gegenseitig in den Sand einzugraben, wurden wir müde und Elfchen wieder hungrig.

Bruni und Jürgen äußerten sich ungeschickterweise vor ihr dermaßen lobend über das am Strand liegende Restaurante El Burgado, dass wir uns nicht schnell genug umziehen konnten, um dorthin zu gelangen. Alle Außenwände waren verglast, um die Sicht auf den Atlantik nicht zu schmälern. Am hinteren, ebenfalls mit Fenstern versehenen Ende floss ein kleiner Wasserfall in ein mehrere Meter langes, ebenerdiges, teilweise mit dicken Glasscheiben eingefasstes Natursteinaquarium mit Fischen, Krebsen und Langusten. Durch das Lokal und die angrenzende Gartenwirtschaft plätscherte leise ein kleiner Bach, um sich anschließend, verzweifelt ob dieser ständigen Völlerei, außen an der Felskante in die Tiefe zu stürzen.

Nach einem köstlichen Mahl fuhren wir unter Absingen der ersten Verse fast aller uns bekannten Heimat- und Wanderlieder wieder nach Hause.

Der Absturz des Gleitschirmfliegers

Am vorletzten Urlaubstag räuberte ich aus unserem Kühlschrank einige Flaschen Sekt, um mit Christines Fitnessgruppe meinen sportlichen Abschied gebührend feiern zu können. Erstaunlich, wie viele Menschen mir in diesen fünf Wochen bereits ans Herz gewachsen waren!

Jetzt zum Schluss erst stellte sich heraus, dass Dorothea ebenfalls im Raum Stuttgart gebürtig war, was ihr perfektes Hochdeutsch nicht unbedingt vermuten ließ. Wir konnten uns, nach einem letzten, ausgiebigen Saunabad entspannt zusammensetzen, da Elfchen noch bei der hauseigenen und zum Glück auch deutschsprachigen Friseurin saß, um sich für die Heimkehr ihren oftmals so kapriziösen Kopf verschönern zu lassen. Als ich nach vielen Umarmungen und guten Wünschen das Hotel La Chiripa Garden in Puerto de la Cruz mit meinem wohlgestalteten Elfchen verließ, war uns beiden ganz wehmütig zu Mute.

Unter der Trockenhaube hatte Elfchen beschlossen, den Wandervorschlag unseres Reiseführers Schnecker anzunehmen, der von Tegueste aus über den Tafelberg zum Märchenwald und dann wieder zurückführt. Ich war grenzenlos überrascht von der robusten Pferdenatur meiner treu sorgenden Gattin.

Als wir am Kirchplatz aus dem Wagen stiegen und Elfchen diese hohen Berge erblickte, traten urplötzlich Wundschmerzen, verbunden mit völlig unerklärlichen Kreuzschmerzen, dermaßen heftig bei ihr auf, dass es ihr unmöglich war, mit auf diesen Berg zu wandern. Sie wollte uns aber die Freude nicht verderben und versprach, am Parkplatz auf uns zu warten. Mit Sicherheit hatte mein Elfchen bereits die Witterung eines Cafés oder eines Restaurants aufgenommen. Ich überlegte lange, ob ich dieses zarte, von den Schmerzen der letzten Zeit geschwächte und gezeichnete Geschöpfchen überhaupt alleine zurücklassen konnte, aber sie sicherte mir zu, sich ins Auto zu setzen und von innen abzuschließen. Andreas unterstützte das Anliegen seiner Mutter mit dem völlig unpassenden Sprichwort, dass Unkraut schließlich nicht verderbe. Dann ging ich mit meinen

beiden Jungs und einem quälenden schlechten Gewissen wegen meines hilflosen und mutterseelenallein zurückgebliebenen Elfchens los.
Andreas moserte zwar über die gesamte Zeit des Anstiegs, dass es doch absolut hirnrissig sei, sich auf einen Berg zu quälen, nur um ihn nachher wieder hinunterlaufen zu können, aber Schnecker gefiel es sehr. Er fing sogar nach einiger Zeit an, Wanderlieder zu singen, die ich ihm beigebracht hatte, weil man ja so etwas in der Schule heutzutage nicht mehr lernt. Jedoch ich konnte nicht mitsingen, weil ich meinen Atem für den Aufstieg einteilen musste.
Mein Ältester würgte den Gesang seines kleinen Bruders nach einer Weile brutal ab, indem er ihm androhte, ihn in den nächsten Kaktus zu setzen, wenn er mit diesem Schwachsinn nicht aufhöre. So erreichten wir also unter köstlichster familiärer Harmonie das in einer Mulde zwischen dem Tafelberg und dem Märchenwald liegende Hochtal.
Ein junger Mann hatte seinen Gleitschirm ausgebreitet und machte sich gerade bereit, abzuheben. Ein älterer Mann, sein Vater, wie sich etwas später herausstellte, versuchte ständig, seinem Klaus-Dieter diesen Flug auszureden, weil hier oben, von der Meerseite aus, ein extrem böiger Wind vorherrschte. Aber wie die jungen Leute eben so sind, Klaus-Dieter stieß seinen Vater brüsk zur Seite und sagte er fliege, und damit basta!
Ich seufzte innerlich, weil ich solche Situationen zur Genüge kannte, in denen die Jugend geradezu darum bettelt, ihre eigenen Fehler machen zu dürfen. Der Gleitschirm, mit dem darunter hängenden Klaus-Dieter, stieg fast senkrecht auf und wurde vom Wind nach vorne getragen, Richtung Abgrund zum Leuchtturm von Punta del Hidalgo. Plötzlich blies ihn eine kräftige Windböe wieder rückwärts, über uns hinweg, an den Abgrund nach Tegueste hinunter.

Schnecker knipste wie ein Wilder, und so sahen wir erst später auf den entwickelten Bildern, wie das Unglück wirklich geschah. Die rechte Hälfte des Gleitschirms klappte plötzlich willenlos senkrecht nach unten, und Klaus-Dieter stürzte in die Felswand hinein. Von oben her war ein Zugang ohne Kletterseil nicht möglich. Der Vater war völlig konfus. Er rief unaufhörlich in sein Sprechfunkgerät: „Klaus-Dieter, hörst du mich?" Aber es kam keine Antwort! Ich bekam eine Gänsehaut vor Aufregung. Dann versuchte ich, nach einem kleinen Abstieg, seitlich an die Absturzstelle vorzustoßen, was mir jedoch leider nicht möglich war, zumal nicht auszumachen war, wo Klaus-Dieter denn nun wirklich lag.

Da beobachtete ich, dass junge Einheimische wie wild den Berg in Richtung Unfallstelle heraufrannten. Zwei Sanitäts-, ein Feuerwehr- und ein Polizeiwagen fuhren vor, und alle Helfer versuchten, von unten so schnell wie möglich zu dem Verunglückten vorzudringen. Inzwischen kam auch Klaus-Dieter wieder zu sich und versicherte seinem Vater, dass er noch lebe, sein Oberschenkelknochen aber gebrochen sei und aus der Bruchstelle herausrage. Deshalb könne er sich nicht bewegen. Durch das schwierige, felsige Gelände war es den Rettungsmannschaften nicht möglich, ihn mit der Trage abzutransportieren. So wurde also ein Rettungshubschrauber angefordert.

Mindestens zehn, zwölf Mal versuchte der tapfere Pilot unter Einsatz seines Lebens an die Unfallstelle heran zu fliegen, aber der starke Wind warf ihn beinahe selbst in die Felsen. Daran, dass sie mit ihrem Leichtsinn auch andere Menschen durch eventuell nötig werdende Rettungsmaßnahmen gefährden, denken diese waghalsigen Geschöpfe bei ihren vermeintlichen Heldentaten natürlich nicht.

Wir dachten schon, der Hubschrauberpilot hätte aufgegeben, weil er plötzlich verschwunden war, aber mit einem Mal schanzte er hinter dem Berg hervor, über uns hinweg, im Windschatten hinab zur Unglücksstelle. Die Trage wurde eilig an das Rettungsseil angehängt, und er flog, mit dem sich schnell im Kreis drehenden Klaus-Dieter unten dranhängend, über den Berg in die Universitätsklinik nach San Cristóbal de la Laguna.

Uns verging durch dieses Unglück gründlich die Lust zu einer Fortsetzung dieser Wanderung, und so stiegen wir wieder zu unserem wartenden Elfchen hinab ins Tal. Sie war völlig außer sich vor Aufregung, weil sie nicht wusste, ob uns etwas passiert war, nachdem plötzlich Sanitäter, Feuerwehrleute und Polizisten den Berg hinaufrannten. Aber sie hatte schon vorher ziemlich viel Nervennahrung zu sich genommen. Mein geschulter Blick erkannte sofort auf ihrem farbenfrohen Sommerkleid, vorne am Balkon, einige frische, eindeutig zuzuordnende Flecken.

Das Abschiedsfest

Trotz des vorabendlichen Resteessens und eines ausgiebigen kalt/warmen Frühstücks, hatten wir noch so viele Vorräte und angebrochene Lebensmittel übrig, dass wir einige Plastiktaschen voll für unseren Freund Werner bereitstellen konnten.

Den Rest des Tages verbrachten wir mit Kofferpacken und Auseinandersetzungen darüber, wo wir unsere hier erstandenen Kleider, Reiseandenken und Mitbringsel unterbringen sollten. Aber nachdem ich mich auf der Flugkarte heimlich noch einmal vergewissert hatte, dass man wirklich ab einer vierwöchigen Reisezeit pro Kopf zehn Kilo mehr transportieren darf, machte ich mich, trotz Elfchens Bedenken, für eine weitere Reisetasche stark, mit dem bewusst angeberischen Hinweis, dass ich denen bei der Gepäckaufgabe schon ordentlich Bescheid sagen würde für den Fall, dass sie uns Schwierigkeiten bereiten sollten. Elfchen sah mir bewundernd nach, als ich mit Schnecker die Wohnung verließ, um in der Lederwarenfabrik in Santa Ursula eine zwar geräumige, doch dafür preisgünstige Reisetasche zu erstehen.

Nach einem letzten Aufenthalt im Schwimmbad ohne unser verwundetes Elfchen warfen wir uns in Schale, holten unseren Freund Werner ab und fuhren ins Restaurante El Callejón nach Guayonge zu Thomas, um die vorbestellte Paella zu verzehren. Helmut und Elfi Weber, die Eltern unseres Mietwagens, mit denen wir uns inzwischen auch duzten, und Familie Schippert waren bereits unserer Einladung gefolgt. Bruni, Jürgen, Marioli und Diego kamen etwas später nach. Dr. Ingo Pötsch, Elfchens Lieblingsnotarzt, hatte mit seiner Familie kurzfristig abgesagt, weil er zu einem Notfall in den Süden der Insel gerufen worden war. So waren wir also nur fünfzehn Personen an einer langen Tafel, aber meiner Geldbörse schien dieser Kreis groß genug.

Wir hatten zwar keine Tischordnung vereinbart, aber es ergab sich, dass Andreas neben Ramona saß, Schnecker zwischen Nico und Diego und Elfchen neben Werner. Ich hätte auch am Nebentisch sitzen können, es wäre bestimmt niemandem aus meiner Familie aufgefallen, so waren sie beschäftigt.

Nachdem uns Eduardo einige Vorspeisen serviert hatte, brachte der El Callejón-Chef Thomas persönlich eine riesengroße, zauberhaft schön dekorierte Paellapfanne und stellte sie in der Tischmitte ab. Wir hatten uns die typische valencianische Zusammenstellung gewünscht, also Reis mit Kaninchenfleisch, Fisch, Gemüse, Muscheln, Riesengarnelen und Zitronenvierteln garniert.

Elfchen betrachtete die monumentale Platte genüsslich, zog sie zu sich her und wollte mit ihrem Besteck aus der Pfanne essen. Doch Thomas holte sie sich freundlich, aber bestimmt zurück und begann, die Portionen auf unsere Teller zu verteilen. Meine kleine Hungerkünstlerin war sichtlich enttäuscht, dass nicht jeder so eine

Pfanne bekam, doch ihre erheblichen Bedenken, dass nicht alle, oder präziser ausgedrückt, sie nicht satt werden könnte, erfüllten sich nicht. Eduardo musste mindestens ein Fünftel der Paella unverzehrt wieder zurücknehmen. Dass trotzdem jeder noch einen Nachtisch verzehren konnte, grenzte, außer bei meiner Gemahlin, fast an ein Wunder.

Es war ein glanzvoller Abend mit harmonischen Tischgesprächen und dem gegenseitigen Versprechen, uns hier in Teneriffa oder in Deutschland bald wieder sehen zu wollen. Diego versprach unserem Schnecker, Werners Übersetzung zufolge, noch in diesem Sommer für zwei Wochen zu uns nach Deutschland zu kommen, was für ihn kein Problem war, da in Spanien die Schulferien doppelt so lange dauern wie bei uns. Wir freuten uns sehr über diese erste Zusage, besonders, weil es für Diego der erste Aufenthalt außerhalb der Kanarischen Inseln sein würde. Nur Andreas schien etwas deprimiert, weil seine Ramona offensichtlich keine Neigung verspürte, mit uns wieder zurück ins Schwabenland zu ziehen!

Abschiedstränen

Umso größer war die Freude am nächsten Tag, als wir die Koffer zum Mietwagen trugen, dass sich alle noch einmal überraschend eingefunden hatten, um uns ein letztes Mal in die Arme zu schließen. Elfchen und Schnecker weinten. Mir trieb es ebenfalls das Wasser in die Augen, doch ich setzte schnell meine Sonnenbrille auf, um nicht auch in Teneriffa als Weichei dazustehen, wie mich mein Ältester sonst immer zu nennen pflegt.

Nach endlosem Winken und zahlreichen Mücken zwischen den ständig lächelnden Zähnen kurbelten wir die Fenster hoch und fuhren ein letztes Mal durch Tacoronte in Richtung Flughafen. Zwischen dem majestätischen Teide mit seinem süßen Pico oben drauf und dem leicht gekräuselten Atlantischen Ozean hindurch, unter tiefblauem, wolkenlosem Himmel schlängelten sich die beiden Spuren der Autobahn, den grünen, pflanzenreichen Norden hinter sich lassend, schier endlos scheinend, in den von der Sonne gnadenlos beschienenen kargen Süden der Insel.

Der Rückflug

Nachdem wir unser Weber-Auto einer Firmenangestellten übergeben hatten, unsere Gepäckaufgabe ohne Blutbad vonstatten ging und auch das Flugzeug, trotz vorhandenen Übergewichts, immer mehr an Höhe gewann, warfen wir einen letzten Blick auf die uns so lieb gewordene Insel. Während ich versuchte, meine Gedanken wieder auf die Arbeit zu lenken, die mich sicherlich schon ungeduldig erwartete, verhörte Elfchen bereits eine Stewardess, welche beiden Gerichte denn heute zur Auswahl stünden. Elfchen entschied sich dann auch für mich, und so gab es Räucherfisch mit Sahnemeerrettich, Salat und Zitronenscheibe, Brötchen mit Butter und Streichkäse, danach Rindergeschnetzeltes mit Reis, Erbsen und Möhren und zum Schluss Vanillecreme und Waldbeerengrütze. Da sie leider keinen vino tinto an Bord hatten, tranken wir einen deutschen Rotwein dazu.

Ich hatte am Eingang für mich eine Tageszeitung und für Elfchen eine Frauenzeitschrift eingesteckt, um sie nach dem Nachtessen noch ein bisschen zu beschäftigen.

Nach einem spannenden Schachturnier mit Schnecker war ich gerade etwas eingenickt, als mich Elfchen dermaßen heftig wachrüttelte, dass mir vor Schreck blitzartig der Gedanke in mein schlaftrunkenes Hirn fuhr, ein verheerender Absturz stünde kurz bevor. Informationen heischend starrte ich mit angstvoll geweiteten Pupillen in ihre aschfahl gräulich wirkenden, von entsetzlichem Grauen verzerrten Gesichtszüge. Wortlos deutete sie auf einen kleinen, ungefähr münzgroßen Fleck am Fenster, den sie großzügigerweise für uns weniger bevorzugte Mitreisende freigequetscht hatte. Der Nachthimmel war von ständig zuckenden Blitzen taghell erleuchtet. Ein Naturschauspiel, in von mir noch nie gesehenem Ausmaß, spielte sich vor diesem kleinen Guckloch ab. Ich war begeistert. Elfchen war entsetzt, dass ich begeistert war, glaubte sie doch, dass ihr letztes Stündlein geschlagen habe. Lachend beruhigte ich sie und meinen kleinen Schnecker, nicht ahnend, dass bald auch mir das Lachen im Halse stecken bleiben sollte.

Die Chefin der Flugbegleitung forderte uns auf, die Sicherheitsgurte anzulegen und das Rauchen einzustellen. Obwohl Elfchen keine Gurte gebraucht hätte, weil sie erbarmungslos eingeklemmt festsaß, schaute die Stewardess ausgiebig, ob sie den Zusatzgurt richtig angelegt hatte.

Da meldete auch schon die beruhigende Stimme des Piloten, der offenbar noch nicht mit einem Not-Fallschirm die Maschine verlassen hatte, dass wir gerade eine gewaltige Gewitterfront über Saragossa umflogen, dass weitere Gewitter auf uns warteten und dass sich zurzeit über Stuttgart eines davon auf wüste Art und Weise austoben würde. Ich beruhigte nochmals meine Familie, dass sich das erledigt haben würde, bis wir dort angekommen seien und wandte mich wieder dem optischen Genuss dieser von bizarren Blitzen beleuchteten Wolkenberge zu.

Elfchen atmete erleichtert auf, was aber den gemeinen Nachteil zur Folge hatte, dass mein Aussichtsguckloch nun vollends verdeckt wurde. Am rechten Fenster war leider keine Gewitter-Showbühne aufgebaut. Man sollte sich eigentlich über den mangelnden Service beschweren!

Der Nachteil dieses visuell hoch interessanten Gewitterfluges zeigte sich zum einen in einem permanenten Rütteln der Maschine und zum anderen daran, dass ab sofort keine Getränke mehr ausgeschenkt wurden. Elfchens Zunge klebte beim Sprechen immer hörbarer am Gaumen fest. Sie lutschte ein Bonbon und Schokoladenstückchen nach dem anderen, die sie aus den unendlichen Tiefen ihrer Reisehandtasche hervorzauberte.

Nach der unheilvoll wirkenden Einschüchterung durch den Piloten, nun die Reiseflughöhe von über elftausend Metern zu verlassen, um sich auf den Landeanflug nach Stuttgart zu begeben, wurde es still in der Maschine, denn über dem Schwarzwald hatte sich ein gewaltiges Gewitter zurecht gebauscht, um uns würdig zu empfangen. Jetzt war auch die rechte Showbühne geöffnet, aber mir war inzwischen die Lust an einer Fortsetzung des Stückes vergangen. Doch das ließ die Darsteller nicht ruhen, uns von der Kraft des Gebetes zu überzeugen. Als theatralischer Paukenschlag, der dramaturgisch nicht besser hätte gesetzt werden können, hüllte plötzlich ein greller Lichtblitz die gesamte Maschine ein, und im selben Augenblick fiel das Licht im Innern des Flugzeuges aus. Wer nicht, wie Elfchen, die Augen fest zusammengekniffen hielt, konnte nun im Dunkeln noch besser das grelle Zucken der Blitze beobachten, was nicht gerade sonderlich viel zu unserer allgemeinen Beruhigung beitrug.

Freudig erlöst, um den pathetischen Ausspruch: „wie neugeboren" zu vermeiden, was aber sicherlich, wenn auch etwas abgegriffen, exakter unsere Befindlichkeit beschrieben hätte, applaudierten wir diesem Draufgänger von Piloten, der uns auch in Stunden der Not nicht alleine gelassen hatte. Erst viel später hörte ich allerdings, dass ein Fallschirmabsprung aus dieser Höhe wegen Sauerstoffproblemen und der herrschenden Kälte ein zu großes Risiko für den Piloten dargestellt hätte.

Selbstverständlich mussten sich unsere Koffer bei der Gepäckausgabe wieder als Trödelsusen hervor tun, aber vielleicht saß auch ihnen der Schreck dieser Nacht noch ein wenig in den Hartschalen.
Als wir das Flughafengebäude in Stuttgart-Echterdingen verließen, trieben eisige Windböen dichte Regenschauer vor sich her. Ein Wolkenbruch schaffte es in der kurzen Zeit, bis wir das rettende Auto des Schuldirektors erreicht und unsere Habseligkeiten verstaut hatten, alle trockenen Fasern unserer Kleidung bis auf die braun gebrannte Haut zu durchnässen. – Wir waren wieder zu Hause!